プリオン

認知症感染の刻《とき》

宇江田一也

書肆アルス

知らない道をただ歩いている。目的は、忘れてしまった。住み慣れているはずの街並みが霞み、不思議そうな眼をした人々とすれ違う。多くの眼は侮蔑を含み、ときには恐ろしい生き物を観るようであった。社会からは自らの存在を否定され、そして、大切な家族との繋がりが徐々に薄れていく。

いつの頃からだったのか。知らないうちに一人きりになっていた。

プリオン 認知症感染の刻《とき》【目次】

装幀　横山 恵美
装画　又平 伸亮
artsunit

プリオン

認知症感染の刻《とき》

1 曝露 ―― Exposure

今朝、認知症の母が死んだ。ようやく空が白み始めた頃、入居先の老人ホームを逃げ出し、国道で大型トラックに撥《は》ねられたのだ。

三年前――おそらくもっと前からだった。母の物忘れが頻繁になっていた。買い物で何度も同じものを買ってきた。歳だからね――と母は言った。

父は五年前に亡くなった。六一歳になった母は、家にいることが多くなった。生活は、父親が残した貯えと年金で何とか賄《まかな》えている。

十一月にしては暖かかった夕刻、僕の職場へ隣町の警察署から連絡が入る。買い物に出た母は、家へ帰れずに六時間も街中を彷徨《さまよ》い歩いていたらしい。不審に思った警察官に保護され、交番で迎えを待っているという。警察官は迷惑そうな物言いを隠そうともしなかった。

母は交番の椅子で一人うなだれていた。サンダルを履《は》いた足は黒く汚れ、左足の靴下の小指部分が破けていた。膝に擦り傷があるのは、転んだのだろう。何も入っていない買い物かごをきつく抱えていた。怯《おび》えた眼で見上げた母と目が合った。僕は少し笑って見せた。

警察官は、しきりに溜め息をつきながら額の汗を拭《ぬぐ》っている。質問に上手く答えられない母に苛だっていた。僕は警察官の促すままに、出された用紙を埋めていく。

母を抱きかかえるようにして交番を後にする。頭の中をよく解らない憤りと不安が、ぐるぐると回り続ける。

翌朝、食事の用意をする母は、昨夜のことを忘れてはいないようだ。しかし、どうして道に迷ってしまったかは自分でも解らないと言う。

認知症という疾患があることは知っていた。パソコンに向かい、認知症関連のサイトを検索する。そこには到底受け入れ難い情報が羅列されていた。母の変化を感じながらも目を背けてきた世界が、一瞬に現実のものとなり僕に襲い掛かる。

職場に欠勤の連絡を入れ、母と病院に行った。病院の診療科の案内を見るが、何科で受診していいのか解らない。目を離すことができず、歩き疲れた母を連れて歩く。初診受付で訊くと、高齢者医療センターで相談するようにとのことだ。

診察室へ入った母を廊下の長椅子で待つ。時間が酷《ひど》く緩慢に流れる。

老女を乗せた車椅子が、前を通り過ぎた。口も利かず、首を傾げたまま虚《うつ》ろな瞳は宙を見据えていた。その姿が僕の希望を押し潰す。

診察室の扉が開き、困った顔の母が出て来た。僕が診察室に呼ばれた。母に椅子で待つよう念を押し、診察室に入る。

診察用の椅子からは、先程までそこに座っていた母の体温が伝わってくる。

おそらくアルツハイマー病であると医師が言った。完治を望める治療法はまだないらしい。症状がゆっくりと進行し、様々な機能障害を経て、いずれは寝たきりになると言った。

なぜ母がこんな目に遇うのか。瞼《まぶた》と足の震えが治まらない。頬が引《ひ》きつり口角《こうかく》が歪《ゆが》む。

認知症の症状を抑える薬を処方され、疾患と介護、そして薬の服用についての冊子を手渡された。冊子には、これから起こる症状と、その対応について解説されているが、何の実感も湧かない。

三日目の夕食後、食器を片づけた母は「家に帰ります」と丁寧に挨拶し、そのまま玄関に向かった。僕は、母の家はここであること、僕は息子であることを繰り返し説明した。母は、「帰してください」と泣いた。

母と一緒に夜の道を歩いた。母の歩きたい道を歩き、行きたい処を知りたいと思った。ひとしきり歩いた母に「帰ろう」と声を掛ける。

少しだけ落ち着いた母と、誰もいない家に帰り着く。玄関の鍵を掛けずに家を出ていた。怯えた表情の母をようやく寝かし付ける。これからの生活、仕事、そして母の疾患と介護への不安が僕の頭を占拠する。混乱が涙となって溢れ出す。

半年が経つ頃、僕は職場を解雇された。母の受診日や状態の悪い日には家を空けられず、仕事を休みがちであったことが理由だった。会社の上司からも何度か対策を迫られていた。理解できる処置だ。収入源を絶たれることは厳しいが、解雇理由を会社都合としてくれたことは有り難かった。当面は退職金と失業保険で暮らせる。

次第に家事にも手慣れてきた。週に二日、市の福祉課からヘルパーが派遣されてくる。ヘルパーが母を見ている間に、外での用事を済ませる。介護に休日は無い。

季節の移り変わりとともに症状は進行した。介護負担は否応なく増大し、同時に経済的な不安も頭をもたげる。収入がなければ、いずれは母の介護を伴う生活が立ち往かなくなる。僕は働くことを決めた。

融通の利く仕事であれば職種は何でもよかった。しかし、認知症の母を介護していることを告げると、「親孝行だ」「立派だ」との評価とは裏腹に、受け入れる職場はなかった。

僕は働くために、そして母のために介護施設を探した。

容易には見つからないと思っていたが、市の福祉課から入居可能な施設があるとの連絡を受ける。介護付有料老人ホームだ。

その建物は古く手入れが行き届いているとは言えない。施設の職員は「早く決めないと埋まってしまう」と急かす。母の入居を決める。選択の余地はなかった。

胸が痛んだ。介護からの逃避でもあることを、僕の心は知っていた。母の病気に翻弄《ほんろう》される生活は、光の射さない闇のようだった。抜け出したかった。

入居の初期費用と当座の医療費に充てるため、自宅を手放した。小さくとも両親が苦労して手に入れた家だが、父も許してくれると思う。

もう母には帰る家がない。しかし有り難いことに母はその不幸を感じることがない。

母はそれほど不自由なく過ごしている、と僕は思っていた。

忍耐強い母は不満を漏らすことは滅多にない。しかし、症状の進行に伴い精神の安定を欠き、頻繁に感情を溢れさせた。猜疑心《さいぎしん》が強くなり、介護士や他の入居者を罵《ののし》る母の姿を、初めて目の当たりにした。

それが病気のせいなのか、施設の環境がそうさせるのか、僕に判断はつかない。


心が透明に澄み切った深夜、母は職員の目を盗み玄関扉の鍵を持ち出した。

冬の冷たい空気の中、室内着のまま国道を一心に歩き続ける。寒さは感じていない。街並みが途切れ、道だけが照明に浮かび上がりどこまでも続いている。

――母は自由だった。

国道の分離帯に咲く花が母の目に映った。街燈の光に浮かび上がる黄色い花は、僕がまだ幼稚園に通っていた頃、庭に咲いていた花だった。母の心は一瞬に楽しかった頃に遡《さかのぼ》る。その花を手に取りたかった。一歩また一歩と静かに近づく。花を照らす光が明るさを増し母親をも照らし出す。

光は急激に膨れ上がり、轟音とともに母親を飲み込む。

大型トラックの急ブレーキの音が深夜の空気を震わせた。

2 潜伏——Incubation

午前八時半、窓からは初夏の日差しが差し込んでいる。大学の附属病院である西中央病院心療内科医局の電話が鳴る。

医局を訪れていた看護師の由木《ゆうき》郁恵《いくえ》が応対した。

「警察の方からですよ——」

由木は、外来に向かおうとする森崎《もりさき》の背中に声を掛ける。森崎は苦笑《にがわら》いで受話器を受け取った。

「中央警察署交通課の加賀です。先日、駅前商店街で交通事故が起きましてね。それについてご意見をお聞きしたいのですがね。今からそちらに伺いますので——」

無遠慮な濁声《だみごえ》が響く。診療が始まるという慌ただしい時間にだ。由木が森崎の顔を心配そうに覗き込む。問題ないことを口の動きだけで伝えると、書類を抱え医局を出ていった。

森崎直人《なおと》は西中央病院の心療内科講師、認知症診療を専門とした、三七歳になる医師だ。

以前に健康を扱う雑誌から、認知症とその介護についての取材を受け、さらにその記事の内容はテレビ番組でも取り上げられた。この警察官もおそらく、それで名前を知り連絡してきたのだろう。

　森崎は、認知症患者を取り巻く社会環境の改善と、病気の早期発見を促すべくテレビ出演を承諾した。しかし、視聴者の興味を引く部分のみで番組を作ろうとするスタッフや、一側面からのみ病態を推し量り、結論付けたがる司会者にも辟易した。時にはいわゆる「ボケ」に対しての揶揄《やゆ》が見え隠れし、あまり良い印象を持ってはいない。

「これから診療に入りますので、診療後に医局でお待ちします」

　森崎は不機嫌を隠し、受話器を置いた。

　二階の外来診察室に急ぎ足で向かう。1番診察室のスライドドアを開けると、由木が不安げな表情で微笑んだ。

　診療内科を受診する患者は、うつ病・双極性障害、統合失調症など心の病気といわれる症状から、摂食障害や不眠症のように身体機能に影響が出る疾患など様々だ。もっとも重度の精神疾患に関しては精神科での診療が主となり、隔離を必要とする程の患者はいない。しかし、診療領域は医療施設により異なる。さらに症状が軽度から重度まで無段階に存在するため、一概に線引きできない現状がある。

　世間が不況といわれる時世では、働き盛りの三十代から五十代の受診が多く見られる。職場や家庭内でのストレスで押し潰されそうになっているようだ。世の中が不況になると心療内科は忙しくなる。

　診療を終え医局に戻った森崎に、医師たちの視線が集まる。壁際の椅子に大柄な中年男を発見し、面会の約束を思い出した。

医師たちは黙ってパソコンのキーボードを叩き、また論文のコピーを眺めている振りを装っていた。日常とは異なり空気が重い。

森崎が会釈すると、男が立ち上がった。

「交通課の加賀です」

浅く頭を下げ名刺を差し出す。名刺には、[加賀《かが》正信《まさのぶ》]と記されていた。

「二人だけで話したいんですがね――」

医局のドアにちらりと目をやり、外見に相応しい濁声で言った。

一方的な物言いに釈然としないまま、外来診察室で用件を聞くことにする。

エレベーターホールに近い廊下では、スーツの胸に名札をつけたMRと呼ばれる製薬会社の病院担当者が並んでいた。加賀が一緒なので誰も声を掛けて来ない。

一階へ降りるエレベーターで加賀と並ぶ。一七八センチの森崎よりも背が高い。しかも身体の厚みが違う。ギョロリと刺すような眼つきは、どちらかというとヤクザを思わせる。五十代後半に見えるが、実際にはもっと若いのかも知れない。

外来診察室のスライドドアを開ける。由木が薄いピンク色の消毒用クロスで手摺を拭いていた。一昨年の冬、ノロウイルスによるアウトブレイクを経験し、それ以来、患者ごとの接触部分の清拭《せいしき》、診療終了後には器具や備品を含めた清掃が義務付けられていた。

由木が笑顔を見せるが、森崎の硬い表情と後ろに続く加賀が纏《まと》う威圧感が、その笑顔を強張ったものにした。

由木は、診察用の机の天板を急ぎ拭くと、折り畳みの椅子を開き机の前に置いた。会釈し、診察室を仕切るカーテンの隙間から出ていった。パタパタとスリッパの足音が遠ざかる。

向かい合った加賀の上体が机に近付く。

「一昨日の昼頃、買い物客でにぎわう駅前の商店街で交通事故が発生しました。トラックがガードレールの切れ間から歩道に乗り入れて、歩行者三人、子ども一人に接触した。その後、ガードレールの内側に車体右前部をこすり付けて、ようやく停止したのです」

事故外傷なら他科の仕事だ。森崎は考える。

加賀は身振りを交え、状況を説明する。

「徐行程度のスピードだったために、一人が擦り傷を負っただけで、大事には至らなかった。しかし、この事故に関しては被害の大きさではなく、事故の状況が問題になっておるのです。目撃者の証言でも事故の状況から見ても、車の操作ミスや、居眠りなどの過失による事故ではない。きちんと歩道の中に乗り入れる格好でした、まるでそこが路地か駐車場ででもあるように──。ご丁寧に合図まで出ていたらしい」

訝《いぶか》しげに眉を顰《ひそ》める森崎の表情を窺《うかが》い、話を続ける。

「このような事故は、車両故障や居眠りを除けば、ある程度は原因が限られておるのです。スピードを出し過ぎて曲がり切れずに、車がコントロール不能に陥《おちい》り歩道に突っ込む──これは状況が分かりやすい。また、走っている車の前に急に自転車が飛び出してきて、避けようとして歩道に乗り上げる――これも理解できる。この二つのケースは車の挙動が運転者の技術を超えてしまい、パニックになって起こる事故です。今回の事故はこういったケースとは違う。例えれば、後ろに人がいるのに気付かずにバックしてしまう、あるいは一方通行路や高速道路を逆走するような――簡単に言うと運転技術は問題ないが、周囲の状況を把握できていないために起きる類いの事故だ。しかし、昼間に速度も出さず、しかも前進している状況では考えにくい。通行人がいる歩道に、適正に減速したトラックが、合図を出して進入するなど、故意にでもなければ起こり得んのです」

一息に状況を説明し、加賀は体を椅子に預けた。

森崎は机の端に積まれている認知症の問診用紙を一枚破り取り、気になる部分を書き留める。

「本人に事情を聴いてもまったく要領を得ない。アルコールや薬物の検査を行うも、いずれも白――陰性だった」

加賀の視線が、壁に貼られた認知症の啓発ポスターに動く。

「そこで先生、もしかしたら運転者がてんかんや精神病、あるいは認知症のような病気を持っていたという可能性を考えているんですがね」

森崎は、机に視線を落とす。精神・神経疾患の患者が関係する交通事故が報道される度に、理解の安易さや蔑視《べっし》に苛立ちを感じる。事故の被害者であるならば仕方がないと思う。しかし、少なからぬ人間が「やはり」と納得し、「迷惑だ」と憤慨する。

誰もが歳を重ね、緩い下り坂を降りるように能力の低下は必ず訪れる。しかし多くはそれを理解しない。

廊下でワゴンに揺られた医療器具がカチャカチャと鳴る。

「もう少し、そのドライバーについて教えてもらえませんか。歳とか、経歴について」

森崎の言葉に、加賀の太い指が内ポケットから手帳を取り出し、パラパラと捲《めく》る。

「四一歳の男で、トラックには二九歳から乗っている。仕事先は転々としていたようだが、ここ三年は今の運送屋に勤めている。過去に四件の違反と事故歴が二件記録されています。病歴に関しては、てんかんや精神疾患による受診は無いらしい。ごく普通の男なんだが、言っていることに不審な点が多過ぎるんです」

「若いですね。その歳では、いわゆる認知症の可能性は低いでしょう」

加賀の瞼《まぶた》がぴくりと動いた。構わずに森崎が続ける。

「事故の状況を聞いただけでは判断しかねますが、加害者や被害者が極度の精神的ストレスを受けている場合、その時の状況を覚えていないケースもあるんじゃないですか。私共はストレス性記憶障害と言っていますが」

「それは我々もよく経験します。確かにこの運転手もかなりショックを受けていた。現場では手が震え、足元も覚束《おぼつか》なかったくらいだ。しかし今回のケースでは事故当時のことだけではなく、その前の供述にまったく信憑性が感じられんのです」

森崎の頭に、ドライバーが事実を隠しているとの考えがよぎる。しかし、警察は事件を扱うプロだ。加害者の証言や、記憶障害については十分検討されているはずだ。――だとすれば、警察では判断がつかないか、事故の処理に医師の診断が必要なのだ。

「いずれにしても、その時の行動を思い出せないというだけでは、病気かどうかさえも解りません。何らかの疾患を抱えている可能性は否定できませんが。それに、記憶や認知機能に影響する薬剤は多数有ります。覚せい剤や麻薬を対象とした薬物検査では発見は難しいでしょう。重金属の摂取による中毒でも意識混濁《こんだく》は見られます」

「先生、その運転者を連れてくれば、病気かどうか診てもらえますかね」

「検査しながら、半日ほど様子を見れば何か解るかも知れませんが、簡単ではないでしょうね。できればその方のことをよく知っている人に話を聞きたいですね。人格や態度の変化は、一度会っただけでは解りませんから――」

一介の医師が警察へ協力するには、相応の段取りが必要になる。森崎は憂鬱な感情を一先ず棚上げにした。

森崎は刑事を伴い診察室を出る。外来エリアは全て照明がおとされ、常夜灯が暗く廊下を照らしていた。既に正面玄関は閉まっている。夜間通用口へ案内した。

森崎が医局に戻ると、数人の医師が残っていた。待ち構えていたように、後輩の医師、西村崇《たかし》が森崎に歩み寄る。

「森崎先生、何かあったんですか。事件ですか」

目を輝かせ悪びれずに聞いてくる。明るい屈託のない男だが、疎《うと》ましく感じる時が無い訳でもない。刑事が来たという非日常的な状況は、この男の好奇心を大きく刺激する。

「精神疾患の病態について教えてくれと言ってきたんだ。一通り説明したけど、どの程度理解してくれたかは解らないいね」

西村から目をそらし自分の机に戻る。背中に視線を感じるが、気付かない態を装う。

診察時に回収した認知症評価スケールの束を繰《く》りながら、森崎は考える。

警察に協力するには、心療内科の教授である棚橋稔《たなはしみのる》の許諾を得なければならない。これは森崎にとって大きなハードルだ。しかも、以前の取材報道が予想以上の反響を呼んだことで、棚橋の顰蹙《ひんしゅく》を買っていた。棚橋にとっては、森崎に何らかの不手際があれば、他科の教授に付け入られる隙を作ることになる。

棚橋にとっては自身の功名心とともに、弱点を晒《さら》さないことが重要だった。

現在、棚橋は学会出張中だ。森崎はその間に事態に進展がないことを祈る。


二日後に警察から連絡が来た。森崎は、どう返事をしたものか思案しながら医局の電話を取る。

加賀の濁声ではない。電話の主は落ち着いた声で「捜査一課の小野寺」と名乗った。

捜査一課といえば殺人などの重犯罪を扱っているのではなかったか。――とすれば、件《くだん》の交通事故で何らかの急展開があったか。

森崎の緊張を気遣うように、小野寺はゆっくりと話し始めた。

「お忙しい時間に申し訳ありません。交通課の加賀から、森崎先生のお名前を聞いて連絡しました。お電話したのは、先だっての交通事故とは別件でして――」

電話の声は少しだけ間をおいて続ける。

「昨日未明に老人ホームで認知症の入居者が亡くなりましてね。その原因が同じ施設の入居者との諍《いさか》いらしいんです。それがちょっと、我々では判断が付かないところがありまして、お力をお借りしたく電話しました」

森崎は、返答については教授が戻る明後日以降まで引き延ばしたかった。しかし小野寺に、是非にと押し切られ、しぶしぶ翌日の診療時間後の面会を約束した。

ただでさえ忙しいのに――教授が不在の時に限り何で――これでまた、教授への説明がややこしいことになる――断れない自分を焦燥《しょうそう》が責めたてた。

森崎は、医局の椅子で肩を落とす。背中に西村の視線を感じ、気分はさらに沈んだ。

＊＊＊

繁華街から少し離れた私鉄駅。駅から延びる商店街を抜け二十分程歩く、毎日通うのにはちょっと遠い距離に介護付有料老人ホーム慶静苑《けいせいえん》はある。

所々に塗装の剝落が見られる白い壁面、私道に面した四台分の駐車スペースの奥に玄関がある。築二十余年の三階建てRCの建物は、一見役所の出張所を思わせる。

色褪せた赤煉瓦《れんが》の玄関エントランスに据えられた、腰高のフラワーポッドが、かろうじて介護施設であることを主張する。

　ガラス張りの玄関と、［慶静苑］と彫られた自然木の表札。道に面して並んだ窓ガラスには［デイサービス］と一文字ずつ大きくプリントされた色紙《いろがみ》が、半ば剝がれかけ、室内からぞんざいに貼られていた。

　介護士の沢野《さわの》梓《あずさ》は毎朝決まった時間に職場である慶静苑に向かう。四年前に寝たきりであった夫の母をおくり、介護の重責から解放された。六年に及ぶ介護経験は、沢野を自然に介護の仕事へと向かわせた。

　今年五二歳になる沢野梓は、介護福祉士の資格を取るとすぐに慶静苑に勤め、じきに三年になる。職員の入れ替わりの多い慶静苑では、いつの間にか古参となっていた。

　ホームでの毎日は、変化に富んでいるようでもあり、何も変わることのない時間が延々と流れているようにも感じる。

　介護士という仕事は肉体を酷使する。介助に不自然な姿勢を強いられる場面も多く、職員の多くが腰痛などの障害を抱えている。

　そして肉体以上に負担が掛かるのが精神面だ。高齢者の多くが永い人生を生きてきた自負と、プライドを持っている。その思いは本人の日常生活が思うようにならないことで、さらに強くなっているように感じる。

　沢野は、高齢者の心を大切にしたいと思う。それは義母の介護経験から学んだことだ。義母には認知症という診断はなかったが、それでも加齢による衰えは明らかであり、身体と同様に記憶、認知機能も低下していた。その中で沢野ができることは、義母の失敗に気付かないふりをすること、また、失敗に際し、大したことではないという姿勢を保つことだった。

気丈な義母は、その生涯最後の日の早朝、消え入るような声で「ありがとう」と義理の娘に言った。その一言で救われた。

仕事としての介護は、肉親に対する介護と違い、精神的に楽な面がある。しかし沢野は、介護士として勤務した割と早い時期に、慶静苑職員が見せる入居者に対する割り切り方に、疑問と憤りを感じた。それは今でも変わっていない。

高齢者介護には、明らかに向き不向きがあると思う。沢野自身は向いていると思っているのだが、本当のところはよく解らない。

路地を右に曲がるとホームの外塀が見える。沢野はいつもここで、やっと着いた――とほっとする。

しかし、いつもとはあまりにもかけ離れた風景が、沢野の目に飛び込んできた。

ホームの正面玄関前にはパトカーが二台、赤色灯の光で周囲を照らしていた。さらに、路上にはみ出した救急車は、後部ドアを開けたままで斜めに停車している。

制服の警官と救急隊員、さらに背広姿に腕章の男達が忙しく動いている。

介護施設では、転倒事故や持病の急性増悪などで救急車を呼ぶことはある。時には迷子になった高齢者を保護したとの、警察からの問い合わせも。しかし、この大掛かりな事態を沢野は経験していない。

首からバインダーを下げた背広姿の男の向こうには［立ち入り禁止］と黒で印刷された黄色いテープが、幾重にも張られている。

男が顔を上げ、立ち止まる沢野に無遠慮な視線をあびせる。こちらの職員の方――と呟いた。

沢野は、ショルダーバッグのストラップを握りしめる。自分の鼓動が感じられた。

「介護士の沢野です。何かあったんでしょうか――」

男は、沢野の言葉には応えず目をそらす。腕時計を確認しバインダーの隅に時間と沢野の名前を書き込む。腰からトランシーバーを取る。

トランシーバーが発する相手の声が聞こえるが、ノイズが混じり内容までは聞き取れない。男はいい加減に相鎚を打ち、面倒くさそうに言った。

「どうぞ、入っていただいて結構です」

命令にも聞こえる口調だ。沢野が視界から消えたかのように元の作業に戻る。

沢野は疑問を飲み込み、扉の開け放たれた玄関に向かう。

警察官や捜査員を避けながら進む。ホールでは見知らぬ人間が我が物顔で行き来する。毎日過ごしている職場とは懸け離れた遠い街の違和感を覚え、自分の存在が酷《ひど》く場違いに感じられた。

沢野を見つけ、佐藤香歩《さとうかほ》が泣き出しそうな顔で駆け寄る。まだ介護士になって半年の新人だ。

「竹内さんが。竹内さんが大変なんです――」

佐藤の赤く腫れた目から涙が溢れ落ちる。

「竹内さんがどうしたの。泣いてちゃ分からないよ」

佐藤は沢野の手を引き、ホールの奥に向かう。途中、慶静苑所長の神山聡史《かみやまさとし》が警察関係者に囲まれ、額から流れる汗を拭いながら対応していた。

紺色の作業着風の制服を着た男がカメラを構え、時折シャッターの音を響かせている。背中には鑑識と刺繍されていた。

佐藤が捜査員の間にできた僅かな隙間を指さす。人型に盛り上がった白い布が被せられたストレッチャーが、沢野の目に映る。

人型の隆起の正体が竹内なのか、自分の記憶の中にある竹内貴代《たかよ》を思い返してみる。印象よりも、ずいぶんと小さく感じる。

腕を揺する佐藤の手が、沢野の意識を引き戻す。佐藤の顔は蒼白となり唇が細かく震えている。おそらく自分も同じ顔をしているのだろうと沢野は思う。

「あれは竹内さんなの?」

佐藤がこくりと小さく頷く。

ホールには、丸いテーブルが三つ、それぞれに椅子が四脚セットされている。今は、テーブルの位置が大きく動き、椅子も乱雑に散らばっている。床には数字の書かれた札が所々に配置されていた。

沢野は佐藤に事情を訊くが、詳しいことは解らないようだ。

佐藤の両肩を摑み、赤く腫れた両目を見据える。

「香歩ちゃん。みんな動揺していると思うから、こういう時こそ落ち着いていつも通りお世話してあげてね」

入居者を支えるのは自分達しかいない。

「はい、いつも通りに――」

佐藤は右手で涙を拭《ぬぐ》いぺこりと頭を下げると、受付カウンターに向かった。

カウンターの中では、当直の男性職員が事情を聞かれていた。

唐突に電話の呼び出し音が響く。

佐藤が、電話のマイク部分を抑えながら沢野に駆け寄る。

「マルクフーズさん、昼食の搬入に来たけど中に入れないって――」

「ちょっと待ってて」

沢野は、現場責任者らしい背広姿の刑事をつかまえる。

「すみません。給食センターが来たんです。搬入してもらっていいですか」

「後にしてもらえませんか――」

刑事が舌打ちする。

「ここにはお年寄りが大勢いるんですよ。中には時間どおりに薬を飲まなければならない人もいます。介助の必要な人はまだ朝食もとれないんですよ」

これ以上入居者に何かあったら許されない。

「分かりました。搬入は裏口ですか。では、捜査員を一人連れて行ってください」

沢野は佐藤香歩を振り返り、笑顔で言う。

「車と一緒に外から裏にまわってくれる。お願いね」

刑事は、長身の若い刑事を手招きした。

「おい、一緒に行って搬入を見てきてくれ。その時、車のナンバーとその業者の名前の確認を忘れるな。丁寧に、だぞ」

刑事は念を押し、沢野に向きなおる。

「えぇと、こちらの職員の――」

「主任の沢野梓と申します。いったい竹内さんに何があったんですか」

「――当直の職員の方の話では、未明に階段の下で竹内さんが倒れていたということです。ただ、誰も見ていない状態で頭部に外傷を負っていますので、何があったのか調べさせているところです。――で、竹内さんについて少々伺っても宜しいですか」

「ちょっと着替えてからでもいいですか」

沢野は出勤したままの恰好だ。手にはバッグを抱えている。

「申し訳ないのですが、今、そのままでお願いします。竹内さんは、何か特別の病気を患っていましたか」

「アルツハイマー型認知症との診断を受けていました」

「認知症というと、もの忘れが酷いという――」

沢野は息を詰める。ここにも認知症を解っていない人がいる。警察官でもこの程度なんだから、お年寄りが安心して暮らせる社会なんか来る訳ない。胸の内で毒づく。

「そういうこともあるんですが、認知症ではいろいろな症状が出ます。もの忘れはその中の一つの症状です」

「それで、他の入居者や職員との諍《いさか》いやトラブルを起こしていたとか、例えば恨まれるようなことは――」

ここでは小さなトラブルやいざこざなど日常茶飯事だ。食事の順番から性的な三角関係まで多岐にわたっている。竹内貴代は職員にも他の入居者にも横柄な態度をとる。しかし我儘な年寄りに慣れている職員には、それ自体は大きな問題ではない。問題は慶静苑所長の縁者という立場だ。

「気の強い方ですから、入居者の中にも反りの合わない方もいらっしゃいました。でも、特別問題があるとは言えないと思いますけど」

「そうですか、竹内さんについて他に気付いたことはありませんか。どんな小さな事でも結構です」

「最近、急に認知症の症状が進行して、今まで一人で出来ていた事が出来なくなりました。どなたも一進一退を繰り返しながら、だんだん悪くはなるんですけど。そういえば、最近では振《しん》戦《せん》が出てきたと聞きましたね」

「振戦――」

「震えのことです。竹内さんは四肢の、主に手足の震えだと聞いています。物を持ったり、歩いたりするのに支障が出てきていたようです」

刑事はそれを書きとめる。聞き慣れない言葉で判断がつかない。持ち帰り、然るべき部署に判断を委ねることになりそうだ。

佐藤について昼食の搬入を確認に行った若い刑事が戻る。

「給食業者は藤本《ふじもと》と稲葉《いなば》という男二人でした。裏は取りますか」

背広姿の刑事は、ああ頼む――とだけ言う。すぐに沢野との話に戻る。

「それで、竹内さんの親族関係の解る書類はありますか」

「事務所に同意書や連絡先ならありますが、詳しいことは所長にお聞きになった方が宜しいと思いますよ。ご親戚ですから」

「もう一つ。同じ入居者の男性で、佐川《さがわ》さんという方がいますね」

「佐川さんも何か――」

佐川泰助《たいすけ》は認知症を患い、よく夜中に大騒ぎをしている入居者だ。その佐川までトラブルに巻き込まれたのか。

「職員の方に聞いたところ、昨日は興奮して竹内さんに向かい怒鳴っていたらしい。二人ともなかなか気が強いとのことですが、関係はうまくいっていたんでしょうか」

「言い争いは、よくありました。ですが、何も、そんな――」

「いや、申し訳ない。もう少し事態が明らかになったら改めて伺います。竹内さんと、佐川さんについて思い当たることがありましたら、こちらの番号に連絡をくれませんか」

刑事は小野寺《おのでら》と名乗り、メモを手渡した。

ようやく解放された沢野が更衣室に向かう。

ロッカーの扉を開け、薄いカーディガンをハンガーに掛ける。バッグからユニフォームのポロシャツを取り出す。バッグの底で携帯電話の青い光が点滅していた。昨夜からバッグに入れたままだった。

恐るおそる携帯電話を開く。着信履歴が十二件、留守番電話が三件、そして一件のメールが入っていた。携帯の画面に佐藤の怯えた表情が重なった。

竹内貴代の遺体は警察により運ばれていった。さらに刑事からは、佐川泰助を、施設の外に出さないようにとの依頼があった。何もなくとも佐川はもう八か月も外に出ていない。

夕刻になり、ようやく警察関係者が撤収した。玄関の扉がいつものように施錠され、椅子やテーブルも定位置に戻された。

所長の神山聡史は警察で事情を聞かれている。その後、竹内貴代の実家に向かうという。

騒ぎを聞きつけた入居者の家族が面会に訪れる。親族をはじめ入居者の中には、明らかに不安が広がっていた。

職員が各階で夕食の介助をしている頃、沢野は受付カウンターの椅子で大きな溜息を吐く。出勤してから動き詰めで、初めて腰掛けることができた。まだ昼食も摂れていなかった。

沢野は、ひっそりとした一階ホールを、ただぼんやりと眺めている。

「沢野さん――」

廃棄物処理業者の椎名哲生《しいなてつお》がカウンターの脇に立っていた。

慶静苑では毎日出るゴミの量も多いうえに薬品などの医療系廃棄物も含まれる。専門の廃棄物処理業者が一日おきに回収に来る。

騒ぎの中で施設内のゴミはまとめられていない。沢野の意識からも飛んでいた。笑顔を取り繕う。

「椎名君、今日は無理みたい、また明日来てもらえないかな。ごめんね」

「構いませんよ、ただ時間がちょっと遅くなるかも知れませんけど。いったい何があったんですか。昼間来た時には警官がたくさんいて、結局入れてもらえませんでしたよ」

「椎名君は竹内さんをご存じでしょ――」

「ええ、もちろん」

「今朝、亡くなったの。階段から落ちて頭を強く打ったらしくてね――」

椎名の口が言葉を探しパクパクと動く。そうなんですか――と、ようやく声になる。

椎名は、竹内貴代を思い出す。一緒に回収にまわっている林慎二《はやししんじ》と、ホールのゴミ入れを片付けていた時に、飲み残しのジュースが床にこぼれたと、すごい剣幕で文句を言われた。親の顔が見たい――とまで言われ、相当に嫌な思いをした記憶がある。

「竹内さん、最近ちょっと認知症が進んでましたよね。――所長さんは大丈夫ですか。竹内さんって所長の親戚ですよね」

「そうなの。――ここのことは、今まで通り神山さんがちゃんとやると思うから大丈夫。でも他の皆が動揺しているから心配だわ」

言葉が途切れる。言葉にならない不安が広がってゆく。

唐突に、車のクラクションが短く響く。椎名が玄関を振り返る。

「車に慎二を待たせてたんだ。――それじゃ、また明日来ます」

椎名は一礼し小走りに玄関に向かう。慣れた仕草で玄関ロックの暗証番号を入力する。車に向かい手を振りながら駆けていく。

ヘッドライトを点灯したトラックが小さくなっていく。

「今日は本当に、いろんなことがあった――」

永かった一日を反芻し、確かな実感が言葉となる。

＊

森崎は外来診察室で、今日最後の患者に向き合う。娘に連れられてきた七九歳の男性だ。

娘は、もし父親が認知症なら車の運転をやめさせて欲しいと言った。

注意力が衰えた父親は、家の駐車場から出るときに門柱に車体をこすり、また、路上でも車線が定まらないなど、明らかに危険な状態であるというが、本人はそれを認識していないらしい。

自動車の運転は、判断力、反射神経、身体機能、記憶力や、視覚、聴覚、触覚、時には嗅覚まで、人間が持つ感覚をすべて動員し刻々と変化する状況に適切に対処しなければならない。非常に高度な判断力と技術を要する。それらの能力に支障をきたすことは、周囲に対しても大きな脅威となる。

それでも高齢者に運転を諦めさせることの難しさを、森崎はよく知っている。痛みなど身体症状が現れる疾患では、比較的容易に運転を止められる。しかし、認知機能は痛みを伴わずゆっくりと低下する。

さらに地方では、車は生活に必要な移動手段であり、頑として受け入れない高齢者も少なくない。また、男性では運転が生き甲斐となり、自信に繋がっている場合もある。

森崎は、もし事故になれば家族に大きな負担をかけること、疾患に関係なく、誰もが必ず運転できなくなること――を説明した。その場では理解を示した父親だが、娘の表情からは不安の色が消えない。今までの経緯から、運転をやめるとは思えなかったのだろう。

森崎は、検査結果を伝えるとの理由で、一週間後に再度来院の予約を入れさせた。そして、とにかく次回の診察日までは運転しない、と父親に約束させたことで、娘も幾分は納得したようだ。それまでに、運転しないことに慣れてくれれば良いのだが。

森崎は、警察から持ち込まれた交通事故を思い出す。今のところ加賀からの連絡はない。

医局に戻るのを待っていたかのように、小野寺と名乗る刑事が姿を現した。白髪の混じった髪を後ろに撫でつけ、刑事に似つかわしくない優しい目をしていた。同行した刑事は背が高く若い。一文字に結んだ口元は融通が利かなそうに見えた。堀江という男だ。

小野寺の目が医局内を探っている。カンファランス用のテーブルには煩雑に書類が積まれ、ホワイトボードやスチールキャビネットには、薬品名の入ったマグネットでプリントが無秩序に貼られている。

小野寺は周囲の医師達に気取られないように、森崎の耳元に顔を寄せる。

「先生、少々複雑な事情がありまして、人の居ないところでお願いしたいので、宜しければ署の方にでも――」

刑事の言葉は、森崎の予想していた通りのものだ。顔には出さずに苦笑した。

警察署には行きたくなかった。これは時間の制約に加え、あの警察の雰囲気に馴染めないのだ。女性の笑顔のポスターの隣に、太く筆書きされた文字。そして無愛想な職員という見事な不和が醸し出され、どうにも居心地が悪い。

森崎はスタッフに応接室使用を告げた。診察室と違い声が外に漏れることはない。これは加賀との面談後の反省だ。

応接室とはいえ、元は建物の設計上の都合で空いたデッドスペース、物置きである。窓もなく、配管が天井を這う。そこに古い応接セットが無理やり押し込まれていた。

男三人が嵌《はま》り込むようにして向き合う。

気を利かせた医局の事務係が茶を運んで来た。足音が離れるのを確認し年配の刑事が話し始めた。

「先日は交通課の加賀がお世話になりました。先生には、随分、気分を害されたのではないかと心配しております。加賀は交通課に配属される前、もっと荒っぽい部署におりましてね、そのせいか横柄で困る。悪い奴ではないんですがね。どうか許してやってください」

小野寺は座ったまま頭を下げる。つられたように堀江も倣う。

森崎は、小柄で柔和な面持ちの小野寺と、大柄でガサツな加賀では、警察での職掌が逆に見えた。もちろん小野寺も、現場ではまったく違う一面を見せるのだろうが。

小野寺は軽く咳ばらいをすると、神妙な顔つきで話し始めた。

「早速ですが、一昨日の未明に、老人ホームで七八歳の認知症の女性が階段から転落して亡くなりました。その前の晩に、これも認知症の八四歳の男性入居者と、かなり激しい言い争いをしていたということです。そこで、その男性に話を聞いておったんですが、どうにも要領を得ない。言っていることが支離滅裂というか、こちらとしては理解しがたい訳です」

小野寺は上体を乗り出し、両手の指を絡ませた。

「先生、このような認知症患者から話を聞き、その供述に信頼性を得るために、何か方法があれば教えていただきたいのです」

森崎は眉を顰《ひそ》める。

「認知症の患者さんは、その原因や病態、症状の程度にもよりますが、その日や、時間によってその認知能力が目まぐるしく変化します。ですから、その患者さんが落ち着き、状態のいいときに、ゆっくりと優しく聞いてみるのが良いのではないでしょうか。怒らせたり、とにかく感情を昂《たかぶ》らせないことが大切です。興奮させると話どころではないと思います」

「認知症というのを、我々も、本やインターネットでは調べてみたのですが、認知症にもいろいろな原因や種類があると書かれています。しかしながら、お恥ずかしい話、どうにも耳慣れない言葉が多くて、よく解らないというのが本当のところです」

小野寺は、面目なさそうに森崎を見る。

「アルツハイマー病というのはご存じですか」

「この歳になると周囲でも、アルツハイマーというのはよく聞きます。しかし、老人に起こる物忘れという程度の認識しかありません」

小野寺は、ばつが悪そうに答える。

アルツハイマーは発見者の名だ。アルツハイマー医師が同定した認知症症状を「アルツハイマー型認知症」、もしくは「アルツハイマー病」という。しかし、世間では発見者の名が認知症の代名詞として独り歩きする。時には、老化による物忘れでさえもその名で語られる。そして多くの場合、揶揄《やゆ》を含み、正しく理解されていないのが現状だと言える。

「まず、認知症というのは病気というよりは症状なのです。正常な認識や判断ができずに社会生活、日常生活に支障をきたす症状を、大きく認知症と言っています。

原因はいろいろ考えられますが、アルツハイマー型認知症をはじめ、多くの認知症について、よく解っていないのが現状です。例えば薬の副作用として意識が混乱し、認知症のような症状が現れる場合がありますが、これは、原因となる薬を止めれば、大方は症状が治まりますので、認知症とは言えないでしょう。

一方、加齢や動脈硬化にともない脳の血管が詰まり、その先にある脳神経の働きが妨げられて症状が現れる病態、これを脳血管性の認知症と呼んでいます。皆さんによく名前を知られているアルツハイマー型認知症では、脳に蛋白質の線維が溜まり、神経細胞を死滅、脱落させてしまうことで認知症症状が現れます。

そしてもう一つ多く見られる認知症に、レビー小体型認知症があります。これはレビー小体という物質が脳内に出現することで、神経伝達がうまく働かなくなります。これらの認知症は、そのタイプにより症状や経過も大きく異なります。他にも様々な認知症がありますが、アルツハイマー型、レビー小体型、脳血管性という三つが認知症の大半を占めているため、三大認知症と呼ばれることもあります」

二人の刑事は訝しげな表情で、森崎の言葉を手帳に書き込んでいる。

小野寺が手を挙げる。

「認知症を治せば――例えば、今回の老人ホームの老人達から話が聞けるようになる可能性も――」

森崎が首を横に振る。

「アルツハイマー型認知症では、基本的に完治することはありません。先程言ったように、その日の体調や状態によって、比較的、明快な日もあるということです。認知症治療薬の投与により、機能の改善を期待できますが、それでも症状は進行します。多くの場合は認知症の症状悪化に伴い、寝たきりの状態となり、身体の抵抗力が落ちるため肺炎などの感染症や、急性心不全を起こして亡くなります」

「死んでしまうんですか——」

驚いたように訊き返す小野寺に、必ず亡くなります——と森崎が答える。癌や心臓病と違い、認知症が死に至る疾患とは考えていなかった小野寺は、無念そうに首を捻《ひね》った。

「ですから、そのお話を聞く入居者の方にも、早いうちに——そして状態の安定している時に話を聞いてみるのが良いと思います。その際には、その入居者が慣れている介護士に同席してもらうと、落ち着くかも知れませんね」

同時に森崎は、認知症患者の答えの不確かさを考える。診察時に、今朝の朝食を聞くと、パンとコーヒーだと迷いなく答える。同じことを家族に訊くと、ご飯とみそ汁だったと言う。それが勘違いなのか、解らないと言いたくないだけなのか、それは定かではない。しかし、証言ともなればその信憑性を測る必要がある。

「先生、有り難うございました。教えていただいたことを、捜査に役立てようと思います。状況が明らかになったら、またご相談に伺います」

刑事の背中を見送り、森崎は正しく理解されたか不安になる。そして、同時に認知症診療の難しさを感じる。

認知症の進行度は、血圧や血糖値のように検査結果が数値に現れない。もちろん評価は点数で示されるが、患者自身の回答による評価スケールや、家族、介護者の印象評価が中心となる。患者自身の評価では、その日の患者の体調や感情などに大きく影響を受ける。一方で、家族や介護者の印象評価は、連続した相対的な評価が可能である。しかし、家族や介護者の性格や、その日の気分によるバイアスを避けられない。

患者の点数評価が下がっているにも拘《かかわ》らず、家族の印象では改善していると認識される、あるいはその逆も起こり得るということだ。

それでも、医師はそこに評価の一端を求め、経験から診断する。


学会で病院を不在にしていた教授の棚橋稔は、今朝から出勤している。

森崎は教授室のドアの前で身繕いする。ノックし、ドアを少しだけ開ける。その隙間に向かい、森崎です――と声を掛け、待つ。

「ああ、どうぞ」

ぞんざいな応えが返ってくる。棚橋の機嫌が悪くないことを祈りながら、ドアの隙間に身体を滑り込ませる。棚橋は書類から目を離し、老眼鏡を慣れた手つきで外す。

元来が神経質な性分である棚橋が、よく認知症患者相手の現場で耐えられるものだと部下たちは不思議がる。

痩せ形で眉根に皺が刻まれ、不機嫌に見える棚橋の表情であるが、講演の壇上やインタビューの撮影などでは、別人のように穏やかな笑顔を見せる。そして今は、不機嫌な方の棚橋である。

「学会でお疲れのところ申し訳ありません。先日、警察が認知症についての説明を求めてきました。認知症の病態と、交通事故に及ぼす影響について聞きたいとのことでした」

「警察の関係者が来たという話は聞きました。詳しい内容については、報告を待っているところです」

当の本人を前にして報告を待っているとは、随分な言い様である。

功名心の強い棚橋としては、この案件が自分にとって有利に働くか、もしくは関わらない方が得策なのかを計っている。もし関わらないと判断した場合には、全責任を森崎に押し付けたうえで、心療内科としては反対の立場を取ることも有り得る。しかも、問題が発生した場合には、森崎一人が貧乏くじを引くことになる。警察に協力するならば、棚橋に認めさせておかなければならない。

「昨日は別件で、小野寺という刑事が来ました。介護施設で起きた事故に関しての協力依頼です」

棚橋の顔は依然、不機嫌なままだ。棚橋が軽い溜息と共に口を開く。

「それで、どう協力しろと言うのですか――」

「まだ事件か事故かも解らないのですが、患者に会って病態を確認して欲しいということです。心療内科としての対応についてご判断を伺いに来ました」

棚橋は腕を組み、視線を落とす。森崎は、棚橋がこういった問題に対して積極的であることを知っている。当然それが本人の業績に繋がることであればだ。

「近年、認知症やてんかんが関わる交通事故が、頻繁に報道されています。てんかんの場合には多くが既往《きおう》で評価されますが、認知症では、そのタイプと進行度による運転への影響を評価することが必要だと考えます」

森崎は、協力を認めさせようとする自分を不思議に思う。駄目なら断ればいいだけの話だ。しかし警察へ協力することは、情報を優先的に得られるということだ。もし拒否すれば、警察は他の医療機関に協力を求めることになる。棚橋は、警察への協力の条件として、一連の知り得た情報を報告書として提出すること、さらに患者とその疾患に関わる詳細な記録の提示を森崎に約束させた。

そして棚橋は、必要があれば日常業務のローテーションにも配慮すると言った。森崎にとっては素直に喜べない待遇の改善である。

森崎は棚橋の処世術は理解していたつもりだが、要求できるものは全て要求するという、相変わらずの傍若無人ぶりである。警察への協力と、そして教授にまで気を遣わなければならない現状を考えると、今更ながらに気が滅入る。

*

森崎には珍しく、大あくびをしながら医局のドアを開けた。

視線が事務係の宮島香織《みやじまかおり》の冷たい目とぶつかった。宮島が視線をずらした先には、刑事の小野寺と堀江、そして加賀が身をすくめるようにして座っている。今日は刑事との面会の予定などないはずだ。森崎はあくびを噛み潰すように、慌てて口を閉じた。

小野寺が腰を上げた。

「森崎先生、突然にまったく申し訳ありません。伺った件で報告と相談がありまして、不躾ながら伺いました」

今日の森崎は早々の帰宅を画策していた。非常に迷惑な話である。だが相手は警察だ。しかも三人だ。これを追い帰す度胸は持ち合わせていない。

狼狽も露《あらわ》な森崎に、帰り支度をすませた宮島がにっこりと手を振り出て行った。

森崎は冷蔵庫から缶入りの緑茶四本を取り、三人を促し医局を出る。

狭い応接室は男四人が座るとかなり窮屈だ。小野寺が切り出す。

「以前、加賀が相談に伺った交通事故の件と、先日の老人ホームの事故についての報告で伺いました」

加賀が、小野寺の話を引き継ぐ。

「歩道に乗り上げたトラックの運転手について、あの後こちらで取り調べをしたんだが、やはり、聞く度に言うことが違う。しかも手や足の震えが治まらんのです」

森崎の目が僅かに見開かれた。

加賀が続ける。

「事故の時に頭を打っていて発作でも起こしたかと、取り調べどころではなくなり、急いで近くの病院に搬送し、二、三日様子を見ていた。ところが震えは繰り返す、呂律《ろれつ》が怪しくなるで、結局は未だ事故について、はっきりした状況も原因も解っていないままでして。今は、その病院に入院させとります」

「入院先の担当医は何と――」

「調べたところ、外傷や薬物などの影響ではない。精神疾患だろうと――しかし、詳しいことは専門医でないと判断はできないと言っとります」

加賀の話を聞く限り、精神科や心療内科の医師ではないらしい。森崎は現状で明らかな運転手の症状を基に、可能性のある疾患に考えを巡らせる。

「そのドライバーは確か四一歳でしたね。その年齢だとアルツハイマー病というのは考えにくい。症状からは、レビー小体型認知症の可能性も考えられます。

レビー小体型は比較的、若年者で見られることもありますし、パーキンソン症状と言われる、手や足の運動障害、幻覚などの視覚の障害、例えば、そうですね――実際にはいない虫が見えたり、壁に掛けてある洋服が人に見えたり、真直《まっす》ぐな道が波打って見えるなどが、この疾患の特徴と言われています」

なるほど――と呟き、取り出した手帳に書き留めている。加賀が持つと手帳も随分と小さく見える。加賀はギョロリと森崎を見る。

「ではその、レビー、ぇぇ――小体型認知症の、幻覚のために錯覚して、歩道に乗り上げたという、推測ができると――」

「そう短絡的に断言はできません。あくまでも可能性です。本人を診て、いろいろな検査をしてみないと、疾患自体を特定できません」

森崎はボールペンで書き込んだメモ用紙を、加賀に渡す。

「これらの症状が見られるか、確認してもらえますか」

紙には［睡眠中の寝言・動作］［認知症症状の変動］［幻視《げんし》・錯視《さくし》の有無］［運動機能障害］と書かれていた。

加賀はその内容に、釈然としない表情で森崎とメモ紙を見比べる。

「レビー小体型認知症の特徴です。寝ている時に大きな声で寝言を言ったり、足をバタバタさせたり。認知症症状の変動とは、しっかりしている時と、そうでないときの著しい差があるかどうかです。幻視、錯視は現実にはないものが見えたり、実際とは違って見えたりすること。最後は、歩きにくいとか転びやすいとか。これらを、なるべく近くで連続して見ている人に確認しておいてください」

「これだけなら、今、電話で聞いてきましょう」

加賀は、森崎の書いたメモを摑んで立ち上がり、身体を横にしながら部屋を出て行った。

小野寺が話し始める。

「老人ホームで入居者が死亡した件ですがね、アルツハイマー病の診断で介護を受けていた七八歳の女性――死因は、階段からの転落による頭部打撲なんですが、これも最近になって認知症が急に進行したらしく、同じように手足に震えが来ていたという。これは施設介護士の証言です。遺体は検視のうえ剖検《ぼうけん》を行ったのですが、アルツハイマー型認知症による脳萎縮と、それから、脳組織にはクロイツフェルト・ヤコブ病の所見が見られたということでした」

小野寺は手帳を確認し、理解も発音もし難い内容を読み上げる。

「それはまた珍しいですね。クロイツフェルト・ヤコブ病は非常に希少な疾患です」

意外だった。――そうか。それで手足の振戦が出ていたのか。森崎が、独り言のように小さく呟く。

「そしてもう一人、亡くなった女性と、激しい言い争いをしていたという八四歳の男。それがまあ、我々の中では参考人となっているんですがね、その男の症状が、亡くなった女性とそっくりだというのです」

「それは、手足の震えということでしょうか」

「ええ、それに、病気の進行が早いという。これも施設の介護士の言《げん》なんですが、今では、ほとんど動けないらしい」

供述を取れていない佐川泰助については、随時その様子を施設に確認していた。

不自然だと森崎は思う。死亡した女性がクロイツフェルト・ヤコブ病であったとしても、同じ施設で二人が同時期に発症することは考えられない。

クロイツフェルト・ヤコブ病の発症確率は国や地域、人種に関係なく約百万人に対し一人とされている。もっともこれは、孤発性といわれる原因が特定されずに発症するタイプの場合だ。医療過誤による医原性や、食肉による変異型であれば、その限りではない。しかし現在では、どちらも厳重にコントロールされている。

「その男性も、アルツハイマー型やレビー小体型、あるいはその混合型という可能性の方が高いと思います。これも現段階では断言しかねますが」

ノックの音と同時にドアが開く。加賀がメモ用紙を握りしめ、巨体をソファの隙間に滑り込ませる。

「病院の担当者に連絡がついた」

加賀がテーブルの上にメモ用紙を広げた。紙のシワを伸ばし文字を指でなぞる。

「担当は、いつも横で見ている訳ではないと言っていたが。寝ている時に目立った寝言はない。手足を動かすのは寝返り程度だったらしい。意識はやはり、その時によって良かったり悪かったりだそうだ。幻覚を見ている節はない。それから、運動に関しては、依然として震えと、歩行にも支障があるとのことだ。ただし、徐々に悪くなっている気がする、と言っている」

加賀はテーブルの緑茶に手を伸ばした。

「レビー小体型認知症だと、周囲が不審に感じるくらい、大声で寝言を言ったりします。幻視や幻覚にしても、実際にはいないネズミや虫などが、まるで本物がそこにいるように、ありありと見えたりする。そういった特徴があるので、通常は本人の訴えから周囲にも解るはずなんですが――」

「先生、こちらも、その、クロイツフェルト・ヤコブ病、ということは考えられませんか」

黙って聞いていた堀江の率直な疑問だ。

医師として、それは許容できることではなかった。認知機能障害や運動障害を起こす疾患など、枚挙にいとまがない。酒を飲み過ぎただけでも呂律《ろれつ》は回らず、足元は覚束ない。

「クロイツフェルト・ヤコブ病はそんなに、どこにでもある病気ではありません。亡くなった女性は、脳の組織から罹患が確認されている訳ですが、他の二人については、調べれば、おそらく他の原因が見つかるでしょう」

「ですが先生、亡くなった女性は、認知症の症状が進行すると同時に身体に震えを来した。事故の運転手も症状の悪化と手足の震えが見られている。そして、施設の八四歳の男も同じように見えます。素人目にですがね」

小野寺は、可能性が存在する以上は無視すべきではないと考える。これは刑事を続けてきた経験から学んだことだ。

「確かに、言葉にすると、そうなんですが。——困ったな」

森崎は、この医学の常識が通用しない相手に、どう説明したものか考え倦《あぐ》ねている。

「どちらにしても、話を聞くならば、病気が進行する前に対応した方が良いでしょう。まずは診察が必要です。ＭＲＩなどの画像診断も有効ですから、状態が良好な日に連れて来てください。私が診ます」

さらに森崎は、必ず事前に連絡してください——と、付け加えた。

既に上司である棚橋教授の許諾を得ていることは、森崎にとって幸運であった。さもなくば、とても提言できる立場にはない。

刑事たちが席を立つ。小野寺が振り向き、森崎に言う。

「先生、ご存じだと思いますが、刑法第三九条というものがあります。心神喪失者や心神耗弱《こうじゃく》者の行為は、その刑を減軽、あるいは罰しないというものです。今回の二件の事故がどう決着するか解りませんが、事故発生時の責任能力が重要になるでしょう。進展によってはまた、改めて相談に上がります」

刑法とは——森崎の日常からは遠い言葉だ。強張《こわば》る表情に小野寺は笑顔を向けた。

3　伝　播――Propagation

森崎の頭の隅には、刑事が言った［可能性］がいつまでも引っ掛かっていた。

森崎はクロイツフェルト・ヤコブ病の希少性を裏付けるために、大学時代の友人である、珠《たま》木《き》浩一郎《こういちろう》に会ってみることにした。

珠木は、民間企業と国の予算で賄《まかな》われる、生命科学に関する研究機関に属している。『蛋白質侵襲制御研究室室長』という肩書きを持ち、蛋白質の働きや、脳神経疾患の原因とされている蛋白質の研究をしている――はずである。

森崎は、途中までメール文を作るが、返信があるとは限らない。電話を掛けることにする。しかし、それも出るとは限らないのだが。

予想に反し、「なんだよ」と無愛想な珠木の声が聞こえた。その口調に森崎は安心する。早速、翌日の夜に落ち合う約束を取りつけた。

一九時半という、普段であれば、まず仕事が終わっていない時間に森崎は医局を出る。

待ち合わせ場所には、珠木が先に着いていた。これはちょっとした事件だった。珠木は無駄が嫌いだ。人を待たせることなど、さして意に介さない我儘な男のはずだ。

学生時代の試験では、常に赤点にはならない点数でクリアしていた。何故なら必要以上の点数も、追試も無駄だからだそうだ。そんな珠木を呼び出し、小言を聞かせる恩情ある教授もいたが、本人はまるで変わらなかった。

ＩＱは学内でもトップクラスだと噂されていた珠木だが、集団に迎合しない変人とみられていたため、友人といえる人間も少ない。森崎はその中の奇特な一人だ。

森崎は、珠木の意外な一面を知っている。医学生時代の珠木は、誰よりも実験動物を大切に扱っていた。大方の学生は、慣れるに従い動物の命に対する感情が希薄になる。しかし、珠木は学生時代を通して変わることがなかった。森崎は良いヒトを演じている仲間よりも、珠木相手の方が安心していられた。

久しぶりに会った珠木浩一郎は、その服からも他人の視線に頓着が無いことが窺えた。痩せた体形に細い目と薄い唇は、冷たい印象を与える。

よおっ——という間の抜けた挨拶を交わす。

落ち着ける店を選ぼうとするが、結局は何の特徴も無い居酒屋の暖簾《のれん》をくぐる。これは学生時代からの常だ。奥のテーブル席でビールを注文する。

「どうなんだ最近、研究はうまくいってるのか」

森崎の言葉に珠木は顔を向けず、ゆっくり口を開く。

「ああ、まあまあってとこだよ。ただ研究へのアプローチは施設ごとに違うからな、残念ながらウチはトップは取れない。同じ研究カテゴリーで二番以下はゴミだ。——で、お前さんは、まだ爺さん婆さんの相手かい？」

「ああ、相変わらずだよ。ただ、最近は本人以上に家族が神経質になっている。それに物忘れが心配になった四十代五十代の受診が多い。認知症の発症リスクもある程度は調べられるようになったからね。それに、脳神経以外の学会やセミナーでの講演依頼も多い」

認知症患者のほとんどが高齢者であり、多くが他にも疾患を抱えている。しかし、認知症患者は、その症状を正しく伝えられないことが多い。さらに、服薬を含めた自己管理が儘《まま》ならず、他疾患の治療をも難しくしている。結果、他の診療科でも認知症への対応が必要となり、専門医が講師として他科のセミナーに招かれる機会が増えている。

「お前はよくやってるよ。俺はどうも、人間相手は煩《わずら》わしくてだめなんだ。向いていないんだよ。研究室でビーカーを掻き回している方が性に合っている」

「お前は昔から気に入った事しかやらないからな。でもそういう人間もいないと新発見も無い。医学の進歩には貢献していると思うよ」

「森崎先生に褒められるとはな。お前のような一線で活躍している医者を見ていると、医大を出ていても、俺は研究者であって、医者じゃないと思うね」

「俺も大した診療ができているとは言えない。問診と認知機能のテストをして、必要があれば造影に回す、疾患の鑑別をして適切な薬があれば処方する。あとは今後の対策を話し合って、家族に納得してもらう。その程度だ」

珠木は、そこなんだよ――と、森崎の眼前に人差し指を立てる。

「それが脳神経の難しいところだ。血圧や血糖値を測って診断できる訳じゃないし、改善が数値になって表れない。画像や脳波に変化が見られても、症状と必ずしも一致しない。それに評価の指標が認知機能試験や、家族の印象だ。それが臨床の場に立てない理由の一つだ。感情的になった家族の言葉を診断基準にはできないんだ。信じられないんだよ」

森崎には理解できる。同じ患者であっても、家族の心境により疾患の捉え方は大きく異なる。森崎は、いつも一歩下がった位置から患者家族を俯瞰する。

森崎が切り出す。

「今、クロイツフェルト・ヤコブ病の疑いのある患者、いや、まだ疑いにもなっていないな。違うはずだという状態の患者がいる」

「クロイツフェルト・ヤコブ病の疑い？　何で？」

「いや、何でと言われても、まだよく解っていないんだ。俺が直接診察した訳じゃない。ただ、話を聞いていると、アルツハイマー型とは違うようだ。進行が早過ぎるんだ。既往から見ても脳血管性ではないようだ。ミオクロニー発作があることから、多発性硬化症も疑うが、現状では推測しかできない。そこでお前の意見を聞きたいと思ったって訳だ。お前は詳しいだろ」

珠木は、ふんっ――と笑い、森崎を細い目で睨む。

「どういうことだ。ＡＤ（アルツハイマー病）もＶＤ（脳血管性認知症）もＭＳ（多発性硬化症）も診断がついたからと言って、早急に対処しなければならない疾患じゃない。劇的な改善が期待できる疾患じゃないからな。俺に連絡して来るくらいだ、そんな単純な問題じゃないだろ。第一に臨床だったらお前の方が詳しいに決まってる」

森崎はこれまでの顚末を、できる限り私見を交えることなく話す。当然、捜査上不適切なことや個人、施設が特定できる情報以外をだ。

「――そんな訳で、クロイツフェルト・ヤコブ病が確定している症例が一例ある。これは脳組織を確認済みだ。後の二例は、前の一例と症状が酷似《こくじ》しているというだけだ」

「何言ってんだよ。もっと他に疑う疾患は幾らでもあるだろ。CJD（クロイツフェルト・ヤコブ病）なんて、最後の選択だぜ。医者なら解りそうなもんだ」

珠木は吐き捨てるように言う。グラスに残った焼酎を、ぐいと喉に流し込む。

「そうなんだ。俺もそう思う。でもな、刑事に食い下がられて、経過を聞いているうちに、無視できなくなってきた。どちらかと言うと、胸騒ぎみたいなもんだな」

「おいおい、しっかりしてくれよ。だいたいな、限られた範囲内で三人も、しかも同時期にCJDを発症するなんて考えられないんだ。不自然なんだよ」

「まったくだ。俺もそう思う」

珠木にたしなめられる森崎は、まるで先般の小野寺だ。珠木の目に哀れみが現れ、次いで険しい眼差《まなざ》しとなった。

「一人なら解る。二人でも偶然と片づけられる。しかし三人は有り得ないんだ――」

珠木は音をたててグラスをテーブルに置いた。

森崎の携帯電話が振動する。着信画面には非通知という文字が浮かんでいる。森崎は、悪い――と珠木に言い残し、店の外に向かう。珠木は手をヒラヒラ振った。

電話は小野寺からだ。携帯の番号は知らないはずだ。医局で聞いて掛けてきたのだろう。

珠木が運ばれてきた焼酎を舐めている。森崎が渋い顔つきで戻る。

「警察の担当者からだった。介護施設で危害を加えたと疑われていた八四歳の老人――死んだそうだ」

珠木は口を少し唸《ひね》った。

「参考人のジイサンか」

森崎は、ああ――と頷く。慶静苑の事故から、まだ半月しか経っていない。

「症状が進行して、動けなくなってきたというのは聞いていた。まあ、何の検査もしていないから、原因は不明だ――」

出掛けて行ってでも症状を確認しておくのだった。しかし、これほど早く進行するとは予測できない。不可抗力とも考えられた。

「森崎――」

森崎が顔を向ける。

「お前は、どうしたかったんだよ。警察の協力依頼は、事故の運転手と、施設入居者から情報を取るための助言だろ。それなら依頼には応じているじゃないか。お前が責任を感じることじゃない。お前が全て満足いくように動いても、命を救える訳じゃない。アルツハイマー型でもレビー小体型でも、たとえ、ＣＪＤ――クロイツフェルト・ヤコブ病であってもな。だろ？」

「そうだな。あとは警察が何を言ってくるかだ。しかし、この件は、どこかちぐはぐだ、違和感を覚える。さっきの電話を聞いて余計にそう感じる」

珠木が頷く。しかしな――と森崎の顔に箸を向ける。

「俺は、CJD患者が、そんなに多発するとは思っていないんだ。それほど稀有な疾患だからな。ただ、お前の話と、その態度を見ていると何かありそうだとは感じる。改めて、現在CJDが確認されている一例と、後の二例もCJDを発症する可能性があることを前提に考えてみると――」

珠木は指先を小刻みに動かしながら考える。

「それが本当なら大変な事態だ――」情けない顔でつぶやいた。

森崎は、警察に協力するのであれば、より詳しい経過記録と病態の把握が必要であることを、小野寺に進言するつもりであった。

「今日亡くなった男性の死因が確定してから、改めて考えた方が良さそうだな」

森崎の言葉に珠木が頷く。

「ま、CJDの可能性は、一番低いと思うぞ」

＊

佐川泰助の死については、高齢であり基礎疾患を持っていたことから、特に疑問視されるものではない。しかし、死亡事故への関与を疑われていた最中《さなか》でもあり、死亡原因を確定すべく解剖が行われることとなった。実際には、クロイツフェルト・ヤコブ病の発症に疑念を抱く、小野寺の強い要望によるものだ。

「慶静苑で、また、別の入居者の認知症が急に進行しているということです――」

小野寺からの連絡は、森崎にその入居者の病状確認の依頼だった。佐川泰助の急な死亡に鑑み、同じ轍《てつ》を踏むまいとする小野寺の采配だ。

森崎は、駅の改札口で小野寺と待ち合わせていた。

電車を降りた客に続き改札を出る。土曜日の昼下がりに、背広姿はそれだけで場違いな印象を受ける。

気付いた堀江が会釈する。小野寺も笑顔で頭を下げる。

「先生、ご足労いただきすみません。では、早速参りましょう」

事前に森崎に与えられた情報は、患者の名前と年齢。症状に関しては、小野寺を介しての乏しいものだ。

「今日は施設の嘱託医も来ているそうです」

小野寺の言葉に森崎は複雑な気持ちになる。疾患が明確で治療法が確立していれば問題はない。しかし認知症では、医師の見立てがすべてといえる。突然現れた医師が、その場で主治医の診断に異を唱えることは避けたい。

慶静苑の玄関を入る。ホールのテーブルでは、面会に来た家族と入居者が談笑している。

施設の所長、神山聡史が大きく突き出た腹を揺すり小走りに現れる。のど元のボタンが掛からないワイシャツが窮屈そうだ。

「先日は大変お世話になりました。入居者も何とか落ち着き、ようやく業務も通常に戻りました」

神山が上体を折り曲げ、引きつった笑顔で頭を下げる。

「竹内さんはまったくお気の毒でした。今日伺ったのは、認知症の症状が急に進行している方がいると聞きましてね。症状を確認いただこうと、認知症専門医の森崎先生に来てもらいました」

「それはご苦労様です。今ちょうど二階の居室で、嘱託医が診ています。では、行きましょう」

神山に続きエレベーターへ向かう。工具箱を提げた作業着の男とすれ違う。神山が軽く右手を上げた。

「さっきの人は――」

到着したエレベーターに乗り込み、小野寺が訊いた。

「電気設備のメンテナンス業者です。調子が悪いとすぐ来てくれるので、助かっています」

二階の廊下に立つ。歌うような女性の唸り声が聞こえてくる。その声は細く開いたドアの隙間からだった。ドア横の名札には［杉田みえ］とある。

神山はドアの前で立ち止まり、開いたドアをノックする。

四畳半を細くしたような部屋に、ベッドと簡単な机、そしてすぐ右側に洗面台とカーテンで仕切られただけのトイレがある。

唸り声の主はベッドに腰掛けていた。丸椅子に座り入居者の手をさすっていた白髪の医師が振り返る。

「国本《くにもと》先生。杉田さんの加減は如何ですか」

国本はゆっくり立ち上がり、男たちに会釈した。

小野寺は竹内貴代の事故の際、その医師に一度会っていた。国本は慶静苑の近所で診療所を開業している。毎週二回、苑を訪れ薬の処方や体温、血圧や心拍数などを測定し、持病のある入居者の体調を管理する。そこで異常があれば総合病院に送ることになっている。

入居者と大差ない年恰好の国本が、ベッドに腰掛け背中を丸めた杉田を見る。

「今日はまだ良いようだね。ただ、身体の震えが頻回になっているし、意識レベルが下がっているから、水分はきちんと摂らないと脱水症状が心配だね」

「国本先生、先日はどうも——。今日は杉田さんの症状について聞きに来ました。こちらは私どもがお世話になっている心療内科の森崎先生。それと部下の堀江です」

堀江は黙って腰を折り、警察官らしいお辞儀を慣行する。

小野寺が国本の耳元に口を寄せる。

「患者さんの前では何ですから、別の場所に移りましょうか——」

「いや、杉田さんはもう話を理解できないからね、問題ないでしょう。それに専門の先生がいらっしゃれば、診てもらった方がいい」

寂しそうに言う。小野寺が小さく咳払いし、それでも小声で言う。

「では、国本先生。こちらの杉田さんもやはり、竹内さんや、佐川さんと同様の症状なんでしょうか」

「そうだね、似ているね。まあ、竹内さんの症状はこんなには酷くなかったけれど、病気が進行する前に亡くなってしまったから、何とも言えないね」

内科医の国本は時折、専門医である森崎に視線を向けながら答える。

森崎は小野寺の後ろから杉田みえを観察するが、よく解らない。アルツハイマー型で振戦が見られることは少ない。しかし、レビー小体型で見られるパーキンソン症状とも違っていると思った。

小野寺が目で合図を送る。森崎は杉田の足元に跪《ひざまず》く。

「国本先生、杉田さんはいつから認知症の症状があるのでしょうか」

「気付いたのは、大体、三週間くらい前でしょうかね、実際にはもっと前からなのかも知れません。最初に震えが始まりましてね、高齢者には震えの原因がいろいろ考えられますから、普通はあまり気にしません。その後に、急に認知症の症状が現れました」

「以前から認知症を発症していたのではないのですか？」

森崎は思わず聞き返す。杉田の状態を見ると、アルツハイマー型であれば、数年を経た上で至る重症度だ。

「ほんの一月くらい前までは実にしっかりした方でしたよ。僕は内科だけれど、こういった施設で仕事をしていると、認知症高齢者との接点も増えて、症状を見る目ができてきます。こんなに進行の早いのは見たことがない」

「その頃に何か特別なお薬を飲まれていたとか――」

「特に変わった薬は飲んでいません。先生、杉田さんのカルテをご覧になりますか」

森崎に杉田のカルテを手渡す。

横からカルテを覗き見る小野寺だが、理解できないと悟りすぐに諦めた。

「国本先生、申し訳ありませんが、このカルテのコピーをいただけないでしょうか。それと以前事故で亡くなった竹内さんと、それから佐川さんのカルテもお願いします。見比べて検討すれば何か解るかも知れません」

森崎の申し出に、国本は神山の顔を見る。カルテは患者の個人情報でもある。

「警察と致しましても是非参考にしたく思いますので、宜しくお願いします。守秘管理は徹底いたしますので何とか。森崎先生、竹内さんのカルテは事故の際に預かっておりますので、こちらからお渡しします」

小野寺は刑事の強引さで、国本と神山を納得させた。

国本が森崎を見る。

「もし杉田さんの記録の中に、気になるところがあったら、いつでも連絡をください。僕には気付かない切っ掛けがあったかも知れないしね。逆に僕に答えられることがあれば、何でも――」

杉田みえの急激な変化について国本は困惑している。森崎の見解が、国本の疑念を晴らす鍵になるかも知れない。

森崎がカルテを捲《めく》り、国本に訊く。

「杉田さんは、このままこちらの施設でお世話されるのですか」

「他で治療できれば良いのですがね。十日前に一度、総合病院に見せたところ、MRIを撮っても異常が見られなくて、認知症の薬を処方されて帰されましてね。いずれ症状が進行していけば、やはりご家族と相談の上で、病院で治療するか自宅に連れて帰るかでしょうね。でも、杉田さんにとっては何処にいても同じかも知れないね」

国本がしみじみと言う。

細く開けられた扉から、女性の顔が覗く。杉田みえの娘であった。

神山が歩み寄る。

「お母さんの病状の確認に専門医の先生に来ていただきました。今まで国本先生とお話しされておりまして――」

警察関係者が同席しているとは言えない。

「それで、母の様子はどうなんでしょうか。良くなるのでしょうか」

居室内の男たちを見回す。小野寺と神山の焦《あせ》りが伝わってくる。場の空気を察した森崎が立ち上がる。

「心療内科医の森崎といいます。ただ今、国本先生から病状の説明を受けました。お母さんの病気について検討させていただきます。お母さんとお会いするのは今日が初めてなので、少し聞かせてください」

杉田の娘は大きく頷く。森崎は小野寺たちに言う。

「では、私はお話をお聞きしていきますので、先に出ていただいて結構です。有り難うございました」

小野寺は森崎に目配せし、ゆっくりと扉を閉めた。

「騒がしくてすみませんでした――」

森崎は部屋の隅に重ねてあった丸椅子二脚を持ってくる。娘に勧め、自分も座った。

「では、何点か質問させていただきます。お母さんは、どのような方でしたか。例えば積極的だとか、おとなしかったとか――」

「母は、定年を迎えるまで小学校の教諭をしておりました。ですから学校ではもちろん活発にしていたようですが、その反動でしょうか、家ではとても物静かでした」

「学校を辞められてからは、どのような生活を――」

「元から勉強の好きな人だったので、漢字検定ですか、あれを受けたり、ペン習字の資格を取ったり、まあ、そんなことが趣味みたいなものでした」

「それは立派なお母さんですね。こちらの施設にはもう長いんでしょうか」

「三年半前からです。父が亡くなり、しばらく一人で暮らしておりましたが、私たちと同居は嫌だと、自分でこちらの施設を探してきました。本当は、私たちのお荷物になるのが嫌だったんだと思います」

身体を揺すり、時折小さな声を上げている母親を前に、娘の声が震えてくる。

森崎は杉田みえの既往歴《きおうれき》と常用していた薬、食生活に対しても質問を繰り返し、持参したノートに書き込む。

「最後に、この施設やスタッフ、他の入居者のことで困ったことや、不満を話されていましたか」

「そういったことは聞いたことがありません。母は文句を言わない人でしたから」

答えながら娘は、母親の気丈な性格が病気の進行を許したのだと思う。ひたすら悔しかった。

「有り難うございました。どうぞお大事になさってください」

森崎は部屋を出る。また、歌うような声が聞こえてくる。

一階に下りると、カウンターから職員が出てきた。胸のネームプレートには沢野梓、そして主任となっていた。

「皆さんこちらでお待ちですよ」

沢野に森崎が続く。事情はすっかり解っているようだ。

「国本先生と杉田さんは仲が宜しくて、回診が終わった後によく、このホールでお茶を飲みながら世間話をしていましたよ。私も何度かご一緒させていただきました。だから杉田さんがあんな状態になって、国本先生も随分と心を痛めていると思います」

沢野はつい最近のことを懐かしそうに話す。

通されたスタッフルームでは、三人の男が所在無げに丸いテーブルを囲んでいる。

小野寺が立ち上がる。

「いやあ、先生、先程は有り難うございました。助かりました」

「もし警察の方が一緒だと知ったら、娘さんに心配を掛けてしまいますからね。ご配慮いただき恐縮です」

神山は汗を拭う。事件と考えられ、施設に責任が及ぶ懸念《けねん》を隠せていない。

森崎は小野寺に顔を向けた。

「竹内さんの事故と、亡くなられた佐川さんについて、職員の方に聞きたいのですが」

「そうですね。直接聞いていただいた方が良いかも知れませんな」

小野寺は言葉を切ると口元を手で覆い小声で言った。

「転落事故の件は後でお話しします」

神山は、少しお待ちください――と、職員を呼びに部屋を出て行った。

姿を現したのは、主任介護士の沢野だった。

森崎は名乗り、質問に移る。

「竹内さんには、震えが出ていたと聞きました。その症状は突然に現れたんでしょうか」

「突然というか、歩く程度の運動にはまったく問題がなかったんですが、事故の二、三週間前でしょうか、お薬のコップを落としたことがありました。ここではよくありますから、気にしなかったんですが、今思えばその頃からだと思います。だんだんと手足の自由が利かなくなって――」

「認知症症状に変化はありましたか」

「はい。椅子で長い時間、ぼーっとしていたり、暴れたり、気分の浮き沈みがとても強くなりました。物を盗まれたという妄想も多くありました。事故の前の日は、佐川さんを泥棒と、激しく責めたてて大変でした」

沢野は、思い出し溜息を吐いた。

「アルツハイマー型認知症と診断されていたそうですが、沢野さんから見てその診断は正しいと思いますか」

「あ、あの、私は介護士ですので、何とも――」

医師ではない医療従事者が判断することはできない。

戸惑う沢野に、森崎は笑顔で付け加える。

「いや、すみません。私は、認知症という疾患では、継続して長く見ている介護士の方の判断は、かなり的確だと考えています。それに多くの患者さんを見ているでしょうから、症状の体系的な違いなどもお解りでしょう。私は医者ですから、感じたことを言っていただいて構いません」

沢野は思い出すように、ゆっくり話し出す。

「最初は、アルツハイマー型認知症の感じそのままでした。でも途中から震えが出てきて、同時に症状の進行が、他の方と比べて早かったです。ガクッと下がるような感じで、昨日解っていたことが、今日は全然解らないというように」

沢野は、膝の上でハンドタオルを何度も握り締めた。

竹内には、アルツハイマー型に加え、クロイツフェルト・ヤコブ病の所見が確認されている。振戦はクロイツフェルト・ヤコブ病の特徴的な症状でもあるが、認知機能障害の急激な進行がそれによるものかは、判断がつかない。

「佐川さんの状態で気になったことは――」

「よく夜中に、大声を上げていたようです。以前に、夜中に部屋の中から話し声がするので、職員が覗いてみると、寝言だったということがありました。それと、部屋の隅に何か見えると怯えていたり。何もないところに向かって杖を振り回して、止めに入った職員が怪我をしたこともありました」

沢野の顔が強張る。

森崎は、やはりアルツハイマー型とレビー小体型を合併した症状だと感じた。

「夜中に起きだすこともありましたか。昼夜逆転も含めて」

「そんなに多くないようですが、あったと思います。ただ、私はあまり夜間はやらないので、はっきりとは解りませんが」

「では、手足の震えや歩行に問題ありませんでしたか」

「震えは、特に感じませんでした。でも元から歩くのがゆっくりで、いつも杖を使っていました。車椅子をお勧めしたんですが、自尊心の強い方でしたから受け入れてもらえませんでした」

森崎は神山を見る。その落ち着きのない挙動から、入居者個人のことはまったく知らないのだと思った。

沢野が壁の時計を気にしている。既に五時近くになっていた。

部屋の外ではワゴンで運ぶ食器が音を立てている。森崎は、聞き取りを切り上げた。

沢野が早足で部屋を出ていく。扉が閉まると同時に、ごめーんっ——という沢野の声が聞こえた。


森崎は、杉田みえと佐川泰助のカルテコピーを鞄《かばん》に入れる。

神山所長に見送られ、三人は慶静苑を後にした。

杉田みえの発する声と、心が抜け出てしまったかのような頼りない姿が、小野寺の意識を揺き毟《むし》る。初めて眼前にした認知症は、想像を遥かに超えた衝撃となった。

「先生、杉田さんの病状は、死亡した二人とは——」

小野寺が掠《かす》れた声を発した。森崎が少し考える。

「竹内さんのカルテと合わせて確認してみますが、杉田さんくらい症状が進行してしまうと、元の疾患が解り難《にく》くなります。ですから病気の経過が非常に重要になります。あと、交通事故を起こした運転手の経過が解るものはありますか」

「私の一存では、約束できませんが、加賀に言って交渉させます」

それが今の小野寺の精一杯の答えであった。トラック運転手の件は交通課で扱った事故に関連している。証拠書類や供述書を、開示できる保証はない。

堀江は森崎と眼が合うと、すまなそうな顔で頭を下げた。

＊

翌日、日曜の午前九時半に、森崎の携帯電話の電子音が響く。

小野寺からだ。

「死亡した佐川泰助の検死結果ですがね。脳の萎縮と、脳の組織には、その――クロイツフェルト・ヤコブ病の所見が見られたと――」

森崎は戦慄を覚える。言葉としてはその可能性を否定できないでいた。しかし現実になるとは、まるで考えていなかった。酷く頼りない感覚に襲われる。

声の出ない森崎に小野寺が続ける。

「先生、お休みのところを申し訳ないが、書類の持ち出しが儘ならないもので、こちらまでご足労いただきたいのです。車を迎えにやります」

自宅で目を通していた慶静苑のカルテコピーをまとめて封筒に入れる。

ドアチャイムが鳴る。ドアの外には神妙な顔つきの堀江が立っていた。


「未だに信じられません」

刑事部の応接室に通された森崎が、佐川泰助の頭部ＭＲＩと脳組織の顕微鏡写真を見比べながら言った。

小野寺は、まったくです――と同意し、改めて森崎を見据えた。

「まず、我々が考える、慶静苑の事件性についてお話しします。これは、先生の協力を前提にお話しできることです。

慶静苑で竹内貴代が階段から転落し、一階の階段下で絶命していた。しかし施設では、転倒などの危険回避のためにエレベーターを使わせている。階段を使うのは職員や業者だけで、夜間は階段室の入り口ドアは全て施錠されている。ところが、その日に限っては鍵が掛かっていなかった。まずここがおかしい。

そして佐川泰助。これは、前の晩に竹内と激しい言い争いをしていた。それだけなら我々も、日常的な諍《いさか》いだと判断するんですがね。二階の廊下で、佐川の杖が折れた状態で見つかりました。もちろん、佐川が危害を加えたとは限らないが。それで、佐川を参考人と考えていたんです。それが、こんな事態になってしまった。これらが慶静苑の事故を、ただの事故として処理できない理由になっておる訳です」

なぜ警察が佐川泰助に固執するのか、森崎の疑問が一つ晴れた。

小野寺が続ける。

「そして、我々には気付けなかった疾患の問題。当初、先生のところに伺ったのは、認知症の老人から、どうすれば供述を取れるかということが目的でした。それと、激情に駆られ蛮行に及ぶ可能性について。そして交通課の加賀の場合は、事故加害者の、認知症の可能性に付いての見解を聞きに参った訳ですな。先日の事故は、人身事故といっても怪我人はいないに等しいですから、免許の付加点数も五点程度で、それ以上の咎《とが》めもないでしょう。しかし加賀としては、あの運転手をそのまま野放しにはできなかったんです」

森崎は運転手の病態が気に掛かる。もしクロイツフェルト・ヤコブ病に罹患していたとなれば――そう考えると、医師としての常識が揺らいでいく。

「で、先生、慶静苑の竹内貴代、そして佐川泰助。この二人は共に認知症でありながら、クロイツフェルト・ヤコブ病でもあったとの報告が参った訳です。そうすると、百万人に一人の病気が同施設で二人、そして運転手、さらに増えるかも知れない。これが異常な状況であれば、事故扱いのまま終わらせる訳にはいかんのです。

毎度こんなお願いで申し訳ないが、認知症、クロイツフェルト・ヤコブ病について、あらましをご説明願えませんか。素人が聞いても理解できるとは思えんのですが、最低限知っておく必要を感じています。それに、どんな病気かを知らずに、クロイツフェルト・ヤコブ病と病名だけで話をするのも、どうも気が引けてしまって。これは迷惑を承知でのお願いです」

刑事二人は、深々と頭を下げた。

「いや、小野寺さん、堀江さんもやめてください。それも含めての協力だと思っていますから」

小野寺は、森崎の慌てぶりに、有り難うございます――と笑った。

森崎は前回の説明でどの程度理解しているか探りながら話す。

「現在、日本には認知症の方が二百万人以上います。そのうち約半分がアルツハイマー型認知症と言われています。そしてレビー小体型が約二〇パーセント、脳血管性が約一五パーセント。

そしてクロイツフェルト・ヤコブ病は百万人に一人ですから、日本では百二十から百三十人くらいが罹患している計算になりますね。いずれも脳が神経細胞レベルで何らかの障害を受け、認知症が出現します。アルツハイマー型やレビー小体型、クロイツフェルト・ヤコブ病、それぞれに障害される部位や、原因に特徴があります」

刑事は真剣な眼差しで聞き、時折メモを取る。

「クロイツフェルト・ヤコブ病は、伝達性海綿状脳症と呼ばれる、ヒトに起きるプリオン病の一つです。脳の神経が侵《おか》されて運動機能や、認知機能の低下により日常生活に支障を来します。アルツハイマー病のように、年単位でゆっくり進行するのとは違い、症状は二か月から一年くらいで急激に進行し、死に至ります。

脳の神経細胞に溜まった［プリオン］と呼ばれる、変性した蛋白質が引き起こすと考えられています。その疾患で亡くなった患者さんの脳を顕微鏡で見ると、神経細胞が死んだ部分が孔となりスポンジ状に見えるため、海綿状脳症と言われています」

森崎は、二人の表情を確認し話を続ける。

「プリオンは、元から体内にある蛋白質なので、それ自体が悪い訳ではないんです。疾患の原因とされるのは、その構造が変化した異常型プリオンです。それが分解されずに脳内に蓄積してしまうことが障害の原因とされています。

疾患が起きるには、まず異常型プリオンが脳内に存在する必要があります。その異常型プリオンは正常プリオンに接触することで、異常型に変性させます。その現象を繰り返し、異常型プリオンが凝集し脳内に蓄積していくと考えられています。そして、溜まった異常型プリオンが神経細胞を死滅させ、ある閾値《いきち》を超えると正常な脳の働きを邪魔して、運動機能の障害や認知症症状が現れます。いずれは寝たきりとなり死亡します」

小野寺が訴える。

「いやぁ先生、私のような素人には、その――プリオンですか、それが何なのかさっぱり解らんのですよ。プリオンという言葉は、以前の狂牛病騒ぎのときに話題になっていたと記憶しているくらいで、蛋白質でさえ実際にはよく解らない。肉や牛乳に多く含まれる、という程度の認識しかないのです」

小野寺は白髪まじりの頭を掻く。

「えぇと、蛋白質はアミノ酸の集合体です。人体のおよそ二〇パーセントが蛋白質で出来ています。そして身体中のそれぞれの役割によって、形や働きを変えながら生物の身体を形作っています。髪や爪も蛋白質ですよ。蛋白質が変性することで、本来の役目を果たせなくなったり、他の細胞の働きを邪魔して、健康な身体機能を維持できなくなります。

先程、蛋白質はアミノ酸の集合体と言いましたが、例えばそうですね。二十色の玉が連なった数珠を考えてください。その玉の一つ一つがアミノ酸です、そして玉の数や、色の並ぶ順番は遺伝子によって決められています。この玉が連なった長い帯を、曲げたり束ねたりすることで、その役割に適した形が作られています。それが蛋白質です」

森崎は身振りを加えて、出来る限り分かりやすい説明を試みる。

「ですから、作られた蛋白質の形を一旦ほどいて帯に戻し別の形に組み直すと、玉の並び順は同じでも、まったく違う性質を持った蛋白質になってしまう訳です。これは、折り紙で折った鶴を一度開いて奴《やっこ》さんを折ると、元は同じ折り紙でもまったく違う形のものになる。そんな感じです」

小野寺は、なるほどと頷く。手帳を確認しながら森崎に念を押す。

「では、何らかの原因で異常型プリオンが脳内に入ると、神経が死滅して認知症になってしまうと」

森崎はこのプリオン説という、証明が不十分とされる一説で、疾患を説明することに一抹の不安を覚える。『現状では、プリオンでしか説明できない』と結んでも、多くはそれが耳に入らない。しかし現状では、その説を足掛かりに対処する他はない。

「ええ、まあそうなりますね。ただプリオン病――クロイツフェルト・ヤコブ病にも種類があります。孤発性といって原因が特定できずに発症するもの。遺伝性のもの。そして変異型、代表的なのは狂牛病です。また、手術などの医療行為によって、異常型プリオンが患者さんへ伝播して引き起こされる、医原性というものがあります」

小野寺は手帳を置き、口を開く。

「そうすると、今回のように複数の人間が発症するということは、病院で感染している可能性が考えられる。もしくは狂牛病が原因になっていると――」

「仮に、今回亡くなった竹内さん、佐川さんが過去に、脳や目の手術を受けた経緯があれば、医原性の可能性もなくはないのですが、現在では厳密にコントロールされているので、まず、考えにくいですね」

「では、やはり狂牛病が疑わしいと――」

森崎は首を大きく横に振る。

「確かに変異型クロイツフェルト・ヤコブ病の発症は、狂牛病の牛を食べたことによります。しかし感染性を持つのは、罹患牛の脳や脊髄、眼などの神経組織や、一部の器官に限定されています。そして、それらは食肉として流通されません。現在、流通している部分には危険性は無いとされています」

森崎は、実際には、それも定かではない――と感じるが、混乱を招くので言わない。とにかく、誤解を生む説明にならないように注意を払う。

「第一に、異常型プリオンにはそれ程の感染力はありません。日本でも狂牛病が騒がれましたが、国内で人への感染、発症が確定された例は一件のはずです。

それに狂牛病といっても、牛と人だけが発症する訳ではありません。単純に感染の可能性を挙げるとかなり広範囲になります。もともと狂牛病も、スクレイピーという羊のプリオン病が原因とされています」

「そうでしたか、自分が考えていた狂牛病のイメージとは、随分と違うもんですな。そのプリオンに感染したら、どの型か見分けられますか」

「脳の組織を調べれば確実なのですが、それは患者さんが亡くなった後でないとできません。しかし専門医なら、存命中でも症状や経過、画像、脳波などから高率に鑑別できると思います」

森崎は日常診療で、多くの認知症を診る。しかし、クロイツフェルト・ヤコブ病に関しては非常に希少な疾患であるため、出会うことが少ない。ただ、アルツハイマー型認知症と似た特徴を有しているため、おおいに興味の対象であった。

森崎は、小野寺が持ってきた警察の検死結果やカルテなどの資料を確認する。

竹内貴代のカルテには、抗凝固薬の服用が記録されている。当初は脳血管が微小な塞栓《そくせん》を起こし、症状が進行したと考えていた。しかし、服用していた抗凝固薬は半減期が長く、一日や二日飲まなくとも効果は維持される。しかも施設で服薬を管理されている中で、それほど長く空くことは考えにくい。さらに血液の固まり易さの指標であるＰＴ－ＩＮＲ値も定期的に測定され、至適域に維持されていた。

竹内と佐川の脳の顕微鏡像では、クロイツフェルト・ヤコブ病の特徴であるスポンジ状の組織が見られた。しかし、脳断層写真はそれを確認できるものではなかった。初めからプリオン病を疑っていれば、適切な撮影方法を選択できたはずだ。

森崎は、竹内に見られた認知機能の急激な低下と振戦の出現は、クロイツフェルト・ヤコブ病を併発したことによると見るのが自然な気がする。ただ、それがどの程度、進行に影響したのかは判断できない。

佐川泰助に関しては、やはりアルツハイマー型にレビー小体型を合併した認知症と考えられた。さらに、そこにクロイツフェルト・ヤコブ病が併発したとすると、その症状は予想し難い。

おそらく重度の認知機能の低下や、パーキンソン症状による動作の障害、振戦、幻覚など多岐にわたる症状が、同時に出現していたのだと推察する。

異常型プリオンの伝播について、森崎は開示された資料について多角的に手掛かりを検討する。しかし死亡した二人に共通する原因は特定できなかった。それは杉田みえのカルテと比較しても同様だ。

クロイツフェルト・ヤコブ病罹患の脅威は、もはや無視できるレベルを超えていた。

森崎は、疾患を疑われるもう一人について確認する。

「交通事故の運転手さんの件は、進展はありましたか――」

「その件は、加賀が解ると思います。間もなくこちらに着くでしょう」

小野寺は時計を見ながら、堀江に見てくるように言いつけた。

広くないテーブルの上には、カルテや検死報告書、顕微鏡像などで埋められている。溢れた書類は床にも積まれていた。

足音と加賀の濁声が近づき、いきなり部屋のドアが開けられた。書類が散らばる応接室の有り様に、加賀の足が止まる。

加賀が乱暴に小野寺の隣に尻を落とす。睨みつける小野寺を、加賀は気まずそうに見た。その表情には、細かいことを言うな――と書いてある。

「先日はどうも。突然に申し訳ありませんでしたな」

加賀は膝頭を両手で支え頭を下げた。持って来た書類を、森崎に向かい、ずいと押す。

カルテのコピーだった。高木司《つかさ》・四一歳と記載されていた。

当初はてんかんが疑われ、脳波の検査も受けていた。その後、投与されていた薬剤から、パーキンソン病が疑われていたことが分かる。順を追って見ていくと、症状の進行が記され、直近では認知機能の低下が著しく、起き上がることもできないようだった。

「依然、よく解らない供述を繰り返していたんだが、ここのところ意識までも怪しくなってきたらしい。正直、もう警察が介入してどうこうできる段階ではない。後は医者に任せるしかないという状態ですな。正直なところ、奴が運転できる程回復するとはとても思えんので、俺の役目も終わりでしょうな」

諦めたように加賀が言った。

「おそらく事故の前から何らかの症状が出ていたと思います。それは頭が重いとか、忘れっぽいとか軽い症状かも知れませんが。車の運転に関して、車両感覚が不確かになり、特に技術を要さない場面でも、電柱やガードレールに擦《こす》るなどがあります。この方は、事故はこれが初めてですか」

記録を眺めながら、大きな目を泳がせる。

「過去に二件の事故記録があった。一件は五年前に出会いがしらの交差点事故ってやつですな。もう一件なんだが、三年前、真夜中の幹線道で婆さんを巻き込んで――死亡事故ですな。それについては、何人もの運転手が、車道を歩いている婆さんを目撃していた。しかも事故のあったのが、三車線の中央分離帯側の車線でしてね。調べると被害者は認知症を患っていた。徘徊《はいかい》していたというんですな。そこはちょうど橋に差し掛かる手前で、人は歩かない場所だ。運転手は不可抗力を認められ、罪を問われておらんのです。

先日、奴の職場に行ったんです。同僚に訊けば、何か心当たりがあるんじゃないかと。ところが、まぁ不謹慎な話ではあるんだが、三年前の事故を知っている同僚の中には、婆さんの祟《たた》りだ呪《のろ》いだと、悪ふざけする奴も出てくる始末で――」

加賀が忌々《いまいま》しげに、顔を背けた。

認知症に対する理解の浅さと侮蔑《ぶべつ》を、再認識させる話だ。

森崎は、佐川の脳組織と、残してあれば竹内の組織サンプルも保存するよう、小野寺に言った。いずれ遺伝子とアミノ酸配列の特定が必要になるかも知れない。

森崎は、慶静苑の入居者三人と、運転手、高木のカルテのコピーを併せて封筒に入れた。

警察署の玄関を出た森崎を、小野寺が追ってきた。車で送るという。今朝、堀江が迎えにきた車両だ。

日曜の街並みには、平日と違う穏やかな空気が満ちている。

小野寺が、ちらりと森崎の顔を見た。

「交通事故の件は、加害者があの状態では責任も問われんでしょう。施設の方も、参考人が死んでしまっては捜査も継続できません。放っておけば、どちらもこのまま打ち切りとなるでしょうな」

「どちらも事故としては、終息したということですね。結局、病気の件は小野寺さんの言った通りになってしまいましたね。私にとっては、今の状況は、相当に危険な状態に見えます。クロイツフェルト・ヤコブ病は、致死性の疾患です。それが人々の間で伝播しているとしたら――そうは言っても、医者の理解では、今でもそんなことは有り得ないと考えているんですがね」

森崎は言いながら、首をかしげた。

「先生、今回、二名がクロイツフェルト・ヤコブ病を発症し、他の二名にも疑いが持たれている。ということは、何らかの人為的な介入を考えた方がよさそうですか」

「今の段階では肯定も否定も、その確証が得られません。一人が発症することはあります。偶然にもう一人が発症することも、ない訳ではない。しかし、他にも発症が疑われている今の状況では、その可能性も視野に入れておいた方がいいのかも知れません。

でも実際には、プリオンの感染は、それほど簡単に成立しないのも事実です。私も、蛋白質の専門家に意見を求めようと思っています」

「先生、もし何か解りましたら是非教えてください。素人ではありますがね。それに、加賀も知りたいと思いますので」

「小野寺さんは、加賀さんと親しいんですか」

驚いたように森崎を見る。不思議そうな顔で視線を前に戻した。

「いえ、加賀さんのことをお話しになるときに、優しい目をされるので――」

小野寺が、はにかんだ顔で笑った。

「はは――それは参りました。加賀とは、警察学校からの同僚でしてね。互いにノンキャリア組でもあり、随分と長い付き合いになります。先生には横柄な態度で、まったく失礼しております。奴にもいろいろありましてね、以前、出向で関西の四課におりました。ヤクザや暴力団の係です。そこで捜査中のヤクザ組織の中に、奴が可愛がっていた若い衆がおりましてね。奴は何とか更生させようとしていたんですが、それを面白く思わなかった組の若頭に、その――殺されてしまいました。それが酷い殺されようでして。証拠は上がらなかったんですが、加賀は事務所に乗り込んで、そこにいた若頭とその舎弟二人を半殺しにしたんですな。そのうちの一人は障害が残ってしまって。それが問題となり、こちらの交通課にまわされたという次第でして。お恥ずかしい話です」

小野寺は少し困った顔で、もうすぐ着きます――とハンドルを切った。

4　鑑　別——Differential

「プリオンのアウトブレイクなんて有り得ないんだよ。もしそれが本当なら、絶対に原因が有るんだ。それがプリオンでもウイルスでもだ」

興奮した珠木浩一郎が声高に言い放つ。

日曜の夜だというのに、珠木は研究室にいた。

森崎は、預かったカルテを見る。死んだ施設の高齢者二人、さらに同様の症状が見られる杉田みえ、高木司の罹患《りかん》について考えを巡らせる。しかし、漠《ばく》としてその因果関係に思い至らない。

「俺もそう思う。しかしだ、プリオンは細菌やウイルスみたいに簡単に伝播できるものではない。だから、この状況で考えられる可能性について相談に来た」

「警察はいったい、どう考えてるんだ」

「一部の刑事が不審に感じているだけだ。と言っても捜査のきっかけは、交通事故の加害者の認知機能が急激に低下して、供述が取れないという話からだけどね。

　現状では、もしプリオンが原因だったとしても患者が死ぬまでは、鑑別も同定も難しい。それに、まだ孤発性CJD（クロイツフェルト・ヤコブ病）の発症という線も残っていて、警察もまだ本格的な捜査には乗り出していない」

森崎は不貞腐《ふてくさ》れ顔を眺める。これは珠木が熟考している時の顔だ。

珠木が言う。

「死んだ二人の老人と同じ時期に、似通った経過をたどっている二例か。こうなると俺でも無関係だと断言できない。しかし、まず疾患を明らかにする必要がある。もしCJDなら、やはり何かしらの操作がされているとしか思えない」

「警察の――小野寺さんという刑事なんだが、彼もその辺を気にしていたよ。それに、以前に報道されたこともあって、一般的にはやはり狂牛病が気になるらしいね」

狂牛病か――と珠木が呟《つぶや》く。通常であれば一蹴される素人考えが、この状況では無視できない。不機嫌な口元が動く。

「今のところ狂牛病の騒ぎのように、汚染食肉が出回っているという連絡は受けていない。もしそんな事実があったら、某関係機関からうちにも連絡が入るはずだ」

「症状としては孤発性に近いと思う。しかしもっと進行が速いようだ。今回の死んだ二人はCJDの罹患以前から、認知症を持っていた。どこからがCJDの症状か、明確な線は引けない。ただ、感染の拡大を予想すると、狂牛病のプリオンでなくとも、それに類する変異型を考えてしまうがね」

どのプリオンでも伝播するんだぜ――と言って珠木が続ける。

「話を聞く限り、複数の人間が発症するプリオン病であれば、医原性か変異型の伝播が考えられる。変異型プリオンの場合は、元が異種の動物由来《ゆらい》の異常型プリオンだから、人間同士のウイルスのように簡単には感染しない。それに、もし複数の人間が同時にプリオンに感染しても、発症時期には年単位の差が出る。そんなに短期間に続けて発症するのはおかしいんだ。そこで、もし過去のプリオン病の症例に当て嵌めて考えるなら――」

珠木がテーブルの下で足を揺する。

「既に千人単位で感染していると考えれば、今回の発症がその序章ということで納得できる。仮に三千人が、従来考えられる異常型プリオンよりも強力な感染力を持つ株、もしくは、より確実に伝播する方法で感染していたとする。そのうち十分の一が発症すると考えると、三百人だ。潜伏期間が一年から十年とした場合、月にすると百八か月間だ。そうすると、ひと月に約三人が発症する計算になる。単純に計算するとそうなる。――しかし実際には発症数を分布にすれば、最初は少なく、その後徐々に加速して、ピークを過ぎてまた少なくなっていくはずだ。おそらくピーク時の発症人数は初期の数十倍に達すると思う。そう考えると現時点で、三千人は優に超える人間が感染していると見るのが自然だ」

「しかし、実際の潜伏期間は三十年、四十年の場合もあるじゃないか。そう計算するとさらに三倍以上が感染している可能性があるということか」

珠木が頷く。

「汚染食肉として食べたらそうだ。今回の発症も、以前の狂牛病騒ぎのときのプリオンが、潜伏期間を経て今発症しているのかも知れない。まぁ、これだけ時間が経ってから一斉に、というのは有り得ないがね。——別の可能性も考えられる。孤発性や医原性のＣＪＤが何らかの原因で、例えば人為的に伝播されているものとすれば、その経路も潜伏期間も絞られる。少なく見積もれば今回死んだ二人と、疑いの二人の四人のみ。多く見積もれば発症期間を一年として約四十人ってとこだ。継続して媒介されていなければね。しかしこの話は全部、仮定の話だ」

珠木は笑いながら、考え込む森崎の肩を叩く。

「そう考えると今回の四件の発症も、むしろ個人を狙った犯行であった方が被害は少ないってことか」

「まあ森崎先生、そうは言っても実際にはそんなに複雑なことではないのかも知れない。ＣＪＤだってのも怪しいもんだ。

最初に狂牛病の牛が発見されたイギリスでは、当初から検査も受けないままに、何十万頭もの罹患牛が、食肉用として市場に並んだ。しかし、実際に変異型ＣＪＤを発症した症例数は、出回った狂牛病罹患牛の数から比較すれば、かなり少ないと言える。孤発性ＣＪＤの発症率、百万分の一よりも少ない確率だ。これは人間に感染する確率、もしくは発症すること自体が、非常に稀だということだ。だから日本の食環境では、神経質になる程のことではない。交通事故に気をつけた方が余程長生きできるし、タバコを吸うヤツは、狂牛病がどうのという資格は一切ない。喫煙が原因となる死亡率の方が、優に数千倍は高い」

珠木は目の前で左手をヒラヒラさせる。

「そういえば、病院側は、お前が警察に協力するというのを知っているのか」

「ああ、一応教授には話したよ。警察の依頼だから邪険にはできない。しかも珍しい症例が引き起こした事件について、全容が明らかになれば、名前を売るには持って来いだ。論文にできるかも知れない。もし失敗しても俺の責任という、よくある図式だ」

珠木は、いやだいやだ——と苦笑いで続ける。

「もし、本当にCJDだったら大した事件だ。狂牛病騒ぎ以来の事件だ。あの時も世間であれだけ騒がれた末、狂牛病の汚染食肉が原因とみられる変異型CJD患者は、結局のところ海外で伝播したらしい一件だけだ。これだけ感染率の低いCJDが多発するには、原因が必ず有る。それが事実であれば、英国の狂牛病騒動のピーク時、いや、クールー以来の事件だ——」

森崎もクールーという、プリオン病集団発症の歴史を知っていた。


クールーとは一九五〇年代に明らかになった、ニューギニアのフォレ族の間で頻発していたプリオン病である。発症により全身に震えが現れることから「震える」という意味の現地語で「クールー」と呼ばれていた。クールーが発症すると、四肢から全身の震えに進行し、歩行が困難になる。また、認知機能が急速に衰え、無動、無言の状態を経て死に至る。

フォレ族にクールーが頻発した原因は、食人習慣によるものであった。同族に死者が出るとその肉、内臓、脳を貴重な蛋白源として食していた。

死者を竹のナイフで解体し、筋肉は主に男たちが食べ、内臓や脳、骨髄が女や子供に与えられたといわれている。そして脳や骨髄を食べた女や子供を中心に、異常型プリオンが伝播した。しかしその長い潜伏期間のため、感染を疑うとの発想に至らなかった。クールーの原因は呪術によるものとされた。

さらにクールーで死亡した者は、同族により摂食され続けた。この永いループにより、人間の脳に対する毒性が増し、強い感染力を持つプリオンが選択的に伝達された――これが過去にニューギニアで起こった、クールーというプリオン病、クロイツフェルト・ヤコブ病集団発症の顚末と考えられている。

フォレ族のおよそ一四パーセントが、クールーで命を落とし続けた。しかし、その後多くの研究者の努力により、発症の根源とされる食人習慣が廃止され、それに伴いクールーは終息した。

一九五九年以降に生まれた者に、クールーを発症した者はいないという。しかし、一族の高齢者では、食人習慣の廃止から四十年以上を経てもなお、発症するケースが見られた。これはプリオンの極めて強い耐性と、生涯にわたる潜伏期間の持続を意味する。

「狂牛病も、羊や肉牛の屑肉から作った［肉骨粉］と呼ばれる飼料を、生後間もない仔牛に与えたことが、大規模感染の原因だとされた。狂牛病もクールーも、同種間の共食いが感染拡大の原因というのが、面白いところだ。これはあれだな、累代的に罹患し続けていくことで、感染性を増すってのがポイントだ」

珠木は高揚している。森崎の呆れた視線に気付く。

「――別に喜んでいる訳ではないぞ。ただ、プリオンは解らない事が多過ぎるんだよ。遺伝子となる核酸を持っていないのに、何でプリオン蛋白に構造変化が伝播するのか。それだってよく解っていないんだ。というか、本当のところはCJDはプリオンが原因なのか、実は異常型プリオンは単なるマーカーなのか、それすらよく解らない。それが解明できればノーベル賞だ。何か新しい発見があるかも知れないじゃないか」

研究者だったら当然の反応だ。この騒動で、国がプリオン蛋白質を、より重大な研究対象として認めれば、現状の何倍もの研究費が割り当てられる。人件費と機材に頼らざるを得ない研究という分野には金が掛かるのだ。

珠木が咳払いを一つして言う。

「まずは、今回のCJDの元となる、プリオンのタイプを特定することが先決だ。死亡した二人のサンプルから採ったプリオンが同じものなら、感染原因も同じだということだ」

「現時点で、警察がサンプルを出すとは思えない」

やっぱりサンプルが欲しいな――と珠木が言う。

「同じプリオンであれば、孤発性の選択肢は消える。すると、残るのは変異型か遺伝性だ。いや待てよ。もし、孤発性の患者由来のプリオンを二人に媒介すれば同じだ――二人の脳をそれぞれ乳状化して、ネズミの脳に注射する。発症までの時間と、脳組織を調べればある程度は予想できる。しかし、プリオンの株によっては、発症しないかも知れない。それとも、発症する前にネズミの寿命が尽きるか――」

珠木が、様々な可能性について考えを巡らせるのだが、今の情報量では確たる判断はかなわず、全てが憶測の域を出ない。独り言ともいえる自問自答を繰り返す。

「おい珠木、実際にはまだ何も分からない状態だから、お前の役に立つことは全然ないかも知れないんだぞ」

「それはそうだ、しかし今まで蛋白質を研究してきた人間が、やっと認められるかどうかの瀬戸際だ。それは飛びつくよ。他に何か情報が出たら、すぐに教えろよ」

「もちろんだ、だからお前に相談してるんだ」

「でも、警察絡みはごめんだぞ。情報を取るためには、他人の迷惑を考えずに踏み込んでくるくせに、自分たちからは何も出さない。そんなヤツらは信用できない。それに俺の場合、素人の相手をしたくないから研究室に入ったってところもある」

「それは解っている。しかし、本当に犯罪と認識されれば警察が動き出すだろう。その時には、お前に協力してもらわなければ、俺が困る」

まあ、いいさ――と珠木が言った。

珠木が偏屈であり、協調性に重きを置かない人間であることは解っている。しかし、相談できる相手がいることが、森崎の心を幾分軽くしていた。

「今日はもう店じまいだ」

珠木は自分の机で、書類を重ねると二台のＰＣの電源を落とした。

珠木は、森崎と一緒に部屋を出る。通用口の守衛は、いつもお疲れ様です――と、にこやかに言った。珠木は研究所では、結構、愛想が良いのかも知れない。

駅までのそう遠くない道を歩く。珠木がにやにやと森崎を見る。

「おい、そのうち面白いオヤジを紹介してやるよ。毒物の専門家だ。契約でいろんな製薬会社の研究室を転々としている。今では職場にも顔を出していないようだから、ただの毒物オタクの爺さんだ」

他人を認めず、馴れ合わないはずの珠木が面白そうに笑う。

「お前が人を紹介するなんてのは初めてだ。俺は非常に怖い」

「たまたま俺が飲み屋のカウンターで飲んでたら、そのオヤジが隣に座ったんだ。そうしたら、そのオヤジがイシガキダイの刺身を箸でつつきながら、飲み屋の板前に講釈を垂れだした。これはシガテラ毒を持っている可能性がある――ってな。当然、店の板前は怒るわな。俺はそのやり取りを見ていて、可笑しくってな。一発でそのオッサンが気に入ったんだ――」

得意げに話す珠木に、森崎は意外な一面を見た。笑いが込み上げる。

「何だよ――」

珠木が上目遣いに睨む。貧弱な体形で凄む姿が妙に可笑しかった。

*

小野寺は、希少疾患であるクロイツフェルト・ヤコブ病の発症に疑念を抱く。しかし、警察内で事故として処理されつつある本件について、上層部に捜査続行を納得させるためには、火急に情報を収集する必要がある。

小野寺は、森崎に意見を求めた。

クロイツフェルト・ヤコブ病発症に関する、事件性の証明と、媒介《ばいかい》方法、そして今後の被害予測とその対応についてだ。

問題が、プリオンを凶器とした犯罪の可能性にまで及ぶと、森崎には自信を持って話すことができない。

考えるまでもない。珠木を引っ張り出す。

――珠木は警察が嫌いだ。

中学生の時に補導されたことが原因らしい。詳しい事情は森崎も知らない。薬品を使った科学実験を近隣の公園で行《おこな》っただけだと言った。

以来、警察署に連行された記憶とともに、自分の無知を認めない愚か者として、警察不信が、珠木の脳内にしぶとく巣食っている。

森崎は嫌がる珠木を無理やり説得し、プリオン蛋白についての情報提供を承諾させた。

診療を終えた森崎は、その足で小野寺と堀江に合流した。刑事には珠木が偏屈な研究者であることは伝え、珠木にも大人として振舞うように言ってある。

しかし、森崎の不安は募るばかりだ。珠木の傍若無人な態度を想うと憂鬱になる。

病院とは違う研究室特有の薬品が混じり合った臭いが鼻を突く。

無愛想な顔の珠木が、皺《しわ》の目立つ白衣にスリッパという出で立ちで現れた。

珠木に続き［会議室］と書かれたドアを入る。広いテーブルの一角に刑事二人と向かい合う。

森崎が刑事二人を紹介し、それに珠木が続いた。

「蛋白質と神経軸索《じくさく》内輸送物質の研究をしております――珠木です」

正しく挨拶する。大人になったものだと、森崎は胸を撫で下ろす。

――では早速、と小野寺が話を切り出す。

「ある限られたエリアで、希少な病気であるクロイツフェルト・ヤコブ病が頻発しています。そこで我々が考えるのは、そこに何らかの事件が隠されているのではないかという懸念です。もしそうであれば、その線で捜査を開始するための確証が欲しいのです」

小野寺は、同意を求めるように森崎に視線を移した。森崎が小さく頷く。

小野寺が手帳を見ながら続ける。

「まず、プリオンで犯行を画策した場合、特定の人間、あるいは多数に対してプリオンを感染させることが可能なのか、ということをお聞きしたいのです」

「条件により変わってくると思いますが、方法はあると思います」

「確実に感染させ、早く発症させることが必要だと考えます」

珠木の眉がぴくりと上がった。

「確実に早くは難しいと思います。プリオンの媒介はいわゆる毒物や細菌とは違い、確実性には欠けるし、潜伏期間が格段に長いのもプリオンの特徴ですから。感染したかどうかは、発症してみないと解らない。時には四十年くらい掛かります」

「短期間に発症させる方法はありませんか。仮に、珠木先生がプリオンを使用し、対象となる人物に感染させることを考えたら、どのように――」

「一番早いのは病原体であるプリオンを直接、脳に注射すれば確実でしょう」

「いやいや、それはあまりに――。我々には専門的過ぎてどうにも解らんのです。森崎先生にもご意見をいただいているのですが、珠木先生にも是非、ご協力をお願いします」

小野寺が助けを求める。森崎が口を開く。

「珠木は蛋白質が専門だし、プリオンを作って操作するのも可能じゃないか」

「あのな、作れることと使うことは別だ。第一、異常型プリオンは［無］からは作れないんだよ。でもまあいいや、で、まずプリオンの何を答えればいいんですか」

珠木は刑事との会話に苛立つ。国家を背景に物を言われているようで気に入らないのだ。刑事にとっては、ただの言い掛かりだ。

小野寺は意に介さず話を続ける。

「ではまず、元になるプリオンの入手です。どうすれば手に入れられますかね」

「俺なら欲しい異常型プリオン蛋白を持っている研究施設に掛け合って手に入れます。でも、非合法か周囲に気付かれずに入手しなければならない、ということですよね」

「おっしゃる通りです。非合法に入手するには、どんな手段が考えられますか」

「まず、蛋白質や、特に脳の研究をしている施設では、プリオン株を保存しているところがあります。あとは大学や製薬会社の研究室でも持っているところはあるでしょうね。それから病院――。孤発性のクロイツフェルト・ヤコブ病の患者は毎年百人程度は発生しているから、これは生きたサンプルとも言えます。あとは皆さんご存じの狂牛病のウシとその管理検査施設。今では感染ウシはいないことになっています、公式には――。大体そんな感じかなあ」

「その中で素人が手に入れられる、あるいは盗み出すとしたらどうでしょう」

珠木は森崎を一瞥し、また小野寺に視線を移す。

「大学の研究室には、管理が杜撰《ずさん》なところが結構ありますね。ただ、どこに、どういう状態で管理されているかが解っていなければ無理でしょうね。あと、盗み出したことが解らない施設は病院かなあ。生きた患者がいるし、症状が進んでいる患者だったら何をされても解らないから――」

「患者からですか。病院で患者から手に入れられる方法があるんですか」

小野寺が森崎の顔を見る。

病院の管理体制が問われる質問だ。森崎が応える。

「可能性としてはまったく無いとは言えないでしょうね。でも実際には無理だと思います。不審者が侵入して誰にも気付かれずに行動するというのは考えにくい。それに患者さんから採取するにしても、血液を抜いた程度では採れないはずです」

珠木が森崎に向きなおる。

「何でそんなことを言い切れるんだよ。不審者じゃないかも知れないじゃないか。それに二十四時間見張れる訳じゃないし、面会のお客は毎日来るだろ。採取するにしても注射器一本あれば背中から脊髄液くらい採れるさ」

「脊髄液ですか――」

小野寺は聞き返しながら手帳に書き込む。

「そうです。程度は別として、脊髄液にも入っています――」

「では珠木先生は、プリオンは素人にも入手可能だと」

「まったくの素人では難しいでしょうが、正しい知識を持って、さらに人ひとり死なすくらいの勢いがあればできるでしょう」

「殺して脳を採ると――」

「それでも採れますが、さすがに見つかって取り押さえられるでしょ。それくらいの覚悟ということです」

珠木は優位に立ち、幾分気を良くしている。

「扁桃腺の組織からも採れるかも知れないけど、誰にも気付かれずには無理でしょう、出血するから。あと、女性であれば出産時の胎盤という可能性もありますが、孤発性クロイツフェルト・ヤコブ病の好発年齢は七十歳前後なので、いくら何でも期待は出来ません。患者が重度で意識が保たれていなければ、眼の組織からも採れるかも。患者の眼は高率で異常型プリオンに汚染されていると考えられますから、眼尻の端から針を入れて組織を採れる可能性がある。小さいから隠して持ち帰るのも目立たないしね。もし結膜に出血があっても年寄りにはよくあることですから。

あとはさっき言った、注射器でリンパ液を抜くか、髄液を取るくらいかなあ。でも素人には無理だな。背骨があるから――」

森崎は考える。もし無言無動となった認知症患者から、眼球の組織や脊髄液を採取しようとしたら、簡単にできるのではないだろうか。背中にある注射針程度の傷跡はおそらく発見されない。また、発見されても気に留められないだろう。

さらに看護師もヘルパーも、患者の親族全員を分かる訳ではない。もし、見舞い客に対し、認知症患者がこんな人は知らない、と訴えたとき、自分は患者の言葉を信じることが出来るのか。医療現場の体制が急に不確かなものに思えてくる。

森崎の思考を小野寺の声がさえぎる。

「では、もし病院でクロイツフェルト・ヤコブ病の患者からプリオンを採ろうとした場合には、医療関係者の線もあると――」

「そう言う訳ではありませんが、どちらにしても医学知識がまったく無ければ思いつきませんよ、こんなことはね」

珠木の言葉に小野寺が頷く。

「小野寺さん、もしプリオン病患者さんの手術をしたとか、手術後に病気が見つかったという症例があったら、使用した機器や廃棄物が感染源となった可能性があります。医療機関側から公表されていれば、こちらでも確認できると思うのですが、他に非公式の事例がないかを調べていただいた方がいいでしょう」

　森崎は別の可能性を危惧する。

「森崎の言う通り。変異したプリオン蛋白はとても強い物質だから、ちょっとやそっとでは壊れない。だからクロイツフェルト・ヤコブ病患者の脳や眼の手術に使った器具、その時に出た血液や体液を拭き取ったガーゼからでも、採取可能だ。最初に発症が確認された日から潜伏期間を最短三か月として、三か月から三年前、できれば五年前まで遡《さかのぼ》って、処置後の器具の所在を調べるのが望ましいと思いますね。ま、プリオン病は症例が少ないから、すぐに解ると思いますよ」

　堀江が手帳にメモをとる。書き終わるのを確認して小野寺は質問を続ける。

「珠木先生、プリオン蛋白はそんなに強いんですか。病院ではアルコールで消毒や殺菌をしているようですが」

「それは細菌には有効ですが、蛋白質にアルコールはだめです。かえって固まるから。プリオン蛋白の一番の特徴は、まず細菌のような生き物ではない。だから殺すことが出来ない、壊すしかないんですよ。そして問題になっている異常型のプリオンは、正常プリオン蛋白質に比べても明らかに強く、普通に煮沸《しゃふつ》しても紫外線や放射線を照射しても、通常濃度のホルマリンでも無害化できない。だから、プリオン病の予防ガイドラインはとても厳しいものになっています。まあ、焼却が一番有効な手段でしょうね」

　堀江は黙ってメモを取る。珠木の理解を超えた行儀の良さだ。

「堀江さんは何かありますか」

意地の悪い珠木の言葉に、堀江が静かに反応する。

「もしその異常型プリオンが凶器として使用されたとしたら、どのような形状が考えられるのでしょうか」

「いい質問ですね。注射するんでしたら、生理食塩水に溶かして液状にするでしょうね。しかし、プリオンはどんな形にでも加工できます。固めて弾丸を作ることもできますよ。それを拳銃に詰めて撃てば、より早く確実に殺せます」

くだらない悪ふざけに、森崎は珠木を睨みつける。

堀江は不愉快な表情を隠せていない。小野寺は軽口を無視して質問を続ける。

「それでは、原因となるプリオンさえ入手できれば、誰にでも殺人が可能であると——」

「まあ、投与方法が解っていて、さらに死亡までの期間や確実性を問わなければ、ですがね」

珠木が森崎の顔を見る。素人の相手に飽きている。

森崎が引き継ぐ。

「基本的には体内に入りさえすれば、発症させられる可能性はあります。摂取させようと思えば、牛乳にでも何にでも混入できます、しかも普通の調理では無害化できませんから、媒介の可能性で言ったら無限にあります」

「でも、食べ物に混入する程度では発症の確率は著しく低い。何年も食べさせ続ければ、発症の可能性も増すと思いますがね。確実性を増すには、異常型プリオン蛋白の質と量、それと効率の良い投与方法でしょう」

珠木が口を挟んだ。

「では、もしプリオンが手に入ったと仮定して、確実に相手を陥れようとしたら、どのような手段が考えられますか」

小野寺の質問に、珠木が得意げに答える。

「もっとダイレクトに――少なくとも血管や脊髄に注入するなどの手段が必要でしょう。食べ物として摂取させるのに比べて十万倍の効果があるといわれています。さらに継続的に大量に注射できれば、数か月後には高率で感染の兆候が現れる」

「血管や髄液中に大量に、しかも継続的にですか。意識のある相手に気付かれずに注入するなんてのは難しそうだ」

「医療関係者以外ではまず無理ですよ。意識がないとか、麻酔で眠っているのでなければ。でも、犯人かその協力者が医療機関の職員であれば、あらかじめ薬に混入しておくことで、医師が注射してくれます」

珠木が言うことは冗談か本気か解らない。

小野寺が森崎を見る。

「それなら可能ですか――」

「そんなこと出来る訳ないじゃないですかっ」

即答し、森崎は腹立たしげに珠木のしたり顔を睨む。

医療現場では、薬剤の管理や取り違えは厳密にコントロールされている。しかし、それは医療機関の人間が、事故防止の目的意識を持っている場合だ。故意にであれば、点滴バッグや注射液のバイアルにプリオンを混入させることは、さして難しくないとも言える。

「異常型プリオン蛋白が身体に入り、発症してからは森崎に聞いてください。俺は認知症症状とかは解りませんから」

珠木は言い放ち、ウィンクする。

森崎が溜め息を吐く。

「まず、異常型プリオン蛋白が伝播しても、発症する前にクロイツフェルト・ヤコブ病を鑑別することは困難です。発症して症状が進行すれば、病状の経過などから、ある程度は確定に近いところまでは診断できると思います。

しかし本当の意味での確定は、異常型プリオン蛋白の存在の確認です。脊髄液や扁桃腺の組織から分離できる可能性がありますが、最終的には脳の組織を調べる必要があります。しかしそれは患者さんが亡くなってからの話です」

「症状が出るまでは、病気の発見が叶わず、診断がついたとしても、現時点では見ているしかないと――」

「現状ではそう言って差し支えないと思います」

診断はできても治療が困難な疾患は多数ある。アルツハイマー型認知症でも、患者とその家族に残された希望は、新薬の開発と、そして医師の誤診だ。

「人体は、細菌や毒素であれば体内に入った時点で、免疫が機能します。そういった反応を調べることで、感染が解るのですが、プリオン蛋白は元から体内にある物質ですから、免疫が機能しない。これは、普通の病気で起こる発熱や咳、痛みなどの症状が現れないということです」

「それでは、もし人為的に拡散されていたら、その被害は甚大なものとなるでしょうな」

「目的が無差別なプリオンの拡散だとしたら、それは大惨事でしょうね。ただ、一般的に感染と聞いて想像するのは、インフルエンザやノロウイルスでしょう。プリオンの感染力は、それらとは比較にならない弱さです。だから、致死性の疾患といっても、インフルエンザやノロウイルスで死ぬ人の方がよほど多い。

　プリオンの脅威とは、その潜伏期間の長さにあると思います。一度、曝露すると、と言うよりも、曝露したと知ったことで、常に発症の恐怖と戦わなければならない。ちょっとした物忘れ、体調不良による手の震えでも、常に発症を疑うことになる。五十年後の発症もあり得るので、この精神負担は生涯にわたります。いつか認知症になるかも知れない――これを考えたことのある人は多いでしょう。ところが、プリオンに曝露した自覚がある人は、いつまで正常でいられるか――という思考になります。到底その呪縛から逃れることはできない。その心的被害は他の疾患にはないものです」

　小野寺の目には、怯えとともに、何としても捜査を継続しなければならないという、決意が現れる。

　聞いていた珠木は、プリオンの特徴や特殊性について、実にうまく説明されていると思った。

さすがだと思う。しかしこれは少々脅かし過ぎではないかとも感じる。実際にほとんどの場合、発症しないのだから。珠木は緩む口元を引き締めた。

珠木先生——。小野寺の声だ。

「不特定多数への感染を目的とした場合には、どのような方法が考えられますかね」

「病原体としてのプリオンは相当に強いから、あらゆる方法が考えられますね。狂牛病だって、牛肉を生で食べた訳じゃない。焼いたり、加工したものを食べて感染したんだから。口から摂取させるのなら、マンションや学校の給水タンクに入れるという手もある。あと、プールに混入したら最悪ですね。水も飲むでしょうし、プリオンは眼からも感染するから。小学校のプールなんかだったら夏の間、生徒たちは何度となく曝露される。夏休みの水泳教室なんて毎日でしょ。しかも子供は人生が長いから、将来的に発症する確率も高くなる。ああ、最悪だ。——と言っても、それだけの量のプリオンを用意するのも大変ですがね。さっき森崎が言ったように、精神的ダメージを与えるには、少量でも充分かも知れない」

堀江には、再来年に小学校に上がる娘がいる。その娘が、楽しみにしている小学校のプールで曝露し、発症に脅えて暮らす。そして、大人になる頃に認知症を発症するなど、堀江は考えただけで叫びだしそうな衝動に駆られた。

森崎が言う。

「小野寺さん、死亡した方の脳のサンプルを我々に確認させていただけませんか。聞いた情報から想像しているだけでは、確かなことは何も解りません。外部への持ち出しはしませんので――」

　堀江が不安そうに小野寺の顔を確認した。

「慶静苑の事故については、認知症患者が亡くなったという事実だけで、まだ警察内部では事件として認められておらんのです。ですから現状では、先日の竹内さんと佐川さんのカルテのように、正式に警察で保管される前の資料以外は、外へは出せません。しかし、事件として調査の続行を認めさせ、必ず近いうちに実現させます」

「しかし、その状況の中で我々に何をしろと言うんですか」

　森崎の不満が沸き上がる。

「ですから先生方にご意見をいただいております。事件性を明らかにし、捜査本部を開設した後であれば、証拠となる資料やサンプルを確認いただけると思っております」

　珠木が口角を歪ませ、言う。

「正式に捜査が開始されれば、森崎や俺は用済みって訳か」

「いいえ、先生方には是非引き続き、ご協力をお願いします。私は本日伺ったことを踏まえ、本部の意見調整をはかります」

　警察組織に疎い森崎は、小野寺の［警視］という階級にどの程度の権限があるのか解らない。正式な捜査と認められていない以上、この辺りが限界なのか。

「大体、警察は情報を隠し過ぎなんだよ。何でも出させるくせによ」

　珠木が不貞腐れ顔で追い打ちを掛ける。

診療前の僅かな時間の中、森崎は教授室へ棚橋稔を訪ねた。朝であれば長引かないとの思いもある。進捗《しんちょく》は芳しいものではないが、耳に入れておく必要があった。

森崎は慶静苑の転落事故に続き、クロイツフェルト・ヤコブ病による死亡が同施設で確認されたことを報告した。

棚橋は神経質そうな表情のまま聞いている。それは森崎からの報告が遅いことに加え、CJDの複数発症に対する疑いでもあった。

「捜査が行われる以上、一般には詳細な情報は開示されません。警察に協力することで優先的に症例を確認できると考えます。それにCJDを診る少ない機会ですので、是非勉強の機会にしたく思います」

森崎は捜査協力による利得を強調することで、棚橋の憤懣をやり過ごそうとする。

交通事故の運転手にまで、プリオン病の発症が懸念されているとは言えなかった。

刺激が強すぎる。

*

小野寺は本格的な捜査の開始を進言するために、刑事部長の唐沢康彦《からさわやすひこ》を訪ねる。

「それで、本当に犯罪として成立すると思うのかね。私にはよくある老人ホームの事故と、ただ、認知症高齢者が死んだとしか思えないのだがね」

慶静苑の件は入居者の転落事故として処理されている。一度決着のついた件を蒸し返されるのは、唐沢にとって面白いことではない。しかも事件としての確証が希薄であるのにだ。

国立大学出身である唐沢は、小野寺などノンキャリア組を追い抜いて部長となった。しかし部長となってからの評価が低く、キャリア組の中では［落ちこぼれ］と噂されていた。その評価は部内でも変わらず、さらに現場での経験も乏しいことで、部下からの信頼も今一つである。そこが唐沢康彦の弱みであり不満でもある。

再捜査に対する反発も、半分は唐沢の意地であろうと小野寺は感じる。

「二件の死亡、あとは疑いというのでは、頻発とは言えんじゃないのかね。そんなことは偶然としてもあることだと思うがね」

唐沢は報告書を眺め、言う。理解できていないことを悟られまいとする。

「私も医師の説明で初めて知ったのですが、クロイツフェルト・ヤコブ病とは狂牛病のことだったのです。実際には汚染牛肉に限らず、プリオンという物質を体内に取り込むことで発症するそうです」

狂牛病という聞いた言葉が出ることで、唐沢にもおぼろげに話が見えてくる。しかし実際には、何も知らないに等しいことを、小野寺は自分の体験からも知っていた。

「それで君は、その物質が何者かの手によって撒かれていると、そう言うのか」

「まだ解りません。ですが医者の話を聞くうちに、その可能性を無視できなくなりました」

「それだけで、捜査本部を設けるのは時期尚早だと思わんか」

「サリンや青酸カリ、ヒ素のような毒物、または炭疽菌などの細菌が撒かれたら、すぐに事件として捜査が開始されます。プリオンは時に、四十年以上という潜伏期間があるため、気付いた時には既に犯行の立証が困難になります。発症した場合、死亡率は一〇〇パーセントです。しかも発症すれば認知症が短期間のうちに進行し、供述すら取れなくなる。ですから早急な捜査の開始が必要です」

「大体、そんなに重大な事件であれば、然るべき部署に任せるのが本筋じゃないか。素人である我々が動いてもどうにもならん」

唐沢の口調は次第に嫌悪を帯びてくる。

医療という密室では、犯罪か医療事故かも定かではない。しかも医療現場にまで介入することになれば、関係省庁を巻き込んだ事件にも発展しかねない。唐沢は不確定な案件に必要以上に首を突っ込み、自身の経歴に傷を付けたくはなかった。

そろそろ唐沢が激昂しだす限界だ。小野寺は攻め手を変える。

「部長、もしこの件が犯罪であった場合に、何もしていなかったでは済まされません。捜査を開始していたという事実だけは必要です。予備調査として私と堀江だけで結構、動かせていただきたい」

小野寺にはこの一連の事象が、人為的な意思を持って進行しているという確信があった。プリオンは生命を奪うだけではなく人格を破壊する、類を見ない恐ろしい凶器だ。犯罪であれば、何としても阻止しなければならない。

小野寺と堀江が捜査の方向を模索する。

慶静苑の事故については、予備調査として進められることとなった。殺人事件の捜査に充てられる人員が二名だけとは、いささか心許ない。

「竹内貴代にはクロイツフェルト・ヤコブ病が確認された訳だが、実際の死因としては、転落による頭部外傷だ。それも俺の中ではすっきりしていない。プリオン感染と、転落事故は別件として考えなければならないと思っている」

小野寺の言葉に頷き、堀江が言う。

「プリオンについては、森崎先生と珠木先生に協力を貰いながら、進めていくしかないですね。そして竹内の死亡については、別の事件として怨恨関係も含めて調べてみます」

小野寺が思い出し、笑う。

「お前は、あの珠木のような傍若無人な輩は、許せないんじゃないか」

「いえ、その、自分に対してはいいんです。でも、課長に横柄な態度を取ると腹が立ちますね」

「はは——そうか。しかし悪い人間ではなさそうじゃないか。森崎先生を見ていると、まるで加賀と一緒の時の、俺のようだ」

そうですね——堀江も笑った。

二人の刑事は預かったカルテを見比べる。薬剤名を含め殆んど理解できない。

それでも以前に比べ、幾分はましになった。

「竹内貴代は施設内では相当、鼻息が荒かったそうじゃないか」

堀江がノートを捲る。

「そのようです。慶静苑の所有権について調べたのですが、当初、竹内貴代の夫である竹内幸雄が五〇パーセント、そして貴代が二〇パーセント、所長が三〇パーセントという持ち分となっていました。しかし、竹内幸雄が死んだ時点で貴代に半分の二五パーセント、娘に残り二五パーセントが相続されています。娘というのが神山聡史の実弟の妻です。ですから神山は所長でありながら、竹内貴代には頭が上がらなかったと考えられます」

小野寺は眉を顰《ひそ》め聞いている。堀江が続ける。

「もし神山が所有権の問題で、施設の運営に支障を来たしていたら、うるさ型である竹内貴代の存在を、疎ましく思っていても不思議ではありませんね」

「まあ、その線も考えられなくはないだろうが、一つの事柄に拘《こだわ》ると他の状況に目が行かなくなる。今の段階では当初通り事故の可能性も含めて、広く探る必要があるだろう。竹内は、他の入居者やその家族からの評判も芳しくなかったそうじゃないか」

「ええ、表立っては言いませんが、かなり煙たがられていた節があります。しかも癇癪《かんしゃく》持ちだったらしく、苦情が絶えなかったようです」

「癖のある婆さんだったらしいからな」

現状で、まず明らかにすべきは、この一連の出来事が偶然に起きた事故なのか、それとも悪意を持った何者かによって引き起こされた事件なのかだ。

もし事件性が証明されれば、捜査本部が設けられ、大掛かりな捜査が可能となる。実際の犯人探しはそれからだ。

入居者やその家族、所長や職員については、身辺調査の範囲で調べることになった。

「それと課長、司法解剖のサンプルの件はどうしましょう」

「今の段階では許可が出る訳がない。上は事件にしたくないんだからな。俺が預かっている報告書や資料までが限度だ。それでも外部に漏らせば懲戒免職もんだ」

聞いていた堀江が身震いする。

「大丈夫だよ。それは俺の仕事だ、お前さんに迷惑は掛けんよ」

小野寺が笑う。書類をまとめる手を止め、低い声で呟く。

「あの施設に何かあるのは間違いない。悠長に構えていたら、次の被害者が出る恐れがある。早急に手を打たなければならない」

事件性が証明できない今、突破口は自分達で切り開くしかない。

＊

堀江は、慶静苑の玄関を前に深呼吸する。

受付カウンターで、所長を呼ぶ。

程なく、神山が巨体を揺すり小走りにやってきた。

「これは刑事さん、先達てはいろいろと有り難うございました。今日はどんな御用向きで――」

「竹内さんの亡くなった日のことを、もう一度お聞きしに来ました」

堀江の言葉に神山の眉間に一瞬、縦皺が寄った。

「ああ、どうぞどうぞ。私で解ることでしたら何でも」

神山は堀江を所長室に案内した。

広い部屋には、花梨《かりん》の机がある。濃いバーガンディー色のソファを設《しつら》え、壁面には、各種の額縁が掛かっている。部屋の隅には、埃の浮いたゴルフのキャディバッグが立っていた。

堀江はソファに腰を沈めた。どうにも居心地が悪い。

「竹内貴代さんは、お気の毒でした。こちらの共同経営者でもあったとか――」

またも一瞬、神山の眉根が歪《ゆが》む。その目は笑っていない。

堀江が続ける。

「その後、経営はどのようになっているのですか」

「ここはうちの弟、正確には、義理の妹夫婦が相続すると思いますから、まだ、どうなるかは解りません。当分は今のままでしょう」

神山の顔に警戒の色が見える。

「お身内のことで恐縮ですが、竹内さんは、かなり気が強かったと聞いています。他の入居者とは、うまくいっていましたか」

「いや、刑事さん。身内の恥を晒すようではありますが、随分と揉めていました。入居者の家族からの苦情が何度もありました。私がお詫びすることも度々でしたのでね」

神山は隠すと思っていた。腹に据えかねていたのか。

神山が続ける。

「とにかく、我儘でした。ここの株主でもありましたから、他の入居者を人とも思っていない。刑事さんもご存じだと思いますがね、こういう施設は、数が足りていませんから、順番待ちの状態です。ですから、嫌なら出て行けという態度で――」

「では、佐川さんのような、気性の激しい方とはよくぶつかったでしょうね」

「それについては、職員も困っていましたね。双方引きませんから。佐川さんは昔気質《むかしかたぎ》の人で自尊心が強かったんですが、話して解らない方ではありませんでした。それが、認知症が進行して、自分を抑えられなくなったのか、大声で怒鳴っているのをよく聞きましたね。でも、竹内と問題を起こすのは、何も、気が強い入居者ばかりじゃありませんでね、大人しい入居者にも、その、弱い者いじめですかね、そんなこともありました。しかし婆さんには――竹内のことですが、本当に参りました。しかも、あんなことになってしまって。親族には、随分と吊し上げられました」

雇われ所長の苦悩が窺える。神山が溜息とともに吐露《とろ》する。

堀江は話題を変える。

「佐川さんは、認知症が進んで亡くなられたと聞いています。それ以前に何か、変化はありませんでしたか」

「入居者の日常的なことは、あんまり解らないですね。その辺は、現場の職員に聞いていただいた方が良いでしょう」

神山からは、施設に対する愛着があまり感じられない。自分の施設とは思えないのだと堀江は理解した。礼を述べ部屋を出る。

受付カウンターの若い職員と目が合う。佐藤香歩だ。

佐藤は堀江を覚えていた。堀江はスタッフルームで話を聞くことにする。

転落事故の当日は夜勤で建物内にいたという。不眠症の入居者が起き出したが、他には特に異変は感じなかったと言った。

昏倒《こんとう》している竹内を発見したのは、夜勤の男性職員だ。その職員について尋ねると、佐藤の顔色が急変した。

「永井さんは、お年寄りにとても厳しいんです」

佐藤は下唇を噛む。

「ここの入居者は全員老人ですから、歩くのも、食事もゆっくりなんです。介護士は、雑用に追われて忙しいんです。それでも、なるべくお年寄りのペースに合わせます。でも、永井さんは、お年寄りが怖がるほどのスピードで車椅子を押したり、薬を飲ませる時にも、無理やり口に押し込んで、水も永井さんがコップを持って無理に飲ませるんです。それで、むせたり、水をこぼしたり。こぼれた水が首を伝わって、服の中に入っても気にしません。ひどいときは、小突いたりします」

悔しそうに目を潤ませる。

堀江は手帳に永井の名を記し、丸で囲んだ。

「では事故の時に、竹内さんと永井さんが揉めていた、ということも考えられますか」

佐藤は困った顔で少し笑い、首を横に振った。

「永井さんは、ずうっと、この部屋で寝ていましたから」

佐藤の視線の先には、折りたたまれた簡易ベッドが立てかけてあった。

「ここは酷いことばかりです。だから私もう、ここを辞めるんです」

赤い目で無理に笑顔をつくり佐藤が言った。堀江に会釈し、ホールの奥に消えていった。

堀江には、老人介護の未来が急に不安定なものに思えてくる。

受付の職員に、永井壮司《そうし》の所在を聞く。

職員は堀江の肩越しに後ろを指差した。

頭髪を茶色に染めたピアスの男が、頭髪をいじりながら歩いて来る。にやにやとスマートフォンを凝視している。

堀江の前を素通りし、そのままスタッフルームに消えた。

カウンターの職員は諦めているようだ。呆れ顔で、堀江に入室を促す。

堀江は、その男の嫌な顔に感情が昂ぶる。乱暴にドアを開けた。

永井が驚いた顔で堀江を見たが、すぐに視線は手元に戻る。椅子から両足を大きく投げ出している。

その舐め切った態度が、堀江の感情を逆撫でする。

堀江は隣の椅子を、ガラガラッと音を立てて引き摺り座る。

「おい小僧」

堀江の低い声が響く。永井は咄嗟に上体を起こし足を引っ込めた。

堀江の手は頬をぼりぼりと掻く。

「聞きたいことがあるんだがな」

「なんだよ。あんた」

堀江の声に瞼《まぶた》を震わせる、永井の精一杯の虚勢だ。

「聞くのはこっちなんだ。お前は答えりゃいいんだよ」

永井の咽喉がごくりと鳴る。

捜査一課刑事の威圧感は素人にとって凄まじいものがある。

「竹内さん——殺《や》ったのはお前だよなぁ」

永井にとっては因縁を付けられているようなものだ。両手を激しく振る。

「そんな訳ないだろ。俺は階段から落ちてるのを見つけただけだよ」

「へっ、何を言ってやがる。俺は殺人課の刑事だ。第一発見者が怪しいんだよ。それにお前、この入居者に、随分と虐待《ぎやくたい》を繰り返してたんだってなぁ。家族から裏は取れてるんだよ」

「本当に知らないんだよ」

「何が知らねえだ、この野郎っ」

永井は震えあがる。堀江が一変して小声で訊く。

「じゃあ、その時間、お前は何やってたの？　夜勤だったんだろ？」

永井は黙っている。堀江は椅子の金属パイプを爪で弾《はじ》く。カツカツと音が続く。

堀江が音を立てて息を吸い込む。永井が飛び上がるようにして答えた。

「寝てたんです。ここで。あのベッドで」

永井が泣きそうな顔で、簡易ベッドを指差した。

「夜勤が寝てる訳ねえじゃねぇか――なぁ」

「サボってたんです。どうせ俺は介護の資格も持ってないから」

「サボってただぁ。冗談じゃねえぞこの野郎。じゃあ何で、お前が発見できたんだよ」

永井は少しでも我が身を守ろうと、懸命に考える。

「いいや。後は、署で聞くわ」

堀江が大げさに椅子から立ち上がり、手荒く永井の腕を掴む。

「音がしたんです。朝トイレに行こうとしたら、階段室から。でもまあいいや、と思ってそのままトイレに行って。戻るときに、階段室のドアを見たら鍵が掛かっていなくて。開けたら竹内さんが倒れてて。それで焦《あせ》って、皆を呼んで――」

永井は半泣きだ。

「その前に、何か声は聞こえたかい」

「いえ。何も」

迫力に気圧《けお》され、素直に答える。

いつもの礼儀正しさとは対照的な、堀江の獰猛《どうもう》さだ。どちらが本性なのか解らない。

堀江は手帳から頁を一枚破ると、永井に名前、住所と連絡先を書かせた。

さらに両親の名前まで書かせ、免許証のコピーも要求する。

テーブルに置かれている永井の携帯端末を、爪でカチカチと叩いた。

「これの、番号もちゃぁんと書いとけよ。苦情が来たら電話するからよ」

永井は鼻を真っ赤にしながら、こくこくと頷いた。

堀江が着衣を正し、部屋を出る。

ドアから少し離れたところに立つ佐藤香歩が、深々と頭を下げた。

まずい——と思った。堀江が身をすくめる。成り行きを見ていた沢野梓が近づく。顔を寄せ、聞こえてましたよ——と言った。

恐縮した堀江の——すみませんでした、という小さな声に沢野が笑う。

*

「で、老人ホームの方はどうだった」

小野寺が資料から顔を上げ、老眼鏡の上から、堀江の顔を覗く。

「はあ、確証に繋がるような情報は得られませんでしたが——」

堀江は、得られた情報を手帳を見ながら報告した。永井を脅かした件に関しては三分の一程度に留めておいた。大人気ないと思った。

「最後に、沢野梓という主任介護士に話を聞きました」

「ああ、ベテラン介護士か。人当たりの良い、しっかりした人だったな」

「はい。その沢野主任に聞いたところ、まず、階段室の鍵が開いていた件ですが、今までも施錠し忘れはよくあったそうです。まあ、階段室の中からは簡単に開くタイプなので、どこかの階から降りてきて、中から鍵を開けて外に出て、今度は鍵がないと閉められないので、そのままになってしまうという——」

「それはまた、随分と杜撰《ずさん》な話じゃないか」

「そうなんです。それは階段室だけではないようで、裏の搬入口も暗証番号さえ知っていれば、夜中でも外から入れるそうです。このことは、施設に掛け合っても是正されず、沢野さんも、頭が痛いようです」

小野寺が老眼鏡をテーブルに置く。

「そうか。では階段室の鍵だけでは、それが故意かどうかも解らん訳だ。しかも夜中に開いていたら、認知症高齢者が簡単に転落しそうだな」

「ですから、認知症の重い入居者の居室は三階にあって、そこの鍵には気を遣っていたようです。階段で三階に上がり鍵を開けたら、降りる時は鍵をかけて、階段で降りるという決まりだったようです」

「事件の日は、たまたま三階の鍵も開いていたということか。で、佐川老人の杖の件はどうだった」

堀江は頭を掻き、参りました——と言った。

「それが、佐川は杖を折る常習犯だったようです。もう何本も折っていて、三日も持たなかったこともあるそうで。沢野さんが言うには、壁に向かって杖を振り回したり、部屋の中を虫が飛んでいると言って杖で追い払ったり。それが、ひどい時には一日に何度もだそうで。それで、杖が壁などにぶつかり折れたり曲がったりしてしまうそうです。

沢野さんは、本人には見えているんだからしょうがない、と言っていました」

「それが、森崎先生の言っていた、レビー小体型の症状ということか」

堀江は、そのようです——と答える。

「まったく、雲を摑むような話だな。折れた杖の指紋は本人のものだけで、その佐川老人も死んでいるから、今さら調べようがないか——」

小野寺は、クロイツフェルト・ヤコブ病感染の謎が明らかになれば、この件も氷解すると感じられた。現時点では、何の根拠もない。ただの刑事の勘だ。

「帰り際に神山所長から呼び止められまして」

堀江が怪訝な表情を浮かべ、続けた。

「意外なんですが、我々に慶静苑を調べて欲しいとのことです。こんな事件まがいの事故は開設以来初めてで、入居者の認知症に付いていても、何か変だと言っていました」

小野寺が唸る。

「わかった。神山に連絡してみよう」

神山の言うことが本心であれば、竹内の死亡に対する疑いは希薄になる。

小野寺の連絡に、神山は警察署まで行くと言った。

神山は堀江の案内で応接室に通され、二人の刑事に向き合う。

「竹内の事故だけではないですからね。入居者に起きた認知症症状の急激な悪化についても調べていただきたいのです。このままでは施設の存続が危ぶまれます」

「そうですか。こちらでも竹内さんの事故以来、佐川さんも亡くなり、捜査が棚上げになっている状態でしてね。しかし、今の段階で我々警察が出入りすれば、それこそ施設の皆さんを不安がらせるのではないですか」

神山は少し考え、顔を上げた。

「見舞い客を装って、館内を見回っていただくことで如何でしょう」

「それでも、ただうろつく訳にはいかんでしょう。それに、もし原因が人為的なものだとしたら、犯人に気付かれる訳にはいかない。うまく施設に馴染めればいいんだが」

「では、居室を一部屋空けておきますので、入居者の振りをしていただくのは――」

小野寺は堀江と顔を見合わせる。堀江が訊く。

「介護士の方には協力を得られるんでしょうか」

「信用していない訳ではないですが、職員には知らせない方がいいでしょう」

神山は、職員に対する不信と同時に、職員に危機感を持たれ辞職されては施設運営に支障が出ると考えている。

「では、それも考慮に入れて検討してみましょう」

現時点で本格的に捜査が開始されてない以上、実現は難しいだろうと小野寺は思った。

5　感染——Infection

小野寺には一人心当たりがあった。自分がまだ駆け出しだった頃に、刑事部捜査一課の課長を務めていた河原《かわはら》四郎だ。捜査に限らず社会の常識に至るまで、公私にわたり面倒を見てくれた元上司だ。

小野寺が捜査に行き詰まり、また事件が解決を見た時、事あるごとに脳裏に浮かぶのは河原四郎の顔であり言葉だ。河原がいたから今の自分がある。それは何よりも確かだった。

定年後の河原は、湯河原の山側に居をかまえている。眼下に広がる海を眺め、のんびりと毎日を過ごしているのだろう。小野寺が最後に河原と会ってから十二年が経つ。

河原を想う時、小野寺の脳裏に浮かび上がる事件がある。

河原が捜査一課の課長に赴任して間もなく、小野寺はまだ駆け出しの刑事だった。警察は狂信的な教団による、脱会を望む信者粛清《しゆくせい》の情報を入手した。

河原は逸《はや》る小野寺を制し、腹心の中堅刑事を捜査にあたらせた。車で現場に向かう途中に事故は起きた。単独の交通事故だった。同行した所轄の刑事は命を落とし、一課の刑事は姿を消していた。

捜査の進行に伴い、事故は仕組まれたものであり、刑事は連れ去られたことが判明した。懸命の捜査にも拘らず、その所在は杳《よう》として摑めなかった。

多くの死亡者を出した事件は、教団幹部の逮捕および教団の解体で幕を閉じた。しかし、一年を経ても刑事の生死すら確認できなかった。帰りを待つ家族の心に痛みと希望を残し、今も葬儀は出されていないはずだ。

事件の解決とは裏腹に、河原の想いは宙に浮いたまま置き去りにされた。

その後、河原は職務を全うし、定年を待ち家族と共に居を移した。

小野寺の突然の連絡に河原は快く応じた。用件は話さなかった。河原も聞かない。

河原四郎の住まいは小高い丘の中腹にある。車を止め林の中の小道を登っていく。土を踏んで歩くのは久しぶりだった。背広に革靴でこの場にいる自分が酷く場違いに感じられた。緑色の屋根の家が見えてくる。コテージのような佇まいが、今の河原の穏やかな生活を物語っている。

呼び鈴のない玄関扉を叩く。扉の向こうから足音が近づく。小野寺の心臓が高鳴るのは、道を上がって来たからだけではない。

河原には髭《ひげ》が蓄《たくわ》えられていた。鼻の下から顎まで、手入れされた綺麗な白い髭だ。その表情には深い皺が刻まれている。人生経験に裏付けされた男の顔だった。

「河原課長、大変ご無沙汰しております。お元気そうで何よりです。それに随分感じが変わられた」

小野寺の高揚した感情が十年余の歳月を一気に飛び越える。会いに来なかった時間を思い後悔する。河原の前にいる自分はまだ新米刑事のままだった。

「おいおい、君の方が変わったぞ。年寄りの十年と君の十年は違う。それにもう、とっくに課長じゃないんだ。今の課長は君だ」

河原は昔と同じように小野寺の肩を揺する。自分が育てた部下が自分と同じ［捜査一課課長］となったことが嬉しかった。現役の頃と変わらぬ笑顔だ。

「いや、でも、私にとって課長は今も課長なんですよ」

「ははは。しかし君もすっかりオッサンになったな」

「おっしゃる通りです。私も、もうこんなに白くなってしまって――」

小野寺は、今では白髪の方が目立つ頭をなでながら苦笑する。

「まあ、入りなさい。家内をなくしてから、何も構えないがね」

「実に残念です。後になって知ったものですからご挨拶にも上がらずに、大変失礼しました」

「いや、知らせなかったのは家内の遺志でね。自分の亭主が刑事だったから、刑事が忙しいのを解っている。迷惑を掛けたくなかったのだろう」

小野寺は、持参した菓子折を仏壇に供える。線香から上る一筋の煙の中で手を合わせる。

居間の壁一面のガラス窓から外のデッキが見渡せる。

「こんな何もないような処は、今までの人生を振り返るには実に都合がいい」

外を見る小野寺に河原が言う。小野寺の胸がちくりと痛んだ。

「そうかも知れませんね、私も定年後はこんな暮らしがしたいものです」

河原は最近の警察署の様子や、小野寺と同じく部下だった署員の様子を懐かしそうに聞いていた。

小野寺は河原の近況について何も知らないことに気付く。

「河原さんは、今は何を——」

「地域の子供たちに剣道を教えているよ、まあボランティアってやつだ」

照れながら話す河原の日常には、自分の思いもよらない幸せが詰まっているのだと、小野寺は感じる。


窓にさす木漏れ日の中、庭の向こうを歩く人影が小野寺の視界に入る。河原も窓の外を覗く。そして小野寺の表情を窺《うかが》い、いたずらっぽく笑う。

「あれが誰だか解るかい」

窓の外には両手に荷物を提げた女性が、玄関に向かい歩いてくる。小野寺はしばらく姿を追い、ふいに河原の顔を振り返る。目を細め笑っていた。言葉がつかえて出てこない。

「え、あの、娘さん——恵美《めぐみ》ちゃんですか」

目を丸くして驚く小野寺の口から、やっと出た言葉だ。

「うん——随分と久しぶりなんじゃないか。あれも、もういい歳だよ——」

小野寺が恵美に会ったのは河原が課長になってしばらくした頃だ。恵美はまだ中学校に通っていた。そろそろ三十年に近付くほどの時間が経っているはずだ。

何と声を掛けたら良いか解らない。

玄関の開く音、荷物を床に下ろす音、そして元気のいい女性の声。

「お父さん、お客さんいらっしゃってるの——」

部屋の戸口に立つ恵美は、いらっしゃいませ——と挨拶した。

恵美の顔を見て笑っている小野寺を不思議そうに見る。

「恵美ちゃん。——小野寺です。覚えてますか」

恵美の顔が、満面の笑みに変わっていく。

「え、小野寺さん。小野寺のおじさんですか——」

「あの頃は私もまだ二十代だったんだ。恵美ちゃんにオジサンと言われて、甚《いた》く傷ついたよ」

「あははっ、そうでしたか。それは失礼しました。二十代はお兄さんですものね。でも子供から見たおじさんは、もう十分大人でしたよ」

恵美は面白そうに笑っている。小野寺も、そりゃそうだ——と相好を崩す。

「今では、私も立派なオバサンです」

笑っている小野寺だが、返答に迷う。かろうじて言葉を繋ぐ。

「いやいや、恵美ちゃんは、あの頃の面影が残っているよ」

恵美は昔と変わらない屈託のない笑い声を聞かせる。そして懐かしそうに微笑む父親の顔を見て、安心する。

恵美が、声を上げる。

「お父さん、やだっ。お茶も出さないで。ごめんなさい、今入れますね」

「どうぞ、お構いなく」

小野寺は、奥に駆けていく恵美を目で追う。

「河原さん、恵美ちゃんは今、どうしてるんですか」

「結婚して息子が一人、一児の母親だ。街の方に住んでいて週に一度か二度、買い物ついでに様子を見に来てくれる」

小野寺はこの親子を見ていて、河原にとって今の恵美は、亡くした妻の生まれ変わりでもあるのだろうと感じる。

「恵美ちゃん、いい子ですね」

小野寺には、河原が今でも上司であるように、娘の恵美もまだ中学生のように感じられた。

「お待たせしました――」

湯呑と菓子器をテーブルに置く。恵美は急須を傾けながら、ちらりと小野寺を見る。

「何か、恥ずかしいですね。こんなに歳を取った顔を見られるのも――子供の頃の顔だけ覚えていてくださいね」

「ま、それはお互い様だね。――お子さんは幾つになるのかな」

「中学一年になります。ちょうど私が、おじさんに会った年頃ですね。それじゃあ、私、ちょっと出かけますので。どうぞ、ゆっくりしていってくださいね。父のためにもね」

恵美は、息子を迎えに行くと言った。恵美の背中を見送る。窓の外の木漏れ日がさらさらと揺れる。

河原は笑顔で口を開いた。

「で、話ってのは何だい」

小野寺は言葉に詰まる。

「君がここまで出てくるんだ、きっと何かあってのことだろう」

「いや、いいんです。課長の顔を見ていたら、ちょっと恥ずかしくなってしまいまして」

河原はもう充分に働いてきた。こんな捜査に巻き込んではいけない。正義に慢心し、傲慢になっていたと思った。

「そんなことはないよ。こんな年寄りでも何かの助けになるかも知れないだろ」

河原四郎は笑っていた。その笑顔は加齢とともに、深みを増している。

「いえいえ、ちょっと捜査に行き詰ってしまいまして。河原さんにお会いすれば知恵も湧くかと——」

「おい、小野寺っ」

怒声が響く。昔と同じ声だ。小野寺は思わず肩をすくめる。

河原が、ふふっと笑った。

「目が覚めたかい。引退したといっても、まだ少しは君の気持ちは解るよ。——難しいヤマなのか」

「恐れ入ります。いや、参りました」

小野寺は事件の顚末と、病原体が人為的に操作されている可能性について、現状で解っていることを話した。

「しかし、その捜査に私が協力できることなんかあるのかい」

河原は、不思議そうに湯呑に手を伸ばす。

「百万人に一人という、希少な致死性の認知症が、同じ施設で三人、他で一人。同じ地域で同時期に四人も発症するなど、通常では考えられない——という医者の見解でして。さらにこれからも、その疾患を発症する者が現れる可能性がある、とのことでした。発生の原因究明に捜査開始を進言したのですが、高齢者が施設で死亡することに何の不思議もない、との部長の判断で。何とか、自分と若い刑事の二人が、予備調査として続けております。事件性が明らかになれば、全面的な捜査に踏み切るという意向です」

「刑事部長は誰なんだい」

「唐沢部長です」

「あの若造か。まぁ、奴の言いそうなことだ」

弱り切った表情の小野寺が、静かに話す。

「先日、老人ホームに行った際に、認知症の患者を見ました。恥ずかしながら、患者に直に接するのは初めてでして。衝撃を受けました。小学校の先生をされていた七六歳の女性です。ほんの一月くらい前までは、まったく問題がない、元気な方だったそうです。それが、私が会った時にはもう、食事はおろか歩くこともできず、言葉も話せず、定まらない視点で――ただ、小さく唸っているだけの状態でした。娘さんや嘱託医が面倒を見ていましたが、できることは本人の精神負担を軽くすることだけで、回復は見込めないそうです。それでも病気なら致し方ないと思います。しかし、人の手で感染させられた病原体によるものだとしたら、これは悲惨すぎる」

小野寺の目は窓の外に広がる青い空を見詰める。

「しかし、もう刑事を引退して一五年だ。その私が役に立てることは、どういうことなんだい」

「河原さんには、まったく失礼な話なのです。その施設職員や関係者の行動、また施設が正しく機能しているかどうかを確認して欲しいのです。そのために――誠に言いにくいのですが、認知症の患者として入居していただければと思っております」

「それが君の役に立つことなら、まして世の中のためなら、やるよ」

河原のあっけない返事に、小野寺は戸惑う。

「しかしな、いくら私が歳を取り、もの忘れが酷いと言っても、認知症患者として職員や医者に気付かれずに入所できるとは思えんが――」

「協力を仰いでいる認知症の専門医がいます。その医師に説明を受けて頂きたいのです。そして、甥の振りをした捜査員、これは河原さんによく怒鳴られていた、加賀正信を考えているんですが、奴に情報をいただきたいのです」

「まるでスパイか、秘密工作員だな」

河原が笑う。

「それに、加賀とはまた懐かしい名前だ。施設の調査は、どのくらいの期間を考えているんだね」

「二週間から一か月くらいを目途《めど》と考えています。ただ、途中で無理だと判断されたら、施設を出ていただきたいんです。それが、ご自身の判断でも、医師の判断でも」

「君の話を聞いていると、なかなか難しい仕事のようだな。これは、心して構えんといかんらしい」

介護施設に違和感なく溶け込むのは、相当な覚悟と忍耐が必要だと思う。きっと河原ならやり遂げるだろう。だからこそ、小野寺は辛かった。

「仕事を引退してからは、大した事もやっていないが、それでも、それなりの生活もある。娘にも言っておかなければならんし、今すぐという訳にはいかないかも知れんなあ」

「それはもう河原さんのご都合と、医者の意向も確認しながら、その上で時期を決定します。くれぐれも無理をなさらないでください。恵美ちゃんにもよく相談されて――」

「しかし、この歳になって潜入捜査に加わるとは、思いもしなかったよ」

河原が続き部屋の仏壇に目をやる。亡くした妻に言っているようだ。

河原四郎に見送られ、道を下る。小野寺を葛藤が襲う。自分はかつての上司の生活を壊そうとしているのではないか。そして生命さえも危険に晒しかねない。

車の運転席にすわる。やはり諦《あきら》めた方がいいと思った。小野寺は幾度となく車を降り、また戻った。

　小野寺が車を発進させたのは、辺りがすっかり夜の空気に包まれてからだ。

＊

　森崎はまだ診療から戻っていなかった。医局事務係の宮島香織に案内され、小野寺は河原を伴い、狭い応接室で待つ。

「お待たせして申し訳ありません」

　ノックの音と共にドアが開く。森崎が汗の浮いた顔を覗かせる。

　小野寺と河原が立ち上がる。

「先生、今日は警察を勇退された河原さんをお連れしました。河原さんは私の元上司でもあります」

「河原です、認知症のことはよく解らんのですが、頑張って役に立とうと思います」

　河原が親子以上に年の違う森崎に、にこやかに頭を下げる。

「はあ。森崎です」

　森崎が、間の抜けた挨拶を返す。

「先生の話を聞き、やはりあの施設で起きていることは異常だと感じます。先達て、堀江を慶静苑に向かわせ調べさせました。しかし、依然として何の手掛かりも得られんのです。これについては、慶静苑の神山所長も危惧しています。そこで、河原さんに慶静苑に入所いただき、調べてもらおうと思います」

「ちょ、ちょっと待ってください。慶静苑にですか?」

「はい。そう考えています。つきましては、認知症患者として振舞うための、基本的な症状や、行動の特徴をご指導いただきたいのです」

「そんな無茶な。認知症患者を演じるなど――」

「現状の捜査では解らない部分、例えば入居者やその家族同士の関係、施設の管理状況などを監視するための策です。それに認知症高齢者に問題があったとしても、被害者、加害者ともに証言に確信が持てない。内部から情報を得るのが最良と考えます」

この刑事たちは甘い。認知症をまったく理解していない。実際の現場を解っていれば、とてもそんな簡単に判断できるはずがなかった。

「それでしたら、若い警察官を職員として施設に入れた方がいい。まだ現実味があります」

「もし職員や、他の入居者や家族が事件に関与しているとしたら、正常な人間を前にして、尻尾を出すとは思えません。認知症の入居者を装っていた方が、広く状況を判断できるでしょう」

理には適っている。しかし健常者が何日にもわたり、職員や介護者を欺《あざむ》き続けられるのか。

「慶静苑の中には協力者がいるのでしょうか」

「神山所長の協力は得ますが、その他には考えていません。まだ何も明らかになっていない状況で、警察の関係者が入所しているというのは、施設職員にも伏せておきたい。どこに犯人が隠れているか解らない。それに内定もないままに、捜査が入っていることがマスコミにでも知れたら、どんな問題に発展するか解りません」

小野寺は、なお力説する。

「警察では、クロイツフェルト・ヤコブ病が蔓延する疑いがある、というだけでは、本格的な捜査は行われません。しかし、これがもし犯罪であり、被害が拡大する危険性を考えれば、とても黙って見てはおれんのです。今、解っていることは何者かにより、あるいは何らかの原因で致死性の病原体が撒かれ、命を落としている者がいる。それだけです。ですから、このような捜査方法に頼らざるを得んのです」

捜査の方針は覆《くつがえ》りそうもない。

「健康な高齢者として入所していただくのが、精神的な負担も軽くて良いと思います。しかし、それが叶わないのであれば、まず、何の疾患による症状か、どの程度の進行度か、家族構成を含め、経歴などの準備も必要でしょう。それでも、重度の認知症患者を演じるのは、普通の感覚では無理です。排泄での失敗も多くあります。ですから、初期と中等度の中間くらいの進行度を想定するのが現実的だと思います」

小野寺が頷く。そして医者である森崎の提言を可能な限り実現することが、河原の安全を担保するものであると思う。

「河原さんには娘さんがいらっしゃるので、ご協力いただこうと思います。そしてコンタクトを取る方法ですが、見舞いを装っての接触が良いと思っています。私も堀江も顔が知られていますから、交通課の加賀正信を、河原さんの甥として面会に行かせるつもりです」

「あの加賀さんですかっ」

森崎の心配そうな表情に、小野寺が笑った。

「大丈夫です。河原さんの前では、奴も借りてきた猫ですから」

河原が気まずそうに微笑む。

森崎が小野寺と河原の目を見る。

「認知症の振りをするのも一日二日なら可能かも知れませんが、長い間、それも入所して朝から晩までは難しいと思います。介護施設かデイケアをご紹介します。一度見てこられるのが良いでしょう」

「ええ、そう願えれば助かります」

森崎はやはり、この計画には無理があると感じる。施設見学を通し、実際の認知症患者と、その環境に触れることで再検討の機会になればと考える。

森崎は、部屋を出ていく河原に声をかける。

「河原さん、介護職員に気付かれずに認知症患者として入所するのは、とても大変なことだと思います。精神的にもかなりの負担が掛かるでしょう。場合によって薬を投与され、飲まなければならない状況も出てくるかも知れません。それに、その施設ではクロイツフェルト・ヤコブ病の患者さんが確定だけで二人、さらに発症を疑われる入居者も出ています。本来でしたら、とてもお勧めできません」

「はい、私もそう思います。先生、有り難うございます。——では、また」

不安を露《あらわ》にする森崎に、河原四郎は笑顔を残しドアを閉めた。

森崎は、河原の逞《たくま》しさに不安を感じる。戦場では勇敢な戦士であるほど、すぐ隣で死が大口を開けているという。

＊

小野寺は、河原と堀江を伴い、森崎に紹介された老人ホームを訪れる。警察関係者であることは伏せてある。これは森崎の配慮だ。

三人とも私服のため、祖父を連れて見学に来た家族に見えなくもない。

白い壁にオークをあしらった明るい建物だ。

小野寺は、玄関を入った瞬間に違和感を覚える。この施設の空気は慶静苑とは大きく異なる。その印象は堀江も同様だった。

慶静苑は、小野寺が老人ホームに描いていたイメージと重なった。しかしこの施設は、明るかった。介護施設とは思えない内装を見まわす。高い天井は、まるで避暑地のロッジを思わせる。

扉まで出迎えた職員に、小野寺が用件を告げる。

「沖浦さん、お客さんですよ」

カウンターに向かい声を掛けるエプロン姿の女性職員が現れる。三人の姿を見つけ、後ろに結んだ髪を揺らし駆けてくる。

「よくいらっしゃいました、森崎先生から聞いています。ここにはいろんなお年寄りがいますから、驚かないでくださいね」

介護士の沖浦京子が館内を案内するという。もう十五年も勤めているベテランだというが、かなり若く見える。

河原がにこやかに会釈する。じゃあ、参りましょうか——沖浦を先頭にロビーを進む。面会に来た孫を見送った女性入居者と行き会う。

「田中さん、お孫さん来て良かったわね」

声を掛けると、笑顔で頷く。

二階でエレベーターの扉が開く。廊下に沿って作られた大きなスペースには、デイルームと書かれていた。

入居者が談笑している。大画面のテレビの音とともに、時折、笑い声が聞こえる。デイルームの入居者に目を配りながら、沖浦が言う。

「この階には、健康なお年寄りと、比較的軽い認知症の方が生活しています。でも、実際はその境界線は曖昧で、よく解らないんですよ」

沖浦京子は、クスクスと笑った。廊下で物をひっくり返す大きな音が響く。

「あら大変。ユキちゃーん、山本さんがお茶のお盆落としちゃったぁ。お願ぁい」

沖浦は大声で叫び、またクスクスと笑った。

「山本さんは健康なお年寄りですよ。そして今、ヘルパーと一緒に片付けているのが認知症だといわれている、武田のおばあちゃん」

こぼれたお茶を手際良く拭き取るヘルパーを、入居者が囲んで見ている。

菓子箱を持った老女は、ヘルパーが困っているのも構わず、盛んに菓子を勧める。

ヘルパーは「じゃぁ一つ貰っちゃおっ」と、菓子箱からクッキーを一つ取りその場で口に入れる。「ご馳走さまっ」と、ワゴンを押していく。老女は満足げだ。

沖浦は三人の男に、笑顔で目くばせする。

小野寺は、デイルームを見渡す。

本棚には、子供用の絵本と一緒に、昭和の風景を集めた写真集や、昔の小学校の教科書が並べられている。そして管理の行き届いた大型の水槽では、熱帯魚が涼しげに泳いでいた。これらは確かな役目を担い、必然性を持って用意されているのだと思った。

小野寺が老人ホームに抱いていたイメージは、もっと鬱々とした雰囲気だ。慶静苑がそうだった。

隣に立つ河原が、どんな気持ちでこの風景を見ているのか。小野寺は複雑な気持ちになる。

廊下の両側にドアが並ぶ。一見、病棟を思わせる造りだが、明るい木目が基調となり、冷たさは無い。

沖浦は、表札に名前の入っていない扉を開ける。

「こちらが居室です。どの部屋もベッドと洗面台、トイレが付いていて、その他は各自の好みでセットされています。机とか、女性なら鏡台とか。こちらの部屋には明後日から入居する予定です」

部屋には大きめの窓があり快適な印象だ。壁にはしっかりと手摺が備えられている。

「それではそろそろ三階に行ってみましょうか」

沖浦が促し居室を後にする。沖浦が振り返る。

「三階はグループホームになっていて、認知症の方のフロアですから、ご迷惑をお掛けするかも知れませんけど、悪気はないの。気にしないでくださいね」

笑っている沖浦ではあるが、少しだけ不安そうな表情を覗かせている。

三階は明らかに雰囲気が違っていた。二階では入居者が自由にエレベーターを使用していたが、ここのエレベーターは施錠されたドアで仕切られていた。そしてそのドアを入るには職員の許可を要する。

沖浦が中の職員に合図をすると、ドアロックの解除する音がした。消毒液の匂いとそれに混ざり、かすかに汚物の臭いがする。

三階にもデイルームと呼ばれるスペースがある。何人かの入居者が車椅子で集まっている。一人の男性介護士を囲み、腕を前に突き出している。音楽と介護士のグー・パー・グー・パーという声に合わせ、体操をしていた。楽しそうにしている者と、無表情に見ているだけの者もいた。

二階とは明らかに雰囲気が違う。

話し声が聞こえるが、独り言に近いものが多い。男性の入居者は何も話さずにただ座っていた。

壁の所々にはトイレ、水、お風呂などの文字が大きく書かれた紙が貼られている。

女性入居者が車椅子で押されてくる。ボサボサと逆立った短い白髪が目立つ。表情は、あまりない。

「シャンプーしてもらったの。良かったわね」

沖浦京子は車椅子に向かい、明るく声を掛ける。

「今の方は、シャンプーして、これから部屋に戻って髪のセットです」

沖浦が言いながら指差した廊下の奥には、シャンプー室、と書かれた紙が貼られていた。

沖浦はすれ違う入居者には必ず声を掛けている。相手が理解できていても、いなくても同じように。

小野寺が訊く。

「皆さんに声を掛けるんですね――」

沖浦は、気付かれましたか――と、笑顔で言った。

「ここにいるお年寄りは孤独な方が多いんです。これは、身寄りがないということではなくて、心が孤独なんです。特に認知症の方は、ご自身の感覚と周辺の環境に隔《へだ》たりを感じることが多いんです。自分は間違ったことを言っていないのに周りの人は違うと言う、解ってくれない、騙されているという感覚が強くなります。でも、それはしょうがないんです。認知症の人にはその人の世界があって、私達にも自分の世界がありますから。だから私は、いつもアナタのことを気にしているよ——と、それだけでも伝われば良いと思っているんです。今ではもう癖になってしまって」

聞いていた河原は感心し、そして嬉しそうに言う。

「それは、年寄りにとっては、とても有り難いことです。これは歳をとって解ることです。皆さんはきっと喜んでいますよ」

「偉そうなことをすみません」

笑いながら沖浦京子が続ける。

「この階のお年寄りは、程度に差はあっても皆、認知症を持っている方ですから、話しても内容はなかなか覚えていません。ですがその分、感情はとても豊かなんです。その瞬間瞬間が楽しければ、事柄は覚えていなくても、楽しいとか、嬉しいとかの感情は残ります」

沖浦が歩を緩め、小さな声で言った。

「でも。逆もそうなんですよ。お風呂とかシャンプーが嫌いなお年寄りが多くて、よくお風呂に入れる職員なんて、すっかり嫌われちゃって」

沖浦は、クスクスと笑った。

施設による違いは小野寺の想像を大きく超えていた。慶静苑で沢野梓に会い、良い介護士だと感じた。しかし、環境はまったく違っていた。

慶静苑に入居する時、河原はいったいどう感じるのか。小野寺の決心が揺らぐ。

6　拡　散──Diffusion

心療内科外来で内線電話が鳴る。警察からだという。森崎は患者に待つように告げ、電話を取り次いでもらう。

「国本先生から、神山所長に認知症症状が現れたとの連絡が入りました」

堀江の切迫した声に森崎は息を飲む。神山の大柄な姿が思い出される。

クロイツフェルト・ヤコブ病で死亡した入居者が二人、疑いが一人、そして新たに所長の神山聡史を加え、この短期間に慶静苑で四人目だ。しかも運転手を入れると、この地域で五人になる。

それが事故なのか犯行なのかは解らない。しかし、何らかの原因が隠されていることは間違いない。

「確かですか」

「国本先生の見立てではそのようです」

「今はまだ診療中ですので、終わりましたらこちらから連絡します」

受話器を置いた森崎はしばし放心状態となる。

「先生、患者さんが――」

由木《ゆうき》看護師の声で我に返る。見ると患者が検査用紙で折り紙を始めていた。付添いの家族が困った顔で森崎を見ていた。

診療を終えた森崎は、堀江の携帯に電話する。

堀江の話では、神山の症状は手指の突発的な震え発作のみで、意識の混濁《こんだく》は見られていないという。

国本医師からは、もう少し経過を観察するが、森崎に意見を求めたいとの打診があったらしい。今夜にでも国本内科医院に出向くと伝え電話を切った。

先生――由木が声を掛ける。

「ああ、ごめん。何でもないんだ」

森崎は咄嗟に笑顔で取り繕うが、歪《ゆが》んだ笑顔になった。気取られまいと、忙しげに椅子を引き寄せ机に向かった。

「でも、とても大丈夫には見えませんよ。顔色も良くないし」

「知り合いで認知症の初期症状が疑われる人がいるらしいんだ。もう少し経過を観察してみるという連絡でね」

森崎は、電子カルテに入力しながら言った。

「お大事にお伝えくださいね」

由木は、検査用具をケースに片付ける。

由木郁恵には、もう随分と長く外来を手伝ってもらっている。小柄ではあるが女性としてはかなり力が強い。医師、患者家族を問わず安心して介助を任されていた。

しかし、あまり頼り過ぎると、彼女がいなくなった時に困るので、できるだけ自分で処理することにしている。

「今日も所用があって早めに上がってしまうから、何かあったら西村先生に聞いてくれるかな」

書類を脇に抱えて診察室のスライドドアを引く。カルテファイルを整理している由木を振返り、いつも有り難う――と言った。照れたように微笑む由木を残し、診察室を後にする。

森崎は、診療後すぐに病院を出ることが多い。事情を知らない医師や看護師には、怪訝《けげん》に思う者もいる。医局では、棚橋が了解しているため黙認の状態だ。

国本内科医院へ向かう。白文字で医院名が入るスモークガラスの玄関扉だ。呼び鈴を押す。室内の明かりにシルエットが浮かび上がる。

国本は診察室に森崎を通し、診察用の椅子を勧める。

「国本先生、神山さんに症状が現れたのはいつからですか」

国本は、少しの間考える。

「僕が気付いたのは、この前の回診の日でしたから、三日前ですかね。ただ、一週間前の回診日は所長が出掛けていたから解りません。書類を手渡す時に、所長の左手がピクピクと震えていた、その時は気にしなかったんです。それが今日、三日前よりも酷《ひど》くなっていた。それを本人も気にしていましてね。僕はなんて言ってよいか解らなくてね」

「神山さんに、心当たりは無いのでしょうか。例えば無理な運動をしたとか、強い薬を飲んだとか、もしくは極度のストレスがあるとか」

国本は黙って首を横に振る。

「神山さんは、ご自分ではどうお考えなのでしょうか」

「所長は今まで、いろんな入居者を見てきていますからね、余計に恐ろしいのでしょう。酷く怯《おび》えて、青い顔で何とかしてくれと。それでも、これ以上騒ぎを大きくする訳にはいかないと、病院での受診を拒みましてね。それで、森崎先生に相談してみようということになったんです」

現在の慶静苑の状態に鑑《かんが》みると、とても楽観視はできない。神山や国本が恐れている答えが最も自然な予測だ。しかし、診ていない森崎が鑑別できる訳もなく、医師である国本に希望を語っても意味がない。

「国本先生は、杉田さんと神山さんの発症には、因果関係があるとお考えですか」

「あると考えるのが自然でしょうね。それが何かは解りませんがね」

「私もそう感じています。今までに、慶静苑で同様の症状を発症する方は——」

「認知症がまだ痴呆と言われていた頃から、呆《ぼ》けが急に進行する入居者は何人も見てきました。けれど、それなりに説明が付いてきたんですよ。脳血管性であったり、薬物による譫妄《せんもう》であったりね。ただ、亡くなった方を病理解剖にまわすこと自体があまりないから、プリオン病の患者がいなかったとは断言はできません」

「もし慶静苑の中でプリオンが媒介されているとすれば、その原因に心当たりはありますか」

「そうですねえ、狂牛病を考えれば、食べ物が原因になりそうなもんだけどね、所長は施設の給食はほとんど食べなかったから、他の入居者より先に発症するのはおかしいでしょう。そう考えると、なかなか思い当たりませんね」

国本は神経科や精神科の専門ではない。まして、プリオンという病原体の概念が提唱された頃には、既に内科医院を開業していたはずだ。無理もないと森崎は思う。

「プリオンは体内に入りさえすれば、発症の可能性があります。例えば目薬に混入されていても発症するかも知れません。神山さんは目薬のような外用薬は使っていましたか」

「処方したことはあります。でも、随分と昔のことです」

「竹内さん、杉田さんは如何でしょうか。プリオンは神経細胞の軸索《じくさく》を通って、脳まで到達するという説もあります。特に視神経は脳に直接繋がっているので、経口で摂取するよりも、遥かに早く発症する可能性があります」

「僕が処方したのは所長だけです。他の方の使用については、親族や、職員に訊いてみた方がいいかも知れませんね」

森崎は、杉田みえの状態について確認する。国本は小さく首を振る。

「先生がいらした時よりも、進行しておりましてね、寝たきりに近い状態になってきました。もう長くは持たんでしょうね」

杉田みえの増悪に、国本はやりきれない諦念《ていねん》を感じている。

「現状では、慶静苑のプリオン媒介については、まだ何の確証も得られていません。入居者やご家族を不安にさせないためにも、今まで通りの診療をお願いします」

森崎は思う。慶静苑には何かある。やはり河原四郎の入居は危険すぎる。

＊

「小野寺さん、来週の火曜日は私が外来の担当ですから、河原さんといらしてください。その日最後の診察枠を取っておきます。認知症の問診や、テストを体験していただいた方が良いと思います」

森崎から連絡を受けた小野寺は、河原を伴い予約時間に合わせて来院した。

廊下に設《しつら》えられた長椅子では小野寺と河原が待つ。

診察室から由木が顔を出す。カルテに目を落し、廊下に向かい河原四郎の名前を呼ぶ。立ち上がった二人を意外な表情で診察室に招き入れた。白いシャツにジャケットを羽織る河原四郎は、とても認知症患者には見えない。

森崎が笑顔で二人に椅子を勧める。

「由木さん、お茶をいただけますか」

森崎は、大切な知り合いなんだ――と由木に耳打ちする。由木は森崎にだけ解るように右手の親指を立てた。

森崎は二人の男を前に話す。

「認知症の診断に使われている評価スケールは何種類かあります。調べる事柄は大きく分けて記憶力、見当識、実行機能などです。記憶力は言葉通り、事柄を記憶していられるかどうか。見当識とは対象物を正しく認識できているか。そして実行機能は目的や刺激に対して正しく行動できるかということです。それではちょっとやってみましょう」

森崎は引き出しを開け、スプーン、鉛筆、腕時計、眼鏡、ハサミをテーブルに並べた。

「まず、ここに五つの物があります、これを覚えておいてください。後で何があったかをお聞きします」

河原は言われた通りテーブルに置かれた品物を見詰める。小野寺も緊張しているのが可笑しかった。

「はい。では下げさせていただきます。小野寺さんも一緒にやってみますか」

森崎が小野寺に訊く。小野寺は頭を掻きながら苦笑する。河原も笑っている。

「では、お願いします」

小野寺も、多くの壮年と同じように老化が心配なのだ。

「私が観たところ、お二人とも至って健康だと思いますので、あまり簡単なものは省きますね」

森崎は由木に指示して検査用紙を用意させ、二人の前に置く。

二人が記入した用紙を由木が回収する。

「次に、百から七ずつ数を引いていく、というテストをやってみましょうか。これは結構難しいですよ」

二人の表情に緊張の色が浮かぶ、小野寺の眼差しは真剣だった。

認知症スクリーニング検査が滞りなく進む。二人とも優秀な成績だ。

では最後に——森崎が言う。

「最初に、机の上にあった物は、何だったか覚えてますか？」

二人の驚いた顔に、森崎が笑う。手伝っていた由木郁恵もいつの間にか笑顔だった。


診療時間を過ぎた外来診察室に、三人が残る。

森崎には今日、確認すべきことが二つあった。

一つはさっきの認知機能検査により、河原四郎の健康を確認すること。

そしてもう一つは、慶静苑への入居について、再検討を促すことだ。

「やはり慶静苑への入居は心配です。お伝えした通り、認知症患者を演じる精神的負担に加え、所長の神山さんにも発症が疑われる現在、河原さんにも危険が及ぶ可能性を無視できません」

「それは私も考えておりました。一度はこちらからお願いしておきながら、まったく申し訳ないのですが、やはり潜入は断念しましょう。森崎先生の言う通り、状況が把握できていない以上、あまりにも危険過ぎます」

小野寺の声を聞いた、河原が笑う。

「何も、犯罪組織に潜入する訳じゃない。将来の予行演習のつもりで老人ホームに入ってみる。そのついでに、不審な振舞いや人物がいるかどうかを見てくる。それだけだよ」

「しかし——」

「まあ聞きなさい。老人ホームの捜査に行き詰っているんじゃなかったのか。しかも、今後も被害者が出るかも知れないというじゃないか。その危険を見過ごせないだろ。そのために君は、私のところまで来たんじゃないのか」

沈黙が流れる。河原は森崎に目を向ける。

「森崎先生、如何でしょう。潜入することが発症原因の解明に繋がるのであれば、できる限りの防衛策を施した上で、私にできることをしようと思います」

小野寺は、膝の上で握った拳を見詰める。

河原の穏やかな目が、森崎を正面から見据えている。

「解りました。では、私はとにかく危険を回避するための手段を考えてみます。入居については施設の状況を確認した上で決めましょう。居室の空き状況も含め、条件が整い次第ということでお願いします」

「先生――」

森崎の言葉に、小野寺が縋《すが》るように顔を上げた。

＊

小野寺には、画策した潜入捜査に対する悔恨《かいこん》が窺えた。それは潜入を決意した河原に抗《あらが》えなかった森崎が、同じように抱いた危惧でもあった。

翌日、森崎は小野寺に連絡を入れた。

「小野寺さん、河原さんが入居する以外に、捜査の進展は見込めないのでしょうか」

小野寺は言葉が継げない。森崎が続ける。

「河原さんのおっしゃることは解ります。でも、それは最後の選択です。もし他に手掛かりがあれば、まずそちらを明らかにしませんか」

小野寺は、森崎も河原の慶静苑入居に同意したのだと思っていた。

心に淀《よど》んだ澱《おり》が霧散した。

「実は、昨夜あれから考えましてね、もう一度、最初から調査し直そうと思います。まずは給食業者。これは、クロイツフェルト・ヤコブ病を狂牛病として考えれば、むしろ最初に確認しなければならない。しかし、別の病気と考えていたことで、調査対象から外しておりました」

狂牛病の汚染食肉が供給されていても、この短期間に何人もの発症はあり得ないと森崎は考える。それでも可能性がゼロでない以上、無駄な調査とは言えない。

「これは捜査の基本でもあります。少しでも疑わしいと思われるところを、一つひとつ潰していくしか方法はない。その中で新しい事実や確証が得られるのです」

当初除外されたプリオン汚染食材を改めて調査することとなった。もし何らかの手掛かりが得られれば、河原を危険に晒さずに済む。小野寺にとっての一縷《いちる》の望みでもある。

慶静苑に給食を供給する株式会社マルクフーズは、近隣の公共施設や工場、老人ホームなど三十二施設の給食を賄っている。

調査対象となるのは、届けられる食材へのプリオン汚染食材の混入である。

依然、予備調査の域を出ていない現在、あらゆる調査が小野寺、堀江の二人により、細々と行われているに過ぎない。この状況では汚染食肉について、過去を遡《さかのぼ》り調べるのは事実上不可能だ。

刑事たちはマルクフーズへ出向き、責任者に面会を求める。給食を供給している慶静苑以外の三十一施設に対し、認知症症状を呈する消費者の有無を確認するためだ。

倉庫を思わせる建屋の一角に、作業現場を見渡せるガラス張りの事務所がある。刑事は奥の応接室に通された。

衛生管理責任者が現れる。背が低く太った、それでいて神経質そうな男だ。小野寺はすぐに質問に移る。

「御社が食材を届けている先で、その、いわゆる意識障害や、手指の震えなどが現れたという、そんな話はありませんか」

「そういった報告は受けていません」

衛生管理責任者は、即答する。予め決められている答えのように感じられた。

「うちで納入している弁当が原因で、そのような症状が出ているということですか」

「いえいえ、そんな。弁当を外注している工場や施設で、体調の優れない方が複数いるようでして、御社のような職種を対象に、心当たりを確認しておりましてね」

一連の事故とプリオン汚染食肉については伏せる。しかし担当者は、保健所ではなく警察が聞き取りに来たことに合点がいかなかった。

小野寺は、マルクフーズに食肉類を卸している問屋と、三十二施設の顧客リストの開示を求めた。

上司の判断を仰いだ担当者は、自社の潔白を証明するかのように、書類のコピーを小野寺の前に置く。明らかに不機嫌さが増している。

小野寺はコピーを束ね――最後に一つだけ、と付け加えた。

「御社で配送をしている、稲葉さんと藤本さん。この仕事はいつから――」

「稲葉は三年くらい、藤本はまだ半年程度ですね」

これ以上、言いたくなさそうだ。

刑事たちは、マルクフーズのリストから供給を受ける施設の調査を開始した。

対象施設への説明に際しては、認知症という言葉は使わない。ただ、体調不良を訴える者、また病欠者の有無に留めた。そして該当する職員がいた場合には症状と、病欠であればその理由を確認する。調査は電話で行い、時に現地へ出向いた。

半数の調査を終えた時点では、該当の症状を訴える者は確認できなかった。やはり感染は、摂食を原因としたものではなかったか、と小野寺は思う。

加賀正信から連絡が入る。

高木司が死亡した、と言った。

*

「ちょっと前から、言葉も話さず、身体も動かなくなっていた。それが今日、死亡の知らせだ。結局、事故の原因に関しては解らずじまいだ。病気の影響による事故として処理するのが、一番自然ということだ」

加賀は、グラスのビールを不味《まず》そうに飲む。

小野寺は加賀を誘い居酒屋にいた。高木死亡の詳細を聞き、捜査の進捗を話すためだ。予備調査といえども、手掛かりが摑めていない現状を、署内では話し辛かった。そして加賀には、伝えておかなければならないことがある。

奥のカウンターに並んで腰掛けた。目の前は壁だ。話を聞かれる心配はない。

小野寺はタバコに火を点け、壁に向かって煙を吹き上げる。

「その運転手は、剖検《ぼうけん》はできるのかい」

「ああ。事件性が認められず警察の出る幕ではないが、病院の方で親族に病理解剖の了解を取り付けたらしい」

「解剖結果が解ったら知らせてくれ。森崎医師なら病院の関係で、高木の脳組織を手に入れられるかも知れない」

加賀がにやりと笑った。

「お前の口から、脳組織なんてぇ難しい言葉がすんなり出るとは、随分賢《かしこ》くなったもんだな」

小野寺が照れくさそうに笑う。

馴染みのなかった医学用語も、頻回に発声するうちに、いつの間にか自分の言葉となっていた。クロイツフェルト・ヤコブ病や異常型プリオン蛋白など、生涯出会わなかったはずだ。

「結局、慶静苑の二人と高木で、三人が死んでいる。もし、これで高木までクロイツフェルト・ヤコブ病だったら、捜査範囲が一気に広がることになる」

小野寺が煙に顔を顰《しか》め、タバコをもみ消す。

加賀が、小野寺のタバコを一本引き抜き、火を点ける。

「高木のは偶然かも知れんぜ」

「確かにな。しかし、俺にとっては高木も、老人ホームの杉田、そして神山も同じ疾患であった方が、しっくり来るんだがな」

小野寺は、空いたグラスを眺める。

「おい加賀、お前、河原課長を覚えてるだろ」

「馬鹿を言っちゃあいけないぜ。忘れる訳がねえんだ。俺は、あの人に何回ドヤシ付けられたか知れねえよ」

「実はなあ。これはお前にも頼まなきゃならんのだが――」

小野寺は、慶静苑の調査が一向に進まず難渋していること、そして内部から施設を探るために、河原四郎の潜入を画策していることを加賀に話した。

加賀の顔が見る間に赤くなる。大きな目がさらに見開かれ小野寺を睨《にら》みつける。

「てめえっ、何を考えてやがる。河原課長はもう引退した人だぞ。そ、それをお前、そんな訳も解らねえところへ放り込むっていうのか」

「お前の言う通りだ。まったく酷い話だ」

「冗談じゃねえぞ、この野郎――」

グラスのビールを一気に空け、さらにグラスに満たし飲み干した。

加賀の荒い吐息が聞こえる。

「それしかねえのか」

加賀が言う。小野寺が顔を上げ、加賀の顔を見る。

「方法はそれしかねえのかって、聞いてんだよ」

加賀が血走った目で睨む。小野寺が静かに話す。

「お前も解っていることだと思うがね。署内ではプリオン病発症の特殊性を、まるで理解していない。今の捜査態勢では広域を網羅できん。本格的な捜査を認めさせるには、何とかその犯罪性を立証しなければならない。俺と堀江で、慶静苑に食材を納入している業者を調べた。現状では作業現場にまで踏み込む訳にはいかんから、その業者の納入先に同様の症状が出ている者がいないかを確認している。そこで他に発症が確認されたら、慶静苑内部の犯行の線が消え、河原さんを危険な目に合わせずに済むからな。しかし、今まで調べた納入先では、該当する症状の者は一人も見つかっていない」

「慶静苑だけを狙っているかも知れないじゃねぇか」

「そうだ。この調査で狂牛病の汚染食肉が、無作為に出回っている訳ではないことが解った。残るのは殺意を持った犯罪だ。しかしその犯人と、原因である病原体、そして感染の方法、どれも皆目、見当が付かん」

「何か、他に手掛かりは無いのか」

「森崎医師が言うには、口に入るものとして給食の他には、水道やウォーターサーバーの水、薬剤などが可能性として考えられるそうだ。ただ、水に混ぜるには不純物を濾過して、透明度を保たないとならない。普通では難しいと言っていた」

「それで、河原課長の出番となった訳か」

苦り切った顔で言う。小野寺にとっても苦渋の決断であることは、加賀にもよく解っていた。

小野寺は、河原の入居を回避する道を模索する。しかし、プリオン拡散への懸念が小野寺を焦らせる。真相に近付くにはやはり、河原の力を借りるしかないのではないかと思う。


刑事部の扉が開く。加賀だ。慣れないパソコンに向かう小野寺に近づく。

「今、ちょっといいか」

加賀は隣の机から椅子を引き寄せる。

「死んだ高木司な、やはり、その、何だ、クロイツフェルト・ヤコブ病だったらしい」

小さな声で言い、加賀は手帳を取り出す。

「脳組織に、カイメンジョウノウショウ――の顕微鏡所見が見られた――何だこりゃ」

小野寺は、顕微鏡で脳を見るとスポンジのような孔が見えることから、海綿状脳症と言うらしい――と。森崎の受け売りだ。

「一体どういうことだ。じゃあ老人ホーム以外にも感染源があるっていうことか」

「それは解らん。その運転手の病原体が、老人ホームで死んだ老人と同じものかどうかが解らんからな。ただ、他に感染源があるとしたら、これからもっと発症が相次ぐかも知れんな」

プリオン媒介が慶静苑を選択的に狙ったものでなければ、被害の拡大は免れないと小野寺は感じる。反面では、河原に及ぶ危険が減るとも考えられた。

もし、慶静苑とは無関係に感染が仕組まれているとしたら、河原の潜入は徒労に終わるかも知れない。しかし小野寺には、むしろその方が有り難いとさえ思える。

＊

河原四郎の慶静苑入居が決まった。この非公式に行われる潜入捜査は、河原の娘、恵美の協力が得られ実現した。恵美には河原から事情を説明している。時折、表情に不安を見せながらも、入居に必要な書類に記入、押印した。

職員は言わなかったが、入居するのは二階の竹内貴代が使用していた居室だった。

森崎は、小野寺からの連絡を複雑な思いで聞いた。しかし、それを伝えた小野寺の胸中には、さらに大きな煩悶《はんもん》が宿っていることは疑いがない。

森崎は、感染の予防策を相談するため、入居前日に、河原と娘が宿泊するホテルに出向いた。小野寺と堀江、そして加賀がいた。

森崎は、河原の娘にどう説明すれば良いのか解らなかった。

恵美は森崎に笑顔を向け——よろしくお願いします、と言った。森崎の心が痛む。恵美の前で危険性を示すことは躊躇《ためら》われるが、予防策を知ることで安心を得られるとも思えた。

「まず、河原さんは食事制限のある病気ということにします。食事も全て、外から運んでください。施設から出された薬も飲まないでください。おそらく介護士がその都度、服薬を確認するはずですから、薬はビタミン剤やカルシウム剤をこちらで用意します。水も、持ち込んだペットボトルのものを飲んでください」

恵美の顔に恐れの色が濃くなる。森崎が続ける。

「施設の給食を食べていなかった神山さんの発症を考えると、食事だけではないと思います。飲料水か、常用している薬剤が予想されます。また、施設とはまったく関係のないところでも、発症していますから、慶静苑に限られた媒介でないとも考えられます。しかし、用心に越したことはないでしょう」

河原はにこやかに頷き、森崎と刑事に言った。

「それは助かります。ああいうところの飯は美味くなさそうだ。加賀が面倒を見てくれるらしいじゃないか。是非、美味いものを差し入れてくれ」

河原の軽口は娘を気遣い、自身を鼓舞するものだ。皆がそれを知っている。

加賀は恵美を見る。当時、中学生だった恵美に、こんな形で再会するのは忍びなかった。加賀は大きな身体を乗り出して、にこりと笑う。

「任せてください。個室だから何を食っても大丈夫だ。恵美ちゃんも食べたいものがあれば、何でも言えばいい」

「じゃぁ毎日行っちゃいますよ。加賀のおじさんにも会えるし」

恵美が笑顔で答える。娘の健気な思いに触れ、堀江は椅子の座面を握り締める。

入居してからの段取りは、刑事たちの間で取り交わされていた。河原が施設内に異常を感じたら、たとえ真夜中であっても小野寺か加賀に連絡が入ることになっている。さらに小野寺は、事故の際に入手した施設の施錠箇所とその鍵の場所、電子ロックの暗証番号の控えを河原に渡した。何かあれば外に出られるはずだ。

明朝、このホテルまで加賀が車で迎えに来る。そして河原と娘を連れて慶静苑に向かう。

捜査の成功を、何よりも河原四郎の無事を全員が祈る。

7 跛行——Claudication

未だ明確な事件性を示せず、捜査は依然として予備調査の域を越えられずに続けられた。本部に、事件と認めさせるために、早急に何らかの証拠を摑む必要がある。堀江健介の焦燥《しようそう》が募る。マルクフーズの顧客に対する聞き取り調査も、残すところあと一社だが、それらしい情報は得られていない。

しかし、プリオン媒介の影響は、刑事たちの死角から噴出した。

朝刊に［狂牛病発生の疑い！］の見出しが躍った。

二〇〇〇年代初頭の狂牛病パニック以降、何の学習もしていないメディアと、見えない病原体から我が身と家族を守ろうとする人間の性《さが》が過剰に反応する。食肉に対する不信感が一気に沸き上がる。

マルクフーズや慶静苑を特定する名称は明記されなかったにも拘《かかわ》らず、近隣の高齢者施設を中心として強い拒絶を示した。また、それは給食センターから供給を受ける施設、そして学校給食にまで飛び火した。

大変なことになった――呟《つぶや》く森崎の顔は血の気を失っている。

まだ何も情報を得られていないままに、過大に脚色された報道だけが独り歩きを始めた。最悪の展開だ。

クロイツフェルト・ヤコブ病の患者を抱える病院は取材を迫られ、著名な脳神経研究者にはことごとく取材依頼が入る。森崎にもだ。

各メディアでは、今までに発生した狂牛病関連の事例が取り上げられる。しかも視聴者の興味を引くべく演出された、いたずらに恐怖心を喚起する内容であった。


外来診察室に到着した森崎に、教授室から呼び出しが掛かる。朝刊の報道についての釈明を求められるはずだ。

エレベーターの中、どうしたものかと考えるが、実際の状況が分からない森崎には答えようがない。扉が開き、無情にも六階への到着を告げる。

森崎です――という声に棚橋の声が被さる。

「これは一体どういうことだね」

棚橋は冷静さを装いながらも、その声は震えている。

朝刊を机の上に投げ出し腕を組む。表情には明らかな憤懣《ふんまん》と困惑が現れている。森崎は新聞を取り上げ、今朝から何度も見返している記事を漠然と眺める。

「解っていると思うが、私が警察への協力を許可したのは、事態を大きくするためじゃない。この地域の中で起きているプリオン病に纏わる事故の真相を明らかにして、地域の医療・介護機関への不安を払拭《ふっしょく》し、パニックを未然に防ぐためだ」

いや、それだけであるはずがない。

棚橋が警察への協力を認めたのは、異常型プリオン伝播経路の解明により、院内、地域医療機関でのリーダーシップを獲得するためだ。さらに症例を検討、発表することで学会で優位を得ようと画策している。棚橋が森崎に要求したデータはそういう類いのものだ。

「ちょっと待ってください。マスコミに騒がれたのは予想外です。確かに大変な事態です。しかし警察でもまだ情報収集の段階です。これは調査に伴い風評として漏れ、さらに過大に捏造《ねつぞう》されています。これは明らかに新聞社のフライングです」

「大体、なぜ狂牛病となっているんだ。誰がそんなデマを流したんだ」

考えれば解りそうなものだが、確認することが必要なのだろうと森崎は理解する。

「これはメディアが一般人に理解しやすく、また興味を引くために使った言葉でしょう。警察の関係者ではありません。正式な発表もしていないはずです」

見えない情報の中で、時に人は自分の記憶にある手軽なものに理解を求める。それが「狂牛病」だったのだろうと森崎は考える。

出勤前の僅かな時間に関連サイトを調べた。新聞より先に、ネットの書き込みで騒がれていたらしい。警察による聞き取り調査から浮上したようだ。

ネット上では風評がまことしやかに囁かれ、偏《かたよ》った憶測が事実として、無責任に垂れ流される。さらに思考停止した閲覧者の妄信をも生み、迷惑という表現には留まらない暴挙だと森崎は思っている。

まったく――と棚橋が呟く。机の上の新聞を手に取り、渋い顔で眺める。警察内でも酷《ひど》い騒ぎになっているだろう。小野寺も上層部への対処で難渋しているはずだ。森崎は気の毒な刑事の顔を思い出した。

消費者の過剰反応による今後の食環境、食品流通への影響を考えれば、悠長に構えていられない。早急な対策が必要だ。

「棚橋先生、私ももちろん責任は感じておりますが、現状をこのままにはしておけません。警察の担当刑事と協議の上、会見の場を持つなど、正しい情報の提供が必要だと考えます」

「とにかく今は、これ以上騒ぎが大きくなると厄介だ。君には軽はずみな言動を控えるように言っておく。警察にもそう伝えてくれ」

実際の捜査の状況を把握していない棚橋に、解決策は見出せない。現状では、自分の与《あずか》り知らないところで起きている騒ぎだ、というスタンスをとるつもりだろう。

「ご心労をお掛けしてすみません。事態の進捗につきましては、また報告させていただきます。では診療開始時間を過ぎていますので――」

ここに居ても保身に終始した戯言《ざれごと》しか聞けない。森崎は早々に退散する。

＊

駐車スペースはすでに埋まり、路上に二台の乗用車が無理に駐められている。

慶静苑一階ホールでは、入居者家族が事態の説明を求める。施設への疑念と不信が暴力的なまでに高まっていた。

入居者の娘が激昂する。

「竹内さんと、その後亡くなった佐川さんも狂牛病だったらしいじゃないですか。ここの食事が原因なんでしょ」

「狂牛病ではありません。クロイツフェルト・ヤコブ病との診断でした。それに竹内さんは事故です。私達も何も聞かされていないので、お答えできません」

いつもの家族とは懸け離れた態度に、沢野梓は恐怖を覚える。男の声が後ろから襲う。

「こっちは、家で面倒見るよりも快適で安全だと思うから、高い金を払ってじいさんを入れてるんだ。一体どういうことだ」

「食事は給食センターからの配達ですから、こちらの施設だけが特別という訳ではないですよ。それに狂牛病が確認された事実はありません」

国本が呼ばれ説明にあたるが、事態の鎮静には及んでいない。どんなに説明しても、集団となった家族はまったく受け入れなかった。

河原の居室では加賀正信が、面会を装い状況の確認に来ている。

呆れ顔の加賀が言う。

「なかなか大変な騒ぎですね。課長には不便をおかけして、まったく申し訳ない」

河原は、課長はまずいだろ――と笑う。

「朝からすごい騒ぎだったよ。狂牛病というだけでこんなに慌てるというのは、以前の騒動から何も変わっていないということだ。まぁ、私も森崎さんに聞いているから、落ち着いていられるんだがね。家族の言動を見ていると、親のためというよりも、報道を切っ掛けとして今までの憤懣《ふんまん》を発散しているように見えるな」

河原は、加賀の差し入れからペットボトルを一本取りだす。

「で、その後この施設で何か、不審な奴や、おかしな行動はありませんか」

「入居して解ったんだが、思っていた以上に多くの人間が出入りしている。職員の他にも入居者の家族や知人。定期的に訪れているのは、給食業者やデイサービスのボランティア、これは定年後の男や、夫を亡くした女性、高校生もいる。メンバーは曜日によって変わる。他にも、備品の配達や宅配便、設備のメンテナンス業者、廃棄物処理業者、観葉植物の入れ替えなどで、毎日、誰かしら出入りしている。しかも、職員と顔見知りであれば、施設内でかなりの自由を許されているようだな。

私は、認知症を患っていることになっているから、皆たいして気にしないで話す。なかなか面白い話を聞けたりもするよ。主には施設内の人間関係や下世話な話だがね。そう思うと、小野寺の策も満更ではないということだ」

河原はペットボトルの水を飲み、ふぅと息を吐く。

ベッドの隙間からメモ帳を取り出し、捲《めく》る。

「まず、食事や飲み水に何か入れようと思えば、誰にでもできる。食事の介助時なら、ボランティアでも可能だ。階段は、夜中でも頻繁に出入りしているようだから、施錠はいい加減だ。しかし、そのうちに何か出てきそうだ。これは、事故が起きてもおかしくないということだ」

机の下に置かれたバッグの口から、認知症ケアの本が覗いている。認知症患者を演じるための参考にしたのだろう。加賀は、捜査とはいえ申し訳ないと思う。小野寺の野郎――とも。

「恵美ちゃんは来てますか」

「ああ、昨日来たな。私を飽きさせないように、いろいろ持って来てくれるよ。ほら、あれも持ってきた。ボケ防止らしい」

笑いながら河原が指差したのは、充電されているタブレットＰＣだ。

「小野寺が無理を言うもんだから、皆に迷惑を掛けてしまって。まったく――」

「しかしな、ここに来て勉強になったことも多い。昨日こんなことがあった。食堂で夕飯が終わり食器を片づけていた。ここに長くいる婆さんが、食後に器を持って立ち上がると、籐のゴミ箱に捨てたんだ、食器ごと中身も、汁物も一緒にだ。当然、汁物は床にこぼれ、広がった。皆は慌てたんだが、沢野という介護士は笑顔で、どうも有り難う――と言った。これは、手伝おうとする気持ちへの礼だ。この婆さんは片付ける気持ちと、不要なものはごみ箱に捨てるという意識が一緒になっていたようだ。何も言わないで始末している介護士を見て、なかなか豊かな気分になれたよ。

普通に考えれば粗相に見えることの中にも、善意やその人にとっての理由が必ずあるということだ。如何にいびつに見えようともな」

「それは良い話ですね。しかし、やはりニンチの老人を相手に供述を得るのは、難しいでしょうな」

「その、ニンチってのはやめてくれないか。ここに入って気付いたんだが、言われると、非常に腹立たしい」

笑いながら加賀を諌《いさ》めた。

穏やかな河原の顔は加賀を辛い気持ちにさせる。こんな事件は早く片付けて、恵美も誘って皆で飲みにでも行きたいと思った。もちろん小野寺の驕《おご》りでだ。

＊

警察、厚生労働省からは、「狂牛病が発生しているという報道はまったくの風評であり、狂牛病が確認された事実は一切ない」として、メディアを通じて広く発表された。

さらに問題が浮上した。狂牛病汚染食材について供給を疑われた給食センター、株式会社マルクフーズから「不当な捜査及び報道による、信用の失墜並びに損害に対する抗議」として、訴訟も辞さずとの声明が弁護士を通じて発表された。予備の聞き取り調査とはいえ、騒ぎとなってしまった以上、警察も知らなかったでは済まされない。

事態に対し、警察の表向きの見解としては「事件性の確認を目的とする予備調査に於いて、一部報道機関の軽率且《か》つ茫漠《ぼうばく》たる憶測による報道は、不当に公衆の疑念、騒乱を招くに至り極めて遺憾に堪えない」というものであった。

本部長室のモケット張りのソファに腰かけ、唐沢は予備調査報告書を眺めている。本部長の峰政《みねまさ》は、無表情に小野寺の報告を聞く。

「現在、西中央病院心療内科講師の森崎直人医師と、研究者で蛋白質侵襲《しんしゅう》制御《せいぎょ》研究室の珠木浩一郎室長が、原因の究明に動いてくれています」

唐沢が報告書から顔を上げる。

「事態がここまで来てしまったら、もっと知名度のある、高名な医者に指示を仰いだ方が良いんじゃないか。そんな下っ端の医者に依頼して騒ぎが拡大したら、マスコミや世間に何を言われるか解らん。その道の権威の学者を起用すれば世間も納得する」

唐沢の考えそうなことだ。警察の威信を守ることは自分の保身に他ならない。

河原四郎までが危険に身を晒している現在、小野寺にとって警察のプライドなど、取るに足らない問題だ。

「森崎医師は、認知症高齢者の病態や行動に関する論文を多数発表しており、書籍やテレビ番組でも取り上げられる認知症の専門医です。また、珠木氏は異常型プリオンなどの蛋白質の研究者で、幅広い知識と、我々ではまるで予想のつかない発想を持っています。両名とも、捜査に欠かすことのできない人物だと思っています」

唐沢の表情に嫌悪が宿る。小野寺が構わず続ける。

「森崎、珠木両医師には、現在我々が入手している情報を開示しようと思います」

「民間人に情報を開示する必要はないっ」

唐沢の怒声が響く。捜査の中心は警察であり、意見を仰ぐのは然るべき部署から依頼した専門家でなくてはならなかった。

峰政が、口を開く。

「小野寺君、情報の垂れ流しは困る。しかし、とにかく被害は最小限に抑えなければならん。これは人的被害も情報漏洩もだ。それに配慮した捜査であるべきだ」

小野寺は峰政の目を見る。そして、目の前に落ち着きなく座る唐沢に向き直り、断定的に進言する。

「もちろん全ての情報という訳ではありません。しかし、捜査を前進させるためには、止むを得ないと考えます。この件に関しては、どの情報が鍵となるのかさえ、素人である我々には判断が付かんのです」

小野寺の発言は、警視正の肩書きを持つ唐沢のプライドを逆撫でする。本部長の目の前で部下に弱みは見せられなかった。

「であれば、尚更のこと、我々が首を突っ込むことではない」

「部長は事件を解決したいのですか。それとも無いことにしたいのですか」

小野寺の感情が抑制の臨界《りんかい》を越える。

「馬鹿者っ。そういう問題ではない。事件が誤解のまま世間に広がり、パニックを引き起こせば、保安的にも社会経済的にも大打撃になる。それは避けなければならないと言っている」

「既にパニックは始まっているんですよ――」

小野寺は唐沢を正面から見据え、威圧を込めた声を発した。そこに、肩書きではない経験に裏付けされた関係が成立する。

成り行きを静観する峰政の頬がピクリと動いた。小野寺には笑ったように感じられた。


捜査本部が開設され、責任者として、実際には責任を負わされる形として、小野寺が指揮を執ることとなった。

正式に事件としての捜査が認められた裏には、マスコミの報道に呼応する、対外的なパフォーマンス、そしてマルクフーズに波及《はきゅう》した狂牛病疑惑に対する予備調査が、不当なものではないとの、後付けの意味を持つ。

この場当たり的に認められた捜査であっても、大幅に捜査範囲を拡大し、また捜査の自由度が格段に増すことは、小野寺そして堀江にとっては朗報といえる。

小野寺は、新たに捜査に加わる刑事を集め、疾患の概要についての講義を森崎に依頼した。

森崎は捜査員を前に、クロイツフェルト・ヤコブ病や狂牛病などのプリオン病と、発症する認知症に付いて、掻《か》い摘《つま》んで説明する。

森崎は、事件性を裏付けると思われる要点を書き出した。

・百万人に一人とされる疾患の、同施設・地域内における多発が疑われている。

・感染から何年もの潜伏期間を持つ疾患が、同時期に発症している。
・その症状が酷似していることは、病原体が同一である可能性を有する。

さらに、病態に関連する特徴を付け加える。

・発症するまでは、疾患を発見できない。
・発症に伴い運動失調、認知症症状が進行し、必ず死に至る。
・病原体の曝露から発症まで、約一か月から四十年以上の潜伏期間を有する。
・病原体は非常に強く、熱、アルコール、乾燥、紫外線、薬品などに抵抗を示す。
・細菌やウイルスと違い、簡単には感染、発症しない。

聞いていた捜査員の反応は様々だ。明らかに興味を失っている顔も見える。

森崎は、素人を相手にしたくないと言う珠木の気持ちを理解する。

小野寺は捜査の対象について、森崎、珠木の提言通りに指示を出した。

半径一五キロ内の医療機関で、過去五年間のクロイツフェルト・ヤコブ病患者の記録、さらに、行われた手術の洗い出しと、器具やガーゼなどの廃棄物の処理、同時に、クロイツフェルト・ヤコブ病の入院患者に対する異変を調査する。これは、珠木が危惧する存命患者からの、プリオン蛋白採取の可能性を視野に入れた対応だ。

そして、狂牛病を含む動物のプリオン感染だ。ウシ、ヒツジを筆頭に、異常な行動や死に方をした動物について、保健所、動物病院、ペットショップも調査対象とされた。

小野寺は、暫定的に割り当てられた十二名の捜査員を割り振り、堀江には三名を付けた上で捜査に当たらせた。

一方、狂牛病汚染食肉に関しては、専門機関により監視されており、そこで動きがない以上、問い合わせても無駄だと珠木は言う。要は、警察が動くことで汚染食肉の存在が露見すれば、それはその監視機関が機能していないことを意味する。もし隠蔽《いんぺい》していたら警察への協力はあり得ないとの判断だ。

珠木は、こういった問題は、別の裏ルートから情報を得た方が良いと提言した。

何のことはない、調査機関にいる珠木の知り合いに直接聞いてみるというのである。


同時多発的に発症したクロイツフェルト・ヤコブ病について、ようやく警察が重い腰を上げた。それにより、慶静苑で死亡した竹内貴代、佐川泰助、そして交通事故後に死亡した高木司。それぞれの資料と脳組織サンプルが、開示されることとなった。

「まったく警察は判断が遅いんだよ――」

珠木は、顕微鏡を覗きながら悪態をつく。

「おい森崎、この切片に見覚えはないか」

警察の報告書を確認していた森崎が、モニター画面に映し出された顕微鏡を見る。

赤紫に染色された組織には多数の空胞が見られた、確かにスポンジ状に見える。そして小さな蛋白質の沈着が広がる中に、一際大きく放射状に広がる沈着部分が、花のように存在していた。

「今のが竹内のサンプルで、これが佐川だ」

珠木が画面を切り変える。佐川の脳組織にも、同様に花のような沈着が確認できる。

「これは、特徴が確認しやすい部位を探したんだ。そしてこれだ。最近死んだ高木という運転手だ」

これについても同様の特徴を備えているように、森崎には見える。

「この三点にはどれも、スポンジ状に神経細胞の脱落が見られる。さらに孤発性ＣＪＤには見られない特徴が散見された。そしてこれだ。解るか――」

珠木が別の組織像を画面に表示した。森崎の記憶にある顕微鏡画像だ。心臓の拍動が高まる。

「そうだ。クールー感染脳の組織標本だ。これはクールーに見られる特徴なんだよ。クールー斑《はん》という」

珠木は冷たい眼で森崎を見た。森崎の頭の中で恐ろしい想像が形作られる。その想像を、珠木の言葉がさらに現実に近付ける。

「他のプリオン病でも見られることはある。しかし、それが今回の死亡者三人とも、同じ特徴を示している」

「じゃあ、これはクールーから分離したプリオンが媒介されているということか」

「それは解らない。プリオンの株により偶然に現れたものか、何らかの操作によるものか。あるいは累代的に継承されたプリオンが、クールーと同じ特徴を持ったのかも知れない」

珠木は、四枚の画像を画面に表示した。染色の状態は違っているが、酷似した特徴を持つ。

「実際に同じものとは断言できない。しかし、同時期に三人から発見されたということは、同じ病原体による伝播と考えた方が自然だ」

「施設の二人は同じ環境で罹患しているから納得できる。しかし、高木には接点が見当たらない。もしこのプリオンが、地域全体に媒介されていたら、これから次々と発症するということか」

森崎の声に恐怖が混ざる。珠木が頷く。

「これがクールーと同じ、もしくはそれに近いプリオン株であれば、人間への伝播やＣＪＤの発症は容易だと考えられる。ニューギニアのフォレ族では、一〇パーセント以上がクールーで死亡していたらしい」

千人規模で感染していたら、これはその序章として納得できる――森崎は珠木の言葉を思い出した。

＊

捜査員が集めた情報は堀江が管理している。その内容がプリオン病に関連し、さらに信憑性が認められれば小野寺に報告する。そして、疾患に関連することであれば森崎に。狂牛病汚染食肉や、動物に類することであれば珠木に連絡した。

しかし、プリオン病を確信させる情報は簡単には得られなかった。これは同時にプリオン病の希少性を証明することとなった。

警察捜査員に機械的に詰め込まれた知識は、いずれも付け焼刃を否めず、得られる情報の真偽が怪しくとも責められない。

さらに捜査を混乱させたのは、アルツハイマー型認知症やレビー小体型認知症、さらにはパーキンソン病など、似た症状を発現する疾患の存在だ。これが医療機関以外では、疾患の鑑別さえ意識されていなかった。

堀江は所轄捜査員から入った情報を、捜査の進捗と合わせ森崎に報告する。

「一昨年、市立病院で角膜手術後の患者に、クロイツフェルト・ヤコブ病が発症したそうです。原因は角膜手術によるものではないと強調しておりました。手術時の廃棄物は、病院の決まり通りに、医療廃棄物として処理されたということです。

先生、その手術に使用した器具から異常プリオンを採取できる可能性もあるのでは――」

「近年の手術では、患者に接触する多くの部分が使い捨てとなっています。故意に採取する以外は、可能性は低いでしょうね。それに、器具に付着した血液や組織程度では、発症させるほどの量はないと思います」

「しかし、故意にであれば、そこからプリオンを採取可能ということですね」

「仮に犯人がいても、角膜手術が行われた時点で、クロイツフェルト・ヤコブ病であることが解っていなければ、採る理由がないですよね」

堀江は納得せざるを得ない。森崎が続ける。

「理屈では、その患者さんの次に同じ器具で手術を受けた患者さんが、最も感染の危険度は高いでしょうが、通常では考えられません」

「では、もし次に手術を受けた患者が認知症を発症していれば、残留したプリオンが原因かも知れないですね」

堀江は森崎の言葉に食い下がる。森崎は、その可能性はゼロだと考えている。

しかし、慶静苑の事故では、複数のクロイツフェルト・ヤコブ病発症は有り得ないと断言しながらも、実際には存在した。

「同じ器具を使用して行われた手術については、調べる余地があるかも知れませんね」

森崎の言葉に即座に反応した堀江から、後日、報告の連絡が入る。

「その手術後にクロイツフェルト・ヤコブ病を発症した症例はありませんでした」

「ほとんど手掛かりなしですね」

言った森崎の頭に、落胆する堀江の姿が浮かぶ。


「猫に咬《か》みつかれたんですか——小児が」

保健所に聞き込みに行った捜査員に堀江が食らい付く。

堀江の先輩に当たる刑事は、億劫《おっくう》そうに答える。

「よたよた歩いていた猫に子どもが手を出して、咬みつかれたらしい。母親が驚いて、大泣きする子どもを抱き上げたんだが、猫はそのままどこかに行ってしまったということだ」

堀江は、子どもが既に感染している錯覚にとらわれる。娘の笑顔が瞼に浮かぶ。

「その子どもの容態は、どうなんですか」

「傷は大したことない。ただ、母親が保健所に苦情の電話を入れた。すごい剣幕でな。――自分の不注意だろ。まったくしょうがねえ親だよ」

捜査員のおざなりな説明が堀江は不満だった。問題は、子どもがプリオンの脅威に晒されているかも知れないということだ。

「病院で細菌感染の検査を受け、薬を貰ったそうだ。保健所もそのままにはしておけずに、現場付近の野良猫の状況を見て回った。咬んだ猫かどうかは解らないが、空き地の隅で猫の死骸が見つかったらしい。当然死骸は焼却処理されたということだ。以上」

話し終わると、捜査員はサーバーからコーヒーを淹《い》れ、音を立てて啜った。

新規に配属された捜査員の多くは、堀江ほどの危機感を持っていない。これは直接、患者を見ていないからだと思う。

堀江の報告を受けた小野寺が言う。

「猫が感染源となっている可能性が出てくると、捜査対象を変えなければならんな」

さらに小野寺は、珠木の意見を仰ぐよう堀江に言い付けた。

当初、珠木の無礼さに腹を立てていた堀江だが、ここのところ良い関係を築きつつあった。要は互いに慣れてきたということでもある。

電話口で珠木は、該当する症状の猫がいたら、捕まえて持って来い――と言った。

「その咬まれた子どもの親に、感染の危険性を知らせた方が良いのでは――」

堀江の言葉に、間を置き珠木が応える。

「いや、知らせるのは止めておこう。まず、咬みついた猫が感染しているとは限らない。それに唾液からプリオンが検出されたことはないはずだ」

「しかし、もし感染の可能性があるなら、知らせておかないと」

堀江は責任逃れをしている気がしてくる。珠木は、その愚直とも言える真面目さを嫌いではないが、苛立つ場合もある。今がそうだ。

「知らせてどうなる。感染したかも知れないが、打つ手はありませんって言うのか。そして感染しているかも解らないプリオンに、これから三十年も四十年も怯えて暮らせって、そう言うのか。俺は嫌だね」

堀江はもし自分の娘であれば、どちらが幸せなのかと思う。

沈黙を珠木の声が破る。

「言うんなら、勝手に言えばいい。でもな、それは自分が楽になりたいだけじゃないのか。男だろ、その子の十字架はお前が背負ってやれよ」

珠木の言うことはもっともだ。堀江は納得する。納得はするが、その言い方は何とかならないものかと――これは堀江が常に感じていることでもあった。

以前に珠木と行った居酒屋に向かいながら、森崎は不安を拭《ぬぐ》えない。

酔っ払った珠木から連絡が来たのは昨夜、午前一時を過ぎた頃だ。前に話していた毒物学者を紹介するという。現在直面している事態に鑑みれば、そんな気にはなれなかった。

「それどころじゃないだろ。少しは真面目に考えたらどうだ」

「俺は大いに真面目だ。一つの事象を別の角度から眺めれば、見えなかった事柄が見えることもある。別に今回の事件の解決になるとは言わないが、目先を変えることも必要だって言ってんだよ。いいから来い」

珠木は至って真剣だった。事に対峙《たいじ》する姿勢とアプローチが異なるのだ。森崎はその無神経さに腹が立つ。しかし今回の件で半ば無理やり珠木を引っ張りこんだことが、森崎の負い目となっていた。

珠木と気が合う学者とは、おそらく相当な変人だ。森崎の足取りは重い。

暖簾《のれん》をくぐると奥の席で珠木が上機嫌で手を振っている。向かいに座っているのが、今日の相手らしい。その学者と目が合う。

「初めまして、西中央病院の森崎です。今日はこの馬鹿が——誠に申し訳ありません」

森崎の苛立ちが言葉に現れる。

「葛城《かつらぎ》です。何やら珠木君に呼ばれて来ました」

初老と言える葛城は、野外調査から帰って来たような恰好だ。筋肉質の体軀と浅黒く日焼けした肌が存在感を醸し出す。毒物学者というより考古学者といった感じだ。

森崎は珠木の隣に座る。ビールが残ったグラスと焼き鳥の皿がある。

森崎は店員に同じものを注文し、葛城に訊く。

「葛城先生はどんな研究をなさっているんですか」

「先生なんてよしてください。今じゃただの年寄りだ。とっくに現役は引退しました」

「葛城さんの仕事は、ほぼ趣味だ。薬になる毒や役に立つ毒を求めて、世界中のジャングルでミミズや木の根っこを掘っていたんだ」

「それは違うぞ珠木君。私はね、地球上の森羅万象の理《ことわり》を探し歩いているんだ」

珠木は、また始まったと失笑しながらも、どこか誇らしげだ。

ビールが運ばれてくる。葛城はグラスを掲《かか》げ、口に運ぶ。

「科学ってのは、地球上の隠れた［理］を探し出して同定し、それに名前を付け固定したうえで社会に還元するための学問です。薬学でも物理でも何でもそうだ」

「理――ですか？」

「そう、理。法則と言ってもいい」

珠木はニヤニヤと森崎の表情を窺っている。実に感じが悪い。

「森崎さんは患者を診ていて不思議に思うことはないですか。どうして病気になるのか、どうして薬が効くのか、なぜ同じ薬で効く人と効かない人がいるのか。現在の学校で教わる多くは、学問的に解明されている事象に当て嵌《は》め、また、エビデンスを元に記憶するっていうのが中心になる。だから、その薬の有効性の差を遺伝子型として、それが叶わなければ個体差として習う訳です」

確かに同じ薬を投与しても、奏功する患者と無効の患者がいる。森崎は幾多のデータから、それを知っている。

「それは、研究や経験から得られることではないでしょうか」

「経験というのは、こうしたらこうなるという、反応を発見したということです。例えば工業製品でもそうだ。日本刀を作るときには鉄を熱して叩き、すぐに冷やす。すると鉄は、オーステナイトからマルテンサイトという物性に変化し、硬度を増す。これはマルテンサイトなんて言葉を知らなくとも、刀鍛冶《かじ》が何代にもわたり経験的に習得した、焼き入れという昔からの方法だ。しかしこれは人間が発見するしないに拘らず、地球上に元からあった、理――法則なんです。現在の人間の生活は、先達が発見した法則によって成り立っているんだ」

森崎の考えたことのない捉え方だった。珠木はグラスを片手に、へらへら笑いながら聞いている。

「医学も薬学も同じことだ。人間は糖分を摂ると血糖値が上がる。その状態を長く継続することにより発現した、日常生活や生命維持に支障を来す症状。これを、糖尿病と名付けた。そして後に、血中の糖の吸収にはインスリンが関与している、という法則の発見に至った。そして治療法や薬剤を作出するが、別の法則により副作用が発現する。

一方、細菌学者は有害な細菌を見つけ出す。そして薬物学者がその細菌の活性を阻害する物質を発見・研究し、地球上にある分子という部品を選別、改良して抗菌物質を創り出す。ついにはその細菌の活性を止める法則に沿った薬剤を作るんだが、細菌の分化により別の法則が出現し、耐性菌が発現するって訳だ」

森崎は、それが［理］、真実だと思えてくる。宗教の具現者とは、信者をそういう気持ちにさせるのだろうと思った。

「私はね、疾患や症状に拮抗《きっこう》する物質は、実は既に地球上に存在すると思っている。例えば蚊やヒルは血液の凝固を抑えたうえで血を吸う。そのヒルが出す、血を固まり難《にく》くする物質から、ヒルディンやデコルシンなどの抗血栓薬が作られた。また、抗凝固薬として有名なワーファリン。あれだって始まりは、腐ってカビの生えたスイートクローバーを食べた牛が失血死したことから、発見されたというじゃないか。海岸沿いの磯場に貼り付いている、とても美しいとは言えない海綿からは、抗がん作用を持つ物質が見つかっている。もっとも、環境破壊や種の絶滅によって失われた、有益な物質も沢山あるだろうが、今からでは証明のしようもない。――嘆《なげ》かわしいことだ」

葛城はビールをあおる。

珍しく珠木が尊敬し、面白がっているのが解る。

森崎が訊く。

「葛城先生、もし毒物を人に投与するには、どんな方法が考えられますか」

葛城は、方法かあ――と、小鉢を突ついていた手を止める。

「まずは毒の種類による。あとは人体に対し、どの程度の影響を望むかだ。投与は薬と同じだ。口や鼻、目のような器官から体内に入れるか、皮膚に塗るか、組織に注射するかだ。自然界の毒を持っている生物を見るといい。食べると毒か、咬んだり刺したりするか、触れるかだ。まあ、スカンクやミイデラゴミムシのように気体や霧状、あるいは毒蛾《どくが》のように鱗粉《りんぷん》を吸い込むというのもあるが、これは器官からの摂取と言えるだろう」

「毒が手に入りさえすれば、後はいろいろ考えられると――」

「入手は簡単だ。テトロドトキシンなんて、フグを釣れば肝臓や卵巣から採れる。毒は自然界に幾らでもある。南米の原住民は、ヤドクガエルというカエルの皮膚から、クラーレという毒を作り毒矢に使った。O‐157のように細菌に体内で毒を作らせるというのもあるが、これは別に考えよう。それでも、事件として報道されるヒ素やトリカブトの他にも、幾らでも考えられるさ。

　毒は植物からでも魚からでも、虫、鳥、動物、鉱物からだって採れる。もちろん合成も可能だ。しかも一見害のない物質でも大量に摂れば毒になる。砂糖でも塩でも――だろ？」

「葛城先生はプリオン蛋白にはお詳しいですか――」

　驚いた珠木が真顔で森崎を見る。

「いやいや、プリオンは私より珠木君だ。今や時の人だろ」

「俺が研究しているのは蛋白質全体だ。何もプリオンが専門という訳じゃない。オッサンのは有害物質としてのプリオンだろ。見ている角度が違う。もう全然違う」

珠木は焼き鳥の串を噛みながら反論する。

葛城はオッサン扱いを気にも留めずに話す。

「仮に、狂牛病汚染食肉を考えた場合には、プリオンは大した脅威ではない。人体に害を及ぼすまでの潜伏期間が異常に長いからな。微量だったり、私のような年寄りが食う分には、寿命よりも潜伏期間の方が長いくらいだから、発症する前に死ぬだろう。だから私にとっては毒とは言えない。

一方、物質の強さの基準で言えば、プリオンは相当に強い。毒素の特徴とウイルスの特徴を併せ持っている。熱にも乾燥にも薬品にも強く、物質としての安定度が非常に高い。これは鉱物性の毒素並みだ。さらに、現状では体内に入ったら無害化することができない。しかも普通の毒物と違うのが、体内で仲間を増やせるところだ。細菌やウイルスのように核酸による増殖は出来なくとも、変性させる種、つまり正常のプリオン蛋白は体内に幾らでも有るからな。そうだろう？」

これは二人がとうに熟知していることだ。――にも拘《かかわ》らず、この強烈な説得力は葛城の経験によるものに思えた。

葛城が静かに言う。

「もし、毒物の媒介方法を知りたければ、既成概念に捕われないことです。自然界の生き物はあらゆる手を使って、外敵から身を守り、餌となる生き物を捕らえている。これを刮目《かつもく》して見ることが第一歩だと思うがね」

森崎は心を見透かされているように感じた。クールーの電顕写真が意識から消えない。忽然《こつぜん》と浮かび上がるクールー斑が、網膜に焼き付いているかのようだ。

「葛城先生はクールーの脳組織を観たことはありますか」

葛城が、不思議な顔で森崎を見る。

「あのニューギニアのクールーかい、食人の――。おお、観たことがあるよ。まだ若い頃に。観ていたら吸い込まれるような錯覚を起こしてね、危うく持っていた手を放しそうになった。標本を台無しにするところだった」

葛城が、笑いながら懐かしそうに話す。

「え、スライドとか、切片じゃないのですか」

「いや。丸のままの脳ではなかったが、水平断のスライス標本だった。前頭葉が萎縮し、脳室の大きなヤツだったな」

葛城は両手で輪を作り脳標本の大きさを示す。

三〇センチ程の四角いガラスのケースに、ホルマリンで固定された脳標本が収められていたというのである。

森崎は珠木と顔を見合わせる。珠木の下瞼《したまぶた》がピクピクと痙攣《けいれん》している。

「どこで観たんだよっ」

珠木が身を乗り出す。胸倉を摑まんばかりだ。

「どこだったかなぁ、大学の研究室だったたな。君たちが見たクールー脳の切片も、その脳から採っているかもな。ちょうどドイツから帰って来た頃だったなあ――そうだ、確か聖陵大学だな」

森崎と珠木は絶句する。自分達の出身校だ。

学生時代に、講義で観たのは標本ではなく、撮影されたスライドだった。クールー脳の標本が、母校に保管されていたとは想像もしていなかった。

もし、その脳標本が病原体となっていたなら、被害者の顕微鏡像に同じ特徴が見られるのは当然のことだ。二人の脳内に不吉な想像が溢れる。

「クールーだったのか――」

絶句する森崎と珠木の顔を見詰め、葛城がぽつりと言った。


森崎は隣を歩く珠木を見た。街灯の暗い光の中で珠木の目が忙しなく泳いでいる。

葛城の話は遠い昔の出来事だ。永い時間を経た今となっては、その標本が本当にクールー脳だったのかも定かではない。しかし当時、クールーを研究・発表した中心人物とされる、カールトン・ガイジュセック博士は確かに来日している。その可能性を無視すべきではないと森崎は思う。

「五十年も前のホルマリン標本の脳組織が、未だに感染力を維持していると思うか」

森崎の問いに、珠木は畏怖の混ざった顔を上げる。

「ホルマリンで処理した脳組織を使った実験では、感染が確認されている。基本的には異常型プリオン蛋白は、通常濃度のホルマリンでは不活性化されない。しかしこれだけ時間が経っている。何とも言えない。あとは標本の保存状態だ」

病原体がクールーとは限らない。しかし森崎には、死亡した三人の脳組織を見る限り、それが最も適切な予測に感じられた。

森崎が言う。

「標本の存在を知っている者が、盗み出したとも考えられる」

「もし、標本が容器ごと盗まれていたり、廃棄されていれば、証拠も手掛かりも無い。しかし、標本が見つかれば、ガラス瓶に開封の痕跡《こんせき》があるかを調べられる。一部切片として切り取るなら、余程管理がしっかりした所じゃないと、まず気付かない。どうするんだ森崎。大学に行ってみるか」

「もちろんだ」

信憑性を感じる初めての手掛かりだ。最悪の病原体に森崎の胸が騒《ざわ》めく。

＊

森崎は午後の初診外来をキャンセルし、珠木と聖陵大学医学部へ向かった。研究棟前で堀江と待ち合わせる。森崎にとって懐かしい場所だ。

大学に連絡を取り、標本の閲覧と資料保管室への立ち入りを申し込んだ。卒業生であり医師の森崎は、思いの外容易に許可が得られた。

森崎は、標本の探索に際し小野寺に連絡を入れた。膨大な量の標本が予想されたため、堀江の手を借りたいとの依頼だ。小野寺が同行すると言ったが丁重に断った。

堀江はやや緊張した面持ちで現れた。若い捜査官一人を伴っている。古屋という眉毛の濃い男だ。

礼儀正しく名乗る古屋に、珠木は目をそらし右手をヒラヒラと振った。古屋の眉が吊り上がる。

森崎が、大学施設利用の申請用紙に必要事項を記入する。

先導する総務課の職員について歩く。

研究棟の古い階段を地下へ降りる。天井には配管が這い、階段や踊り場には古いステンレスのケースが無造作に置かれている。森崎や珠木には思い出深い景観であった。薬品とカビ、それに動物を思わせる臭いが強くなる。

職員が立ち止まる。資料保管室だ。黄色いプラスティックの付いた鍵を差し込んで回す。あれっ——と職員の口から小さな声が漏れる。扉の鍵が掛かっていなかったことは明らかだ。珠木が舌打ちした。

扉を横にスライドさせる。冷たい空気が流出し、饐《す》えた臭いが鼻を突く。

森崎が、五十年前の脳標本について職員に尋ねるが、保管内容については記録がないらしい。一昨年に電気の配線を補修した際に、標本や資料も整理したと職員が言った。

職員は森崎に保管室の鍵を手渡す。終わったら施錠し、鍵は総務課に届けるように告げ、足早に階段を上がって行った。

堀江は、その保管の杜撰《ずさん》さが信じられなかった。

珠木が堀江の腕を突つく。

「ここにあるのは、一般的には殆んどがガラクタだ。鍵を掛ける程の意味はないということだ。本来であればな――」

照明が点灯する。広い空間には棚が並び、標本や骨格、何が入っているか解らない箱がうずたかく積まれていた。

保管室内に入り扉を閉める。部屋は臭いさえ気にしなければ、涼しく快適だ。

珠木は、研究所から持参した、ラテックス製の薄い手袋とマスクを配る。

「ここは保管室と言うよりも、まるで倉庫か物置きだな」

珠木が手袋に手を突っ込みながら、呆れ顔で言った。

森崎が刑事二人に言う。

「四角いガラス製の容器で、中には液体に満たされた脳のスライスが入っているはずです。でも、今となっては、どういう状態かは解りません。それらしいものがあったら、私か珠木に報せてください」

刑事たちと捜索範囲を分担する。珠木は既に部屋の奥に向かっていた。

標本は、種類も年代も交錯していた。改修に伴い混ざったのだろう。結局は全てを調べることになりそうだ。

ガラス瓶に入れられた臓器や生物は、一様に色素が抜け薄い灰色をしていた。室温が管理され快適であるはずの室内で、森崎の頰を汗が伝う。

古屋が脳のスライス標本を持って来た。そこには［アルツハイマー型痴呆］という往年の病名が記載されていた。古屋は残念そうに元の場所に戻しに行く。

目的の標本はここには無いのではないか――他に移されたか、あるいは処分されてしまったか――その思いを森崎は打ち消す。クールー脳の標本は貴重なはずだ。疾患自体が消滅している以上、実物は標本としてのみ存在する。その標本が捨てられるはずはないと信じる。しかし、もしその価値を知らない人間が分別したら――。

森崎を呼ぶ声が聞こえた。堀江だ。四角いガラス容器を抱えている。

容器のガラスが曇り、内容物の確認は困難だ。口の封の一部が剝がれ、満たされているはずの保存液は蒸発していた。標本も乾燥し、瓶の中でカラリと鳴った。

森崎の心拍が早まる。堀江が小型のデジタルカメラで記録する。貼られたラベルは傷んでいるが記載年月が確かめられた。クールー脳だ。

珠木が容器を蛍光灯にかざす。標本は所々が割れ、破片が底にこぼれていた。

「保存液が、いつどういう状況で抜けたのかは解らない。でも、この標本を乳状化すれば、病原体となるかも知れない」

「その前に、標本を容器から出して状態を調べよう。破片を組んで、もし足りないところがあれば――」

「パズルだな」

珠木が、引きつった笑いを浮かべる。もし、標本の一部が持ち去られていればパズルは完成しない。珠木は容器の封緘《ふうかん》を剥がしにかかる。

ビニールシートを広げ、ガラス容器を注意深く傾ける。弧《こ》を描《えが》くようにして固まった標本を取り出す。さらに傾けると、小さな破片がパラパラとこぼれ、次いで大きな破片がシートに散らばった。

珠木と森崎は、黙って標本のピースを並べていく。

標本はすぐに元の形を現した。前頭葉萎縮部分の一部が足りない。珠木は容器の中を覗くが破片は残っていない。一辺三センチ程の三角型の欠損だ。

森崎が、どう思う――と珠木に問いかける。

「このクールー脳標本由来のプリオンが、騒ぎの元凶である可能性が高くなったということだ。標本を少し貰っていこう」

森崎は、そうだな――と答える。

「持ち出しには、大学の許可が必要では――」

堀江が思わず声を上げる。

「構うもんか。どうせこの保存状態なんだ。もし後で問題になっても捜査上の機密事項として、小野寺のオッサンに処理してもらうさ」

珠木は、萎縮が見られる前頭葉部分から一部を割る。思ったよりも硬い。密閉式のビニール袋に入れた。

標本は全て、元通りにガラス容器に収め、テープで蓋を密閉した。保管されていた場所に戻し、カメラで記録した。これで、何者かが動かせば解るはずだ。

保管室を出て扉を閉める。森崎が鍵を掛け、閉まっていることを確かめた。

ようやく手袋とマスクを外す。全身汗まみれの中、外した手袋とマスクの形だけが涼しかった。

堀江の顔に、マスクの跡とともに緊張が見える。これは致死性病原体を内包する脳標本への恐れであり、また、その物証の無断持ち出しを黙認したことによる。

研究棟の玄関前で、警察官たちとは別行動となる。

堀江の肩を珠木が摑む。

「いいか堀江君、この標本については小野寺氏以外には言うな。事態は考えるよりも遥かに複雑なのかも知れない。——頼むよ。そっちも」

古屋に人差し指を突き付ける。

堀江は、不満げな部下を促し聖陵大学を後にした。

森崎は珠木を伴い保管室の鍵を返却に向かう。

歩きながら、珠木はクール一標本の入った鞄を撫でる。

「重要なのは、この標本から分離したプリオンに感染性が維持されているかだ。もし、この脳組織が感染性を持たなければ、標本の欠損と、今回のＣＪＤ発症には因果関係がない。出どころが違うということだ。ホルマリンの蒸発や標本損傷の原因なんて幾らでもある。何の証明にもならない」

「それを明らかにするには、お前の腕に頼るしかない。警察は偶発的な汚染食肉の流通まで視野に入れて捜査している。医原性も含めてな。しかし、一連のＣＪＤ発症の原因がこの標本由来だとしたら、警察の捜査はプリオン伝播の方法と、犯人探しに大きくシフトすることになる」

「この、はるか昔にホルマリンで固定された組織から、プリオン株を同定するのは難しい。とにかくこの標本にＣＪＤを発症させる力があるか、それを確かめてからだ。考えていることがある。それを試してみる」

珠木は少しだけ微笑み、気乗りしなさそうに言った。

森崎は、プリオン株特定までの道のりが、酷く心細いものに感じられる。それでも今は、この手掛かりの真相を明らかにするしかない。

8 侵襲 —— Crisis

受話器を握る森崎の脳裡に、小さく声を発していた杉田の姿と、落胆する国本医師の顔が交錯する。国本は杉田みえの死亡を告げた。

「杉田さんが——。あれから、まだ数週間しか経っていない」

総合病院に移されたが、治療の術もないままに息を引き取ったという。

「杉田さんの病理解剖は行われるんでしょうか」

森崎が確認する。遺体が荼毘《だび》に付されては疾患の特定が儘《まま》ならない。

「それが、家族の承諾が得られないようです。これは僕が聞いたのではなくて、病院の担当医が打診したらしいんですがね。ご家族としては、死んでまで痛い思いはさせたくないという思いでしょうね。理屈ではなく。僕もそう思っています」

「ご家族の気持ちもよく解ります。もちろん国本先生のお気持ちも。しかし、疾患を鑑別し、もしクロイツフェルト・ヤコブ病であれば、プリオンを特定する必要があります」

国本は黙っている。遺族に解剖を勧めたことはなかった。

「国本先生、杉田みえさんのご家族に解剖をお願いしてもらえませんか」

「そうですね。僕の目から見ても、杉田さんの病態が不審なのは明らかですから。それに、病気の確定もできないまま灰になったら、それはそれで不憫《ふびん》ですからね」

躊躇《ちゆうちよ》なく言った。必要なのは背中を押されることだった。

国本は杉田みえの娘、雅美を訪ねる。みえの発症以来、何度も顔を合わせていた。

「雅美さんもご存じだと思いますがね、狂牛病なんてことはないのですが、お母さんで三人目です。もちろん、同じ症状で亡くなった方は、あの施設だけでも、医者から見るとね、やはりこれは少しおかしいんです。もし、お母さんから新しいことが解れば、原因が突き止められるかも知れない。同じ症状の患者さんのためにもなります。それで、僕がお願いに参った訳です」

雅美がゆっくり顔を上げる。

「解りました。もし母が聞いていたら必ず協力すると思います。こちらの親族には私から話しますので。国本先生、これが母の最後の奉仕だと思います。是非役に立ててください。お願いします。——お願いします」

雅美は涙で声を震わせる。国本の話はよく耳にしていた。母親の友人なのだと思った。

「有り難うございます。それがどれほどの辛い決断か——決して無駄にはさせません。みえさんの為にもね」

国本が雅美の手を握った。

家族の承諾が得られ、杉田みえの遺体は病理診断科に移された。

森崎は、執刀医に連絡をとる。遺族からの承諾の条件として、頭部以外の部位には触れないことを伝えた。さらに、警察への捜査協力として脳組織の提出を依頼した。執刀医は迷惑そうな態度ながらも、従うことを約束した。

＊

河原が入居してから週に一度か二度、内部の情報の聞き取りに加賀が訪れる。依然として施設内に不審な様子は見られないと河原は言った。

加賀は、杉田みえの死亡を伝えた。河原は、そうか——と、窓の外を眺めた。

神山の発症が疑われて以来、新たな認知症の発症、あるいは急激な悪化は現れていない。ただ、症状の進行や変化によりプリオンの感染を疑う場面は多かった。

「ここで毎日いろんな入居者を見ていると、どうも認知症ってのは、一つのことに集中できないようだ。だから本を読むときは介護士に見つからないように、隠れて読んでいるよ。最近では認知症の振りも大分うまくなった」

笑いながら言う河原に、加賀は、本当に御苦労さまです——と苦笑する。

ドアをノックする音と同時にドアが細く開けられた。

「河原さん、こんにちは。あ、お客さんでしたか、失礼しました。お変わりないですか。また顔出しますね」

作業着の男は加賀を確認すると、挨拶だけでドアを閉めた。足音が離れていき、隣のドアをノックする音が聞こえてくる。

今の男は——加賀が訊く。見慣れない顔であった。

「ああ、この施設のゴミを回収に来ている業者だよ。椎名君というんだが、もう随分永いこと来ているようだ。たまに居室を回って声を掛けてくれる。今までは考えもしなかったが、こうして一つのところに居ると、そういった気遣いが本当に有り難いものなんだ。当事者になって初めて解る心情だよ。よくお土産だといって菓子を貰うんだが、まぁこの通りだ——」

河原が机の引き出しを開ける。大量の菓子が入っていた。

「入居者の家族にも貰うんだが、ほら、私はここの物を口にしないことになっているから、溜まってしまうんだ。悪いが、持って帰って捨ててくれないか。勿体ないが君達も食べない方がいいだろう」

河原は、引き出しの中の菓子を紙の手提げ袋に移し、加賀の隣に置いた。

「入居者と接点を持っている業者っていうのは、他にもいますかね」

「定期的に来ているのは、今の廃棄業者、これが月・水・金曜に来る。で、給食の業者は毎日二回、朝に昼食分と、午後にその日の夕食分と翌朝の食材を届ける。で、クリーニングが週に三回。設備のメンテナンス業者は、何かあれば来る。他にもまだいる——」

河原のメモ帳には、出入り業者の訪れるサイクルと、訪れた日付が全て記されていた。

「不審な人物も、いないということですな。巧妙に尻尾を出さないか、もう目的を果たして、既に何処かへ消えてしまったか。もしくは施設とはまったく関係ないのかも知れませんな」

「ここの職員と出入り業者について、犯行を実行できる機会を考えてみた。まず職員は何でも可能だ。見る限りは犯人像に合致する人間はいない。中にはいい加減な職員もいる。若い男――永井というんだが、性格が恐ろしく利己的だ。もっとも今の若者には多いんだろうがね。しかし年寄りが怖いのか、おどおどしている時があるな」

堀江が脅かしたという若い職員の話は加賀も聞いている。どうやら少しは薬が効いているようだ。顚末を聞いた河原は、それは職権乱用だ――と声を上げて笑った。

「毎日来ている給食業者は、稲葉と藤本という男だ。入居者との接点は殆んどない。食材を扱ってはいるが、特定の個人を狙うようなことはできないだろう。

さっき顔を出した廃棄物の椎名ともう一人、林という男だ。この二人は施設内のゴミを回収するついでに何かと手を貸してくれる。職員、入居者ともに信望が厚い。施設内はフリーパスだ。あと私が知っているのは、ウォーターサーバーの男と、電気設備のメンテナンス業者の中年男だ。これは愛想がない。仕事だけすると挨拶もしないで出て行ってしまう。ああ、あと部屋に入るのは、その観葉植物の入れ替えくらいだ」

河原は植物の鉢を指差す。

メモ帳を閉じ、難儀そうに机の引き出しに仕舞う。

加賀は河原のしぐさに、疲れてきているのだと感じた。

この捜査はもう十分なのではないかと、加賀は思う。今なお感染の危険性は否定できず、河原の精神負担に対して、得られる情報があまりにも少ない。

「河原さん、そろそろこの捜査もやめにしましょう」

「そうだなあ。小野寺が納得していれば、それも良いかも知れないな」

「じゃぁ、自分からちょっと言っておきます。いい加減にしろってね――」

加賀が濁声と一緒に握り拳を胸の前に作る。

「小野寺から聞きましたよ。河原さんは海の見える家で、快適な暮らしをされているって。ことはえらい違いだ。ここでは自由に、散歩にも出られんですからね」

河原は、困ったような笑みを作る。そう言えば――と、永く入居している女性入居者から聞いた話を思い出す。

「何年か前に、やはり家に帰りたくて、女性入居者が夜中にここを抜け出した。ところが、徘徊するうちに、不幸にもトラックに撥《は》ねられて亡くなったそうだ。今ではその当時を知っている者もいないらしい。ここは職員の入れ替わりが激しいからな」

加賀のギョロ目が見開かれた。河原さん――と、濁声が響く。

「認知症を発症して死んだトラック運転手というのを覚えていますか。この運転手の事故歴の中に、深夜に老人ホームから抜け出した認知症患者を相手に起こした死亡事故というものがあります。もし、その事故の被害者が抜け出した老人ホームがここ、慶静苑で、その事故の加害者が高木司であれば、初めて両者に繋がりが見えてくる」

加賀は、すぐにでも真偽を確かめたかった。しかし河原の身内として来ている以上、事務所に乗り込んで書類を調べる訳にはいかなかった。

「とにかく河原さん。戻ってその線を調べてみます。それと、河原さんに事故の話をした婆さんにも、話を聞かなきゃならんでしょうね。結果はまた報告に来ますが、河原さんも気を付けてください」

「私の入居により、何かしらの手掛かりが得られれば、この捜査に意味があったということだ――」

河原の顔には安堵の表情が見えた。ペットボトルに手を伸ばす。

加賀が、では――と立ち上がったその時、ペットボトルが河原の手を離れ、ごろんと鈍い音を立てて床に転がった。緩んだキャップの隙間から中の水が漏れ出る。

「最近、身体がなまってしまったようだな。力が抜けてしまったよ」

加賀は巨体を沈ませ、ペットボトルを拾い上げる。こぼれた水を拭き取る加賀の目に、苦笑する河原の顔と、微《かす》かに震える指が映った。


捜査一課のドアが乱暴に開く。険しい表情の加賀が、無遠慮に小野寺の姿を探す。近くにいた若い刑事を捕まえる。

「小野寺はいるか」

「課長は外出していますよ。何ですか一体」

若い刑事は、傲慢《ごうまん》な態度に反発する。

「戻ったらすぐに交通の加賀まで顔を出せと言ってくれ。いいか、すぐにだ」

加賀はそれだけ言うと、大股で部屋を出ていった。

部屋に戻った小野寺に、若い刑事が加賀の件を伝える。部下の態度から切迫した事態が予想された。交通課に急ぐ。

「どうした。何か解ったのか」

加賀は小野寺の腕を掴み奥の部屋へ引っ張って行く。ドアを閉め、感情を圧《お》し殺し小声で言う。

「河原さんな、発症しているんじゃないか」

「発症って――えっ、認知症をか？」

小野寺は耳を疑う。

「俺は素人だから何とも言えん。ただの老化なのかも知れん。今日、慶静苑に行ったんだが、河原さんの手が震えていてペットボトルを落としたんだよ。それに、動作が緩慢でどこかぎこちない。発症の初期は、意識がはっきりしなかったり、手足の震えがあるとお前に聞いていたんで、よもやと思っている」

「いやしかし、河原さんは食事も、水さえも施設のものは口にしていないはずだ。薬もこっちで用意したものだ」

様々な思いが小野寺の脳内を目まぐるしく錯綜《さくそう》する。

加賀が言う。

「どっちにしろ、俺たちでは判断がつかん。これについてはお前から、森崎医師に相談しておいてくれ。それともう一つ。トラック運転手の高木と、慶静苑の接点についてだ――」

加賀は、河原から得られた、慶静苑入居者の死亡事故に関する情報を小野寺に伝える。

「高木の過去の事故に関しては、俺の方で簡単に調べがつく。慶静苑には堀江でもやって、書類を調べさせれば解るだろう。一致すれば、これらの交点に犯人がいるということだ」

＊

小野寺は、診療終了時刻に合わせ西中央病院を訪ねた。

河原罹患《りかん》の疑いについて、現状で確かな根拠となるものはない。加賀の見立てだけだ。森崎に判断できるとは考えないが、黙って座ってはいられなかった。

「私は河原さんが罹患している可能性は低いと思っています。しかし実際に多数に発症が確認されている以上、完全には否定できないのも事実です」

森崎は、加賀の思い過ごしであろうと考える。

仮に異常型プリオンに汚染された食事を摂ったとしても、発症が早過ぎるのだ。ただ、原因となるプリオンが、クールー脳由来である可能性を考えると、その定説も非常に頼りないものに思える。それにこの一連の事態により、固定観念などとっくの昔に破壊されている。

「どちらにしても、経過を見ないことには解らないということですな」

危惧を隠せない小野寺が言う。

そうですね――と呟く森崎の気持も揺らいでいる。

「河原さんからは、何か新しい情報はありましたか」

「いや、信憑性のある情報は今のところ得られておらんのです」

高木と慶静苑の繋がりについては言わない。現段階で推測を話しても仕方がない。

「河原さんには、施設を出ていただいた方がいいでしょう。私は河原さんの体調が心配です。手指の震えも精神的ストレスによるものだと思います」

「そうですね。それは加賀にも言われまして。では、河原さんにそう伝えましょう」

小野寺の表情が幾分和らいだ。それで先生――と言葉を繋げた。

「慶静苑で発症した人たちを見ると、所長を含めて、皆、三年以上前から慶静苑にいた人だ。入所から時間が経っていない入居者や職員は発症していない」

「そう考えると、時間を経ての発症も視野に入れる必要がありますね。何年も前に感染して、それが何かの切っ掛けで発症するという――」

「時限爆弾を埋め込まれたようなもんですな。どちらにしてもあの施設が関係しているのは間違いないようだ。一体、どこで感染させられたか――」

「感染の方法と、プリオン培養の事実も確認しなければならないですね。それと、神山所長に訊くことがあれば、早めが良いでしょう。国本先生に聞いたんですが、職場にも顔を出していないらしい。もしCJDを発症していたら、いずれ話を聞けなくなります」

小野寺が顔を上げる。その顔は普段見せる、穏やかながら精悍な印象とは違っていた。憔悴《しょうすい》した初老の男の顔だった。

「愚痴を言うようですがね、先生。今回関わってみて、認知症が絡んだ事件は、本当に難しいと感じました。証言を取ろうにも、どこまで信じていいか解らない。時間が経てば信憑性どころか、言葉すら発しなくなってしまう。私はもう、三五年も警察一筋、医学とか科学にはまったく縁のない世界で生きてきました。ですから、私にはプリオンも蛋白質も、実際は何も分からんのです。それを考えると、こういった事件には関わるべきではなかったという気がしてきます。先生、河原さんだけは何としても、何事もなく自宅に帰っていただきたいのです。どうか力をお貸しください」

小野寺は、自分自身への憤りに顔を歪め、頭を下げた。

引退して平穏な暮らしを営んでいた河原を捜査に巻き込み、今となっては、生命までも危うい状況に追い込んだ可能性を否定できない。

小野寺は、自分の理解を大きく超える、プリオンという凶器に挑んだ己の軽率さを呪う。

*

診療を終えた森崎は、珠木の研究室を訪れた。

河原発症の疑いは、自分の中に留めておくには重すぎた。

夜も十時を回り、部屋には二人だけだ。研究用のテーブルには、森崎が持ち込んだ焼酎と、ビーカーに入れた氷が載っている。

不味そうに酒を舐めていた珠木はグラスを置き、隣の部屋に通じるドアから出て行った。

すぐに、透明のプラスティックケースを三箱抱えて戻った。机の上に載せる。ケースがコトコトと小さく鳴った。見ろ——と、珠木が顎《あご》を突き出す。

ケースには一匹ずつ小さな白ネズミが入っていた。一匹は忙しく木のチップを掘り返している。もう一匹は明らかに動作が緩慢だ。最後の一匹はケースの隅で動かなかった。

森崎が、ネズミと珠木の顔を見比べる。

「試したのか」

「大学から持ち出したクールー脳の標本を、ほんの少しすり潰してネズミの頭に注射した。この元気なヤツには生理食塩水だけを注射した。コントロールだ。あとの二匹は投与量が違う。打ち過ぎて死んでも、少なくて発症しなくても困る。これはクールー脳の感染性を試すだけだから、この三匹にしか使っていない。犠牲は少ない方がいい。

当然、この動かないヤツは投与量が多い。だが、それが用量に依存するものかは解らない。さらにこの症状が炎症ではなく、ＣＪＤであることを確認するためには、こいつらの脳を取り、顕微鏡で精査する必要がある。シュレーディンガーの猫を見る心境だね」

珠木が力なく笑った。

「そろそろいい頃だ。早急に調べなきゃ——」

ネズミのケースを覗きながら、独り言のように言った。

机の端に積まれた紙の束から一枚を引き抜き、森崎の前に滑らせた。

「これは、クールー標本の染色切片だ。とにかく標本の状態が良くないから、ろくな画像は得られなかった。それでもクールーの特徴は見える。それと、杉田みえの脳切片だ」

さらに一枚、紙にプリントされた染色標本の画像を森崎に手渡す。同じように見える。

「杉田みえさんは、やはりクールー脳由来のＣＪＤと考えられる訳か」

「ああ、同じ特徴を持っている。それは他も同じだ。運転手もな――」

珠木の答えに森崎は、参ったな――と漏らした。

「河原さんも罹患《りかん》していると思うか」

「解らない。現状では加賀氏の印象だけだ。普通に考えれば、そう簡単には感染しない。しかし、今までの発症を顧慮すると、感染していても不思議じゃない。森崎もそう思うだろ」

森崎は答えなかった。珠木が続ける。

「もし河原氏が罹患したとすれば、警察の捜査であることが犯人にバレて狙われた場合だ。そしてもう一つが発症の原因が施設にあり、偶然の罹患だ。最後に百万分の一の確率で孤発性ＣＪＤの発症だ。しかし、これはないだろう」

「いずれにしても、人為的な介入が予想されるな。犯人がクールー脳標本を盗み出したとして、そこから異常型プリオンを抽出し、それを培養する。言葉にすれば簡単だが、実際には相応の知識を持っていなければ出来ることじゃない。まったくの素人じゃ無理だ」

「そうだ。素人じゃない。何も文句を言わないネズミになら、簡単に伝播できるだろう。種になるプリオンさえあれば高校生でも可能だ。しかし人間に、しかも気付かれずに媒介するとなると話が違う。培養も濾過もそれなりの精度が必要だ」

一方で、実際の伝播の状況はもっと大雑把なものだ。狂牛病もクールーも、ただ食っただけだ。そう考えると人間に適した異常型プリオン蛋白さえあれば、意外と簡単に媒介できるのかも知れない。例えば毎食、味噌汁に一滴ずつ垂らすとかだ」

森崎は首を左右に振る。

「何でもアリだな」

「何でもアリだ」

森崎はグラスの縁を指でなぞり、言う。

「犯罪に使うには培養が必要になるな——」

「ああ、これだけの人間に媒介するには、ある程度の量が必要だ」

「検証のために、クールーのプリオンを培養しようとしても、素人の俺にはできない。しかし、それに近い研究に携わっている人間には可能だろう」

森崎は珠木の顔を凝視する。気付いた珠木が、何だよ——と睨み返す。

「そりゃ俺はできますよ。こんなところで毎日働いているんだからな。遠心分離機も、濾過槽《ろかそう》もいろいろある。薬品もそろっている」

「お前のような奴が犯人だったら手強いだろうな」

「あのな、培養可能だからって媒介はしないだろ。それに最初に疑われるのは研究者だ。しかし、もし俺が犯人だったら完全犯罪だ」

珠木が真顔になり続けた。

「でもな。もし本当にクールーのプリオンを培養したら、使ってみたくなると思う。最初はラットやウサギを発症させて満足するだろう。でも実際に人間が発症するとは限らない。最終的に人間を発症させられるプリオンが完成型だとしたら、その欲求を抑えるのは至難だ。バイオテクノロジーで人間のクローンを創りたくなるのと同じだ。」

「そうだな。科学に限らず人間の歴史はそれを繰り返して来た。お前だったらどうする。狙った相手に、異常型プリオン蛋白を使ってＣＪＤを発症させる。しかも短期間に確実にだ」

珠木は天井を見上げる。

「そうだなあ、食わせると時間が掛かるしなあ。何かしらの医療行為ができれば簡単なんだがなあ。介護施設の老人だったら薬を飲んでいるはずだから、プリオンで錠剤を作って飲ませるかなあ。傷があればその治療と称していけるかもなあ――」

珠木が、膝を叩く。

「いや、耳だな。鼓膜の中に注射すれば、確か、内耳に頭蓋内と繋がっている管がある。脳に直接注射するのとかなり近い効果が望める。それに鼓膜から注射しても傷は目立たないし、一時的に聞こえ難いというのはあっても、鼓膜はすぐ塞がる」

珠木は満足げに森崎の顔を見る。

確かに、その方法なら高率に伝播が可能かも知れないと森崎は思う。しかも内耳から頭蓋内に繋がっているなど、普通は気付かない。

森崎は咳払いする。

「まぁ、意識を失っていれば可能かも知れない。しかし、耳から打たれたら大音量のノイズを聞くことになる、しかも急激なめまいと、さらに痛みを感じるかも知れない。本人に気付かれずには無理だよ」

研究の世界から、蛋白質や細胞を介して人体を見る珠木と、臨床の場で人体から機能を量る森崎では、発想の方向がまったく違う。

「そうか。本人に気付かれずに投与するってのも、結構難しいもんだな。本人の生活習慣や行動パターンが分かっていれば、それに合わせて考えられる」

森崎がケースのマウスを見る。やはり一匹は動かない。胸郭が小刻みに脈動《みゃくどう》するネズミの姿が人間に重なる。何としても媒介を阻止しなければならないと、森崎は思う。

「異常型プリオン蛋白は培養できるのか。大腸菌にプラスミドを組み込んで、インスリンを作るみたいに」

「大腸菌にプリオンのアミノ酸配列のＤＮＡを持たせれば作る。大腸菌ごと粉砕して不純物を濾過すれば、ある程度の純度であればプリオン蛋白質が抽出できる。しかし、できたプリオンは正常型だ」

「しかし、研究に携わっている人間だったら、培養が可能な訳だろ」

いやいや――と珠木が手を揺らす。

「いくら正常のプリオンを培養しても、異常型に――しかも感染力を持った異常型にはできない。正常なプリオン蛋白の構造を変化させるには、別の蛋白質の作用が必要だとも考えられている。そんなに単純には行かないんだよ」

「しかし、犯罪レベルで、それも短期に発症させるとなると、ある程度の量が必要になる。複数の人間を発症させようと思えば尚更だ。それを考えると研究所レベルの設備が必要だ。、だとしたら、とても俺たちの手に負えるものじゃない」

強迫観念に襲われる森崎の様子に、呆れ顔の珠木が口を開く。

「お前はさっきから、しかし――ばっかりだね。研究のためではなく、媒介だけを目的として、異常型プリオンを増やすだけなら、もっと簡単にできるさ」

眉根に皺を寄せている森崎に、珠木が続ける。

「動物を使うんだよ。異常型プリオン蛋白に感受性の強い動物を――そこにいるネズミみたいにな。それなら簡単にできる。羊や牛は家畜法があるし、現実的ではないが、ネコ科の動物になら伝達できる」

「動物を使うとなると、また別の問題が出てきそうだな。研究所なら大量に飼育することも可能だが、個人となればそうもいかない。やはり個人がプリオン蛋白を大量に培養するのは無理があるんじゃないか」

森崎の言葉に、珠木は手をヒラヒラ振る。

「作業としてはたいして難しいことじゃないさ。昔の研究者のように、プリオン病に感染した動物の脳を取り出し、ドロドロに溶かして濾過する。注射器でネズミの頭蓋内に注射する。あとは発症を待つだけだ」

「プリオンを混入した餌で飼っても発症させられるだろ。狂牛病みたいに」

「うん。餌として食べさせてもいつかは発症するだろうね。しかし時間が掛かるし確実性に欠ける。牛と違ってネズミは寿命が短いから、発症する前に死ぬよ」

話しながら珠木は、空に近くなった焼酎のボトルを振っている。

「珠木、異常プリオン蛋白を培養してくれないか。それも研究室にある器材や実験動物を使わずに、素人が可能な範囲で試してもらいたいんだ」

「だったらお前がやればいいじゃないか。方法は俺が教えてやるよ」

珠木が真顔になり森崎に指を突き付けて言った。

「俺が出来ればやるさ。だけど俺には経験と知識が足りない。研究者じゃないからな。しかも今は時間が無い。素人がモタモタやっていられないんだよ」

珠木は少し考えて、にやりと笑った。

「そうだな、解った。俺がやる。とにかく早く培養できる方法でやってみるよ。それでも一か月に一世代発症させられるかどうかだ。続ければ、少しは早くなると思うけど」

「それでも、何もやらないよりはいい。どうしてもお前がやらなければ、俺がやるつもりだった。俺が始めたら、お前は手を出さずにはいられないからな」

森崎の言葉に、珠木が悔しそうに笑った。

珠木にとっては、まだ見ぬ犯人との知恵比べだ。犯人がどんな人間であっても負ける訳にはいかない。本気の珠木は恐ろしく負けず嫌いなのだ。

珠木は考える、この事件に関わってしまった以上、自分たちも狙われる危険がある。

ことによると事件に関係した者は、既に異常型プリオンを取り込んでいるかも知れない。もしそうであれば、自分たちに残された時間にも限りがある。超現実主義者である珠木に楽観的な考えは無い。

翌日に珠木は、研究所所長に二か月の休職願いと、さらにその期間、研究室とその備品全ての使用許可を願い出た。研究所にすればまったく理不尽な要求だ。

研究のリーダーである珠木浩一郎が長期間休むのは初めてだ。所長は渋ったが、珠木は件《くだん》の狂牛病騒ぎについて警察から協力を求められている旨を伝え、内容については守秘義務があり他言できないと、無理やり納得させた。

ただし、部下や他の研究員の研究の妨げにならないよう、また、本業に問題が発生した場合には、力を貸すようにという条件が提示された。

＊

捜査部の扉が音を立てて開いた。加賀正信が大股で小野寺の机に近づく。小野寺は堀江に目配せし、開いていたファイルを閉じる。

隅の応接セットで、加賀は興奮気味に、しかし小声で言った。

「高木が三年前に引っ掛けた認知症の婆さんな、やっぱり慶静苑の入居者だった。深夜に徘徊《はいかい》した挙句国道に紛れ込み、たまたま通り掛かった高木のトラックに引っ掛けられたんだな。――で、即死だ。調書では高木に落ち度はなく、むしろ同情されていたようだ。当時の担当に聞いたところでは、その被害者、笠井八重子が施設を抜け出したことで、施設の管理の甘さが問題になったらしい」

　小野寺の声も、おのずと小さくなる。

「こちらでも堀江に調べさせた。夜中に慶静苑を抜け出して事故にあったのは、やはりその、笠井八重子という入居者だったよ」

　小野寺が堀江を促す。

「笠井八重子、当時六四歳の女性です。慶静苑には八か月入居していて、先程の交通事故で亡くなっています。当時を知っている神山所長が施設に顔を出していないため、現状では話を聞けていません。これに付いては、自宅まで話を聞きに行ってきます。

　それから、河原さんに事故のことを話したという入居者にも会ったんですが、認知症を患っていて、あまり詳しいことは——ただ、その事故は覚えていました。被害者の笠井八重子は非常におとなしい人で、竹内貴代には相当に辛く当たられていたようです。いわゆる苛《いじ》めです。食事の時に、笠井の食器を故意にひっくり返したりもしたそうです。ただ、竹内貴代は慶静苑の所有権の四五パーセントの持ち分があり、しかも所長の親類でもあるため、誰も強くは言えずに、それで笠井は施設を逃げ出した、という見方をされていたようです」

「竹内ってのは、ひでぇババアだな。しかしその認知症の婆さんも、随分といろいろ覚えているじゃないか」

「それが、他のことを聞いても、同じことを何度も言ったり、さっぱり要領を得ないんです。それが、その、陰口や悪口は非常によく覚えていて、堰《せき》を切ったように――」

困った婆さんだな――加賀の顔が呆《あき》れ顔に変わる。

「施設の記録を調べたところ、その笠井八重子の夫は既に亡くなっています。一人息子がいるのですが、母親の認知症が進み、面倒を見られなくなって、自宅を売却した金で施設に入れたようです。息子は母親の死後すぐに住んでいたアパートを引き払い、その後の確認は取れていません」

小野寺が身を乗り出す。

「現状では、その息子が有力な手掛かりだと考えている。母親を撥ねたトラック運転手と、施設から逃げる原因となった竹内の苛め。息子としては十分な動機となると思うがね」

加賀が腕を組み、なるほどな――と唸《うな》る。

「しかしその息子が、凶器とみられている、その、プリオンだかを、操作できるのか」

「解らん。息子の経歴を含めて調べてみないことにはな。森崎、珠木両医師が、被害者から採ったプリオンの特徴について検討すると言っている。その結果次第で、捜査の方向が定まる。と、こちらは期待しているところだ」

それでな――。表情を硬くし、小野寺が言う。

不穏な空気が加賀を襲う。聞きたくはなかった。

「堀江が慶静苑に話を聞きに行ったついでに、職員の案内で館内を視察したそうだ」

小野寺に代わり、堀江が伏し目がちに話し始める。

「自分が二階に案内された時に、部屋のドアが開いていて、河原さんと目が合ったのです。会釈したんですが、自分を不思議そうに見て、――見たことがある顔だけど、名前を思い出せないんだ、と言って謝られました。河原さんは、自分とは面識がないことになっているのですが、それも忘れているようでして」

最初に河原の変化に疑いを持ったのは加賀だ。しかし、改めて堀江の口から聞かされることで、疑惑は現実に変わっていく。加賀の意識がざわめく。危険が潜む慶静苑へ河原を送り込んだ、小野寺への怒りが強烈に湧きあがる。

小野寺の河原を慕う気持ちを、加賀は誰よりもよく知っている。それが加賀の激情を抑える。これ以上、小野寺を追い詰めることはできなかった。

森崎が医局へ戻る途中、小野寺から連絡が入った。本日分の書類を医局事務係に手渡し、すぐに外来玄関へ向かう。

外来ロビーの長椅子に、小野寺と堀江が座っていた。

二人の刑事を促し、院内の喫茶室へ向かう。

狂牛病の誤報以来、森崎の行動は医局の興味の対象となっている。刑事が訪ねて来る状況は、また余計な詮索を生む。それに、教授への注進に勤《いそ》しむ輩もいる。

無愛想な女性店員に機械的にコーヒーを注文する。

小野寺が低い声で言う。

「大学の保管室から持ち出したという標本については堀江から聞きました。これは警察内でも知っているのは、私と堀江、そして古屋という部下だけです。犯罪として標本の因果関係が明らかになれば、出処を明らかにしなくてはならんでしょう。しかし黙って持って来たという訳にもいかない。大学側も公にはしたくないはずだ。これについては慎重な対応が必要でしょうな」

森崎にとっては釘を刺された格好だ。無断で持ち出したことは、後々問題になりかねず、大学にとっては管理責任を問われる問題だ。

堀江は小野寺の叱責《しっせき》を受けたが、小野寺も珠木の強引さを想像できるだけに形だけのものだった。

で、先生――小野寺が続ける。

「亡くなった杉田みえさんの脳組織と、その古い標本には関連がありそうですか」

「それについては、珠木が調べています。ただ、やはり杉田さんも、その他の亡くなった方も、あの標本と酷似した顕微鏡所見を示しています。そして、脳標本には依然として感染力が維持されています。しかも強力に」

「強力とは――」

「ヒト由来の異常型プリオンは、よりヒトに感染しやすいということです。鳥インフルエンザと同じです。鳥型のうちはヒトに感染する力は微弱です。しかし一度ヒトに感染し、その形質《けいしつ》を獲得したとたんに、強力な感染力と攻撃性を発揮します。それと同じことが、プリオンにも言えます」

刑事二人は、不安を表情に貼り付け、黙って聞く。

「我々はその標本に、クールーと呼ばれる、何世代にもわたりプリオン病を発症させてきた病原体が含まれていると思っています。現在、珠木がその標本からプリオンを培養する方法と、予想される媒介の規模と、感染性を検証しています」

堀江は大学の標本保管室で見た、五十年前の脳標本を思い出す。その保存状態から太古の病原体を発掘したように感じた。それは、あながち間違っていなかった。

「それでも、インフルエンザのように簡単には感染しませんよ。大昔に流行したペストやスペイン風邪とは状況が違いますしね」

刑事たちは、よく解らない顔で頷いた。

店員が壁の時計を気にしている。閉店時間が迫っている。小野寺が言う。

「実は、やはり河原さんは認知症を発症しているようです。堀江を見ても、よく解らないらしい」

小野寺に代わり、堀江が河原の状態を森崎に説明した。

森崎が聞く限り、それは認知症の典型的な症状に感じられた。それでも俄かには信じられない。珠木と話していたのは仮定の話だ。たとえCJDが頻発した慶静苑であっても、予防策を励行《れいこう》していれば感染するはずはなかった。そして心のどこかで、プリオン病の希少性を信じていた。

伝播の原因が特定できないなら、止めておくべきだった。森崎は医師としての責任を強く感じる。

「河原さんを助ける手立てはありませんか」

小さな声は、小野寺の心の悲鳴であり嗚咽《おえつ》だ。森崎は答えに窮する。

「先生。クロイツフェルト・ヤコブ病は、アルツハイマー病の進行が早いものだという話を聞きました。アルツハイマー病の薬で治療できませんか」

治癒を望めない疾患であることは聞いている。しかし縋《すが》らずにはいられなかった。

「現在、承認されているアルツハイマー病の薬では、治癒を望めません」

「よく解らんのですが。効果がないのに認知症患者に使用されているとは――」

「認知症治療薬は、鎮痛薬と似ています。鎮痛薬は必ずしも原因となる疾患を治すものではありません。しかし、痛みを軽減するというのは患者にとって非常に重要です。認知症治療薬の場合も、たとえ治癒が見込めなくても、症状が抑えられ介護負担が軽減できれば、患者さんだけでなくご家族も助かります。それに症状の進行を遅らせられれば、その間にできることが有るかも知れない。今の認知症治療薬とはそういう薬です。非常に心細いことですが」

「では、その薬で河原さんの症状の進行を抑えたり、意識の回復を見込めると――」

「認知機能の改善に関しては、可能性があるとしか言えません。それに症状の進行を遅らせることはできるかも知れませんが、病気自体は進行していきます」

小野寺の握り締められた拳から、その悔しさが窺い知れた。

森崎にとって、日常診療で何度となく繰り返された受け答えだ。そして、それに慣れていく自分を感じていた。しかし森崎は、河原の発症により図らずも当事者の痛みを知ることとなった。

河原の発症を娘の恵美は知っているのだろうかと、森崎はぼんやりと考える。

医局に戻った森崎は、手早く帰り支度を済ませ、職場を後にした。医局の医師たちには体調不良ということにした。河原の発症が頭から離れず、それを顔に出さずに医局にいることが苦痛だった。

河原に対する予防策とは、慶静苑に関与しないことであった。それができなかったのだ。

まだ人通りの絶えない歩道をぽつぽつと歩く。駅には向かっていない。人混みが耐えられなかった。繁華街を離れ人影が疎らになる頃、乱れた心が少しだけ落ち着きを取り戻す。

とにかく河原を早急に慶静苑から離し、然るべき診療を受けさせることだ。

＊

「慶静苑、行ったのか」

小野寺が定食屋で加賀に聞く。加賀は、ああ――とメニューから目を上げずに答えた。

「昨日はなあ――俺の顔も解らなかった」

加賀が沈んだ濁声で言う。

河原の状態を確認する度に、小野寺は捜査を強行した自分を呪う。

「河原さんには、まったく申し訳ないことをした。恵美ちゃんには合わす顔も、掛ける言葉もない」

加賀が顔を上げ、深い溜息を咽喉から吐き出す。

「てめえ。まだ河原さんの病気を、自分だけの責任だと思ってんのか。いい加減にしねえか。やると言う河原さんを止めなかったのは俺も同じだ。皆が正しいと思う選択をしたんだ。それは恵美ちゃんもだ。しょうがねえよ」

加賀の圧《お》し殺した声は、語尾がさらに小さくなる。

「ああ、――そうだな」

加賀の不器用な心遣いが有り難かった。

小野寺は運ばれて来た定食を前に、まったく食欲が湧かない。加賀は黙々と口に運んでいる。しかし、その表情から義務として食っているのだと思った。小野寺も無理やり口に押し込み、飲み込む。

一息ついた加賀が、言った。

「原因があの施設にあるとすれば、見逃しているだけで必ず手掛かりがあるはずだ。河原さんは慶静苑に入居中、職員や出入りの業者の行動を細かく記録していた。他にも気付いたことが書かれている。それがこのメモだ。最後の方は、まあ、何が書いてあるかよく解らない。それでも、何かを懸命に書こうとしていたように見える。俺は、ここに書いてあることが知りたい」

加賀は、河原の居室から持って来たメモ帳を内ポケットから覗かせた。

「それと、トラックに撥ねられた笠井の線なんだが、今のところ息子の足取りは摑めていない。運転免許証の期限が一昨年だったんだが、更新していない。そう考えるとますます周到に計画されていたように思えてくる」

「依然、模糊《もこ》としてはいるが、捜査の方向だけは見えてきたということか――」

小野寺が箸をおいた。無理やり腹に入れた飯だったが、幾分は気力が充ちるのを感じた。

加賀が言う。

「事件の手掛かりに近づきながら、河原さんに報告できないとは何ともやりきれん」

「森崎医師の話によると、日によってはかなり状況が理解できる場合もあるらしい。なるべく付き添うようにして、情報を聞き出す機会を逃さないようにしようと思う」

「解った、俺もできるだけ顔を出そう」

席を立とうとする加賀に、小野寺が小声で言う。

「河原さんに残された時間は少ない。アルツハイマー病と違って症状の進行が恐ろしく早い。これは我々が他の被害者でも見てきた通りだ。森崎医師が言うには、あと一月、長くとも五十日程度で身体を動かすことも、話すこともできなくなるらしい」

「短いな。とにかく出来るだけのことはしよう。事件解決のためにも、河原さんのためにもだ」

加賀が伝票を摑んで立ち上がった。

小野寺が部屋に戻ると、堀江が待ち構えていた。森崎から連絡があり、折り返し森崎の携帯に電話を乞うとのことだ。

「河原さんに、こちらに——西中央病院に移ってもらいましょう。精神科と神経内科にも協力を仰ぎ、私が診ます。入院の手続きはこちらでしますので」

これは小野寺にとって、願ってもない申し出だった。河原の認知症の発症が確認されると同時に考えていたことでもある。

入院の日時など詳細については、恵美にも相談したうえで摺《す》り合わせることにする。

電話を切った小野寺は、不安そうな堀江に、行くぞ——と促し部屋を出た。さっき別れたばかりだから加賀は部屋にいるはずだ。森崎の申し出を加賀に伝える。

「河原さんを西中央病院まで連れて行けばいいんだな。お安い御用だ」

「恵美ちゃんとはこれから相談する。パトカーや覆面は使えない。無ければ俺の車を使ってくれ」

日程が決まったらいつでも言ってくれ——と胸を張る加賀を残し、部屋へ戻る。

歩きながら、次は恵美ちゃんだ——小野寺が呟いた。堀江の顔を見る。

「この事件は、随分と辛い仕事になってしまったな。お前さんにも嫌な思いをさせているが、もう少し付き合ってくれ」

「小野寺課長が河原さんの弟子なら、自分は孫弟子ですから」

言葉はごく自然に堀江の口から発せられた。小野寺の表情が緩む。

自分が河原から貰ったものを、同じように堀江に渡せるのか——小野寺には、想像以上に難しいことに思える。

森崎はプリオン病を中心に、脳神経疾患に類する論文を片っ端から調べる。どこかに有益な情報が埋もれているかも知れない。診療が終わり随分と時間が経つ。

携帯が振動した。小野寺だった。病院の駐車場にいるという。

通用口の自動ドアが開く。小野寺と少し離れて恵美が立っていた。

恵美は両手を前に深く頭を下げる。

「河原さんのご様子は如何ですか」

動揺する森崎の口からようやく出た言葉だ。

「ええ、やはり日増しに解らなくなっているようです。小野寺さんにお聞きしました。父をこちらの病院で診ていただけると――。お礼とお願いに上がりたくて、小野寺さんに連れて来て貰いました」

恵美は伏し目がちに言った。

森崎は二人を薄暗い病院の中へ案内する。この時間では使われていない一階の職員控室へ通す。テーブルと、パイプ椅子が無造作に並んでいる。

ティーサーバーから紙コップに緑茶を注ぎ、二人の前に置いた。

明るいところで見る恵美の顔には、憔悴《しょうすい》の色が顕著に現れていた。

「父に力を貸してください」

恵美の声に、森崎の目が見開かれた。心が痛む。

「河原さんの疾患、クロイツフェルト・ヤコブ病を治す方法は、残念ながらまだ発見されていません。有効な治療法を探しているのですが、今のところ何も――本当に申し訳ありません」

森崎はテーブルに手をつき、頭を下げる。

いいえ、先生――責める口調ではない。

「それはお聞きしています。でも父の発症が不自然なものであるなら、原因を解明してあげてください。昨夜、私に宛てた手紙が母の仏壇の引き出しから見つかりました。その手紙には、父の想いがしたためてありました。おそらく今回の捜査協力が危険を伴うことを、理解していたのだと思います。でも、だからこそ父がやらなければならなかったんだと――父も刑事でしたから。それに父は、小野寺さんが訪ねて見えてから本当に楽しそうでした。まだ役に立てることがあるかも知れないと――。嬉しかったんだと思います。それが父の生き甲斐なら、是非、最後まで協力させてあげてください。それが父を助けることだと思っています。お願いします」

恵美は、その手紙を小野寺と森崎の前に置く。どうぞ――と言った。

封筒には、恵美へ――と書かれていた。

娘　恵美へ
突然の我儘を許して欲しい。
恵美も知っている通り、人を認知症に陥らせ死に至らしめるという病原体の媒介は、未だ終息に向かわず多くの被害と混乱を招いている。この捜査協力は、全く父の希望によるものだ。馬齢を重ねた父の、最後の奉公となるやも知れぬ。刑事として生きてきた父は、引退してもなお刑事でありたいのだ。

よしんば父の身に危険が及ぼうとも、悲しまず恨まず、父の本懐として享受を望む。

現役の頃から、母さんや恵美には人並な事は何もしてやれなかった。それが心残りではあるが、良太の健やかな成長を座視し、憂慮に及ばないと存ずる。

父は何も心配していない。

快活で心優しい娘を持ち得た事は、父の人生に於いてこの上なき幸せである。

くれぐれも自分に悔いのないように生きなさい。それが父の願いだ。

父

河原四郎はこのまま家に戻れない事態を覚悟していたのだ。そして、その心中を誰にも見せることなく、笑顔で捜査に向かった。

小野寺も初めてその手紙を見る。激しい後悔と感謝とが綯《な》い交ぜになり、全身を震わす。ただただ涙が溢れる。

河原四郎は事件の解明に留まらず、恵美の、そして小野寺や森崎を含む捜査関係者の心までも救おうとしていた。河原が我が身を賭けて正義に尽くす気概は、およそ森崎の考え及ぶところではなかった。

森崎は、何としても河原四郎の思いに応えることを、恵美とそして自分に誓う。

9　培　養——Cultivation

「プリオン培養の結果について聞きたいだろ——」

電話の向こうの珠木が言った。

製薬会社の担当者との打ち合わせを早々に切り上げ、用意されたタクシーに乗り込む。

半刻で珠木の研究所に到着した。夜間通用口から珠木の携帯に連絡を入れる。待たずしてロックが解除された。

［蛋白質侵襲制御研究室］と書かれたドアを開けると、動物の臭いが流れ出る。

珠木は机に顎《あご》を乗せて座っていた。夏の動物園で見るシロクマかライオンのようだ。

珠木はその姿勢でケージにストローを突っ込み、中のハムスターをからかっている。

「そのハムスターは発症しているのか」

森崎の声に珠木は振り向きもせず、まだだよ——と言った。

森崎は手近な椅子を引き寄せる。

珠木が伸びたまま口を開く。

「プリオン蛋白を培養してみて、思ったより大仕事だってのが解った。感染予防も含めてな。いくら感染の危険が少ないと解っていても、なかなか緊張したよ」

「でも。上手くいったんだろ」

「出来ることは出来た。ただ、犯行に使われた異常型プリオン蛋白と、まったく同じ蛋白質ができたとは言えない。精製の条件も違うだろうし。なるべく純粋なプリオン蛋白を抽出したかったんだが、手作業だから精度は出ていない。しかもネズミに感染させているから時間が掛かった。蛋白を採っているというより、ネズミの飼育をしている気分だった」

珠木は面倒くさそうに、机の端によけてある五〇ccのプラボトル二本を指さす。森崎は液体が満たされたボトルを手に取る。一本は白濁した濃い流動体に見えた。もう一本は霞が掛かったような、半透明の液体だ。いずれも中身は、抽出されたクールー脳由来の異常型プリオン蛋白質のはずだ。生命を脅かす危険な病原体だ。

そして、そのボトルには珠木の苦労と、動物の命が詰まっている。

森崎はボトルをそっと机に戻す。

「珠木――。悪かったな。俺はとんでもないものを作れと言った気がしてきたよ」

「〇・一グラムあれば牛でも発症させられるという話だから、効率よく媒介すれば、三百人くらいの人間を発症させられると思う」

珠木の表情は暗く沈んでいた。いつもならもっと誇らしげな顔をするはずだ。

「で、どうやって培養したんだ」

珠木は億劫そうに半身を起こした。

「まずハムスターの成体と幼体を三十匹ずつ、六十匹用意した。幼体を使ったのは単純に、成長期の方が脳内のプリオンが異常化しやすいと思ったんだ。成体と幼体の群それぞれから、十匹ずつにクールーの組織乳剤を、同じように患者脳の組織を十匹ずつの脳内に直接注射した。それと、クールー脳を持ち帰った時に試した二匹を覚えてるか。あれはハムスターではなくマウスだけどね。脳からCJDが確認されたから、あの二匹から採った脳を、残りの二十匹に投与した。時間が惜しかったから、六十匹全部いっぺんに使った。とにかく失敗したくなかったんだ。これで、クールー由来、患者由来、ネズミ由来の脳を各二十匹だ。発症を待たずに四匹が死んだが、今回は目的が違うから原因までは追わなかった」

そこまで捲《ま》くし立て、珠木は机に散らばっていた食べかけの菓子パンを齧《かじ》った。さっきまで机に伸びていた珠木が、いつの間にか活性を取り戻している。

「発症を確認してから、さらに二十匹を用意し、発症した患者由来ネズミの脳を乳状化し、十匹に直接投与した。これはただプリオンを増やすためだ。残った十匹のうち——これはまあ、余禄みたいなもんだ。七匹には乳状化した脳を遠心分離にかけ、その上澄みを一日三回点眼した。そして最後の三匹には餌として食わせたんだ。この十匹は、どちらかと言うと伝播の方法を探るためだ。餌として与えた三匹は、まだ発症していない。でも、点眼した七匹のうち現在、二匹は発症している。目からの伝播は、頭蓋内の直接投与に次いで確率が高いようだ。葛城のオッサンが言うような、他の方法を試した訳じゃないけど」

「おまえの話を聞いていて、俺では駄目なことがよく解った。プロだからできることだ」

珠木は少し照れたように、本当は俺もやりたくないんだ——と言った。

「プリオンの分離に関しては、ここの機器を使わないで、個人でやれる範囲でやった。これはお前さんの命令だからな。だからまあ、精度は期待できない。

ネズミは小さいから、脳を集めるだけで大変だった。手作業だからね。摘出した脳は、それぞれをミキサーに掛けた後、血管なんかの不純物を取り除く。さらにすり潰して乳状化し、濾《ろ》紙《し》で濾《こ》した後、簡易的に遠心分離した。当然沈殿した方に異常型プリオンが多い。それを希釈し少量の蛋白質分解酵素《こうそ》と共に攪拌《かくはん》し、さらに遠心を掛けて濾した。それがその白いボトルだ。プリオンは遠心の上澄みにも感染力がある。この辺が細菌とは違うところだ。上澄みはセラミック濾材で濾した後に、ゲル濾過に掛けた。これはシリンジを使ったテストキットでやった。それが半透明のボトルだ」

森崎は改めて二本のボトルを手に取った。珠木が、飲んでもいいよ——と言った。

「最後に、今回試してみての考察だ。感想でもあるな」

珠木が表紙に研究所の施設名の入ったノートを捲《めく》った。

「まず、最も現実的だと思われるのは、このネズミを使った方法だ。時間が限られていなければ、ネズミを繁殖させながらプリオンを増やせるから、かなりリーズナブルに凶器の量産が可能だ。まさしくネズミ算式だよ。ただし、一匹の脳容積が小さいから、大量に作るには時間が掛かる。目標を個人や小範囲に限れば、ネズミを育てながら継続的なプリオン曝露が可能だ。ある程度の量が必要であれば、猫を使うことでかなり効率よく作れるだろう。ここで培養を容易にしているのは、異常型プリオン蛋白の頑強さなんだ。その頑強さゆえに、元になるプリオンさえ手に入れば、たとえ、いい加減な扱いであっても感染性を保つことができる。感染力は別としてね。

これらの作業をこなせる犯人像を考えてみた。実際に作業してみて、やはりまったくの素人では難しいと思う。そして少なくともＣＪＤという疾患や、異常型プリオン、そしてクールーに関する知識を持っている。しかし今の時代、ネットで何でも調べられ、何でも手に入るから、確かなことは言えない。さらに、数十匹のネズミを累代的に飼育し、脳を取り出し加工するスペース、そして、ネズミの死骸を継続的に処理できる環境が必要になる。

金は、あまり掛からない。最初にそろえるのは飼育用具と、注射に必要なシリンジくらいだ。メスも工作用のナイフか包丁があれば十分だ。ネズミだって実験に使う訳じゃないから、ペットショップで買えばいい。総額でも高校生の小遣い程度だ。

それと、死亡した杉田みえの脳組織を調べた。やはり今回のＣＪＤはこの大学から持ち出したクールー脳が由来になっているようだ。よって、犯人は聖陵大学と何らかの接点を持っていると考えられる。そうすると、医大の卒業生、在校生、教授を含めた関係者全員が犯人候補となる。もちろん俺とお前も資格は十分だ。——と言ったところだ」

珠木は研究ノートを閉じ、残った菓子パンを頬張った。

研究ノートに森崎が手を伸ばす。これは駄目だ——と珠木が手で押さえた。殴り書きで、乱雑なのを気にしているのか。

警察への報告書作成にあたり、パソコンで清書するとの条件で、珠木はしぶしぶ手をどけた。ノートには、培養の要点や、動物の割り付けが、イラスト入りで詳細に書かれていた。森崎はイラストを指差す。

「これはブタか？」

「ハムスターに決まってるだろっ——」

鼻の上に皺を寄せ、だから嫌だったんだ——珠木はそっぽを向いた。

森崎は、嫌がる珠木に無理やりノートのコピーを取らせる。これを森崎がまとめた後、小野寺に渡す。もちろんイラストはそのまま貼り付ける予定だ。

*

河原四朗の入院は、明日の午後に決まった。

森崎は精神科の同僚医師に掛け合い、強引に病室を用意させた。

小野寺と電話口で段取りを確認する。搬送は加賀に任せ、小野寺と堀江は病院で到着を待つという。

「慶静苑の居室は、そのままにしてください。河原さんの記憶を探る鍵になるかも知れません」

森崎の提言に、そうですね——と小野寺が言う。

「河原さんは検査入院ということにして、居室には鍵を掛けて職員も立ち入らないように伝えるつもりです。——では明日、病院で」

緊張を含んだ声で、小野寺の電話は切られた。

正面玄関では、小野寺と堀江が入ってくる車を目で追っていた。少し離れて待機する森崎の後ろで、由木が車椅子のハンドルを握っている。

程なく加賀の運転するセダンが玄関前に横付けされた。恵美が降りてくる。

小野寺は、加賀とともに、河原を抱きかかえるように車椅子に座らせた。河原は何が起きているか理解できていない。ひじ掛けに置いた手が震える。

小野寺が久しぶりに見る河原は二回りも小さく、怯えているように見えた。ズボンの腰回りが膨れているのは、おむつをしているからだ。

小野寺が、河原課長――と呼び掛ける。河原は不思議そうに、どなたでしたか――と言った。

恵美が両手で顔を覆った。肩が揺れ嗚咽が漏れる。

小野寺は河原の目を見詰め笑顔で言った。

「大丈夫です。私は河原課長をよく知っていますよ――」

目に映るかつての上司の顔が滲んだ。

河原をベッドに寝かせ、森崎は一度医局へ戻る。しばらくは由木が残り面倒を見てくれるという。

医局では森崎に、教授室に出向くように棚橋からの伝言があった。

報告を怠《おこた》り、しかも独断で動いていたことが棚橋の逆鱗《げきりん》に触れたらしい。しかしこれは森崎も覚悟のうえであった。

河原の入院に関しても事前に報告すべきではあったが、余計な『待った』が掛かるのを避けたかった。とにかく河原を病院に避難させることを優先させた。この暴走ぶりは珠木と似てきたかと森崎は苦笑する。しかし、ここで首を切られたら元も子もない。

教授室に向かう足取りは依然として重いが、想像を超える出来事が頻発する中で、以前ほどの緊張は感じない。

「どこまで勝手に進めれば気が済むんだっ」

棚橋が机の天板を叩いた。

「事態が二転三転するものですから、なかなか報告に至らず、申し訳ありません」

平身低頭する森崎ではあるが、河原の容態を知る今、棚橋の癇癪など些末なことにしか感じられなかった。

「今日も施設の患者を、無理やり精神科に入院させたそうじゃないか。精神科の教授から電話が掛かってきて、要らん借りを作ることになった」

森崎は深々と頭を下げる。棚橋が続ける。

「僕は逐一の報告を条件として許可したんだ。そろそろ君も、この件からは手を引いた方がいいだろう。医局のためにもこれ以上は許可できない」

「ちょっと待ってくださいっ」

森崎の頭が跳ね上がる。河原まで罹患している今、ここで捜査協力を中止する訳にはいかない。森崎は棚橋を懐柔《かいじゅう》する方法を模索する。

教授室にノックの音が響く。次いでカチャリという音とともにドアがゆっくり開く。棚橋は眼鏡越しに不機嫌な目を向けた。

「――捜査一課の小野寺です。失礼します」

予想外の声に森崎が振り返る。確かに小野寺だ。凝視する森崎の視界に加賀の巨体がのっそりと侵入する。大きな目がギョロリと動く。刑事は正面の棚橋にそろって一礼する。

小野寺が口を開く。

「この度は、警察の重要人物ということで、河原四郎氏の入院にご尽力いただき有り難うございました。警察を挙げて感謝しておる次第です。こちらは交通課の加賀警部」

「加賀です。まったく森崎先生には、多大なお世話をいただいとります。森崎先生の協力なしてはとても事態の掌握には向かいませんでした。――なあ」

加賀が小野寺に同意を求める。こういった状況は極端に苦手だ。

どうにも嘘くさい刑事二人による茶番だ。

棚橋からは、ああ――と言う声だけが漏れた。加賀は威圧的な視線を向ける。小野寺が相好を崩し棚橋に近づいた。

「医局に伺いましたら、森崎先生は教授室においでだということで、不躾《ぶしつけ》ながらご挨拶に伺いました。棚橋教授には事件の調査協力を快諾いただき、我々警察は非常に助かっております。調査の秘匿性から、状況把握が叶わずご迷惑をお掛けしますが、是非ご理解をお願いします」

平静を取り戻した棚橋が、指先で眼鏡をついと上げる。

「まあ、あなたたちの捜査上、外には出せない事情も解る。しかし、何かあってからでは、僕だけではない病院全体の問題になる。僕には、明らかに森崎君の暴走に見えるがね。森崎君にも言っていたんだが、くれぐれも慎重な判断を要求します。そして、それを判断するのは森崎君ではない。――言っていることが解りますか」

机に両肘を突き、指を絡めた棚橋が言う。

足を踏み出す加賀を小野寺が制した。険しさを湛《たた》えた小野寺の眼光が棚橋を射る。

「事件が解決を見た暁《あかつき》には改めて報告と、お礼に伺います。今しばらく森崎先生にお力添えをいただきます」

有無を言わせない雰囲気を纏《まと》った刑事二人が、上目遣いに頭を下げた。

棚橋は、とにかく重要な問題は報告するよう念を押し、なし崩しに捜査協力を認めた。森崎に向かい、解っているね――と最後通告とも取れる言葉をぶつけた。

「棚橋先生、ご迷惑をおかけしまして申し訳ありません。守秘義務が解除されましたら、すべて報告書として提出させていただきます。では、失礼します」

廊下を歩きながら、森崎が大きく息を吐き、助かりました――と言った。

「しかし、どうして――」

森崎が刑事二人を見る。加賀が唇をにやりと歪め、小野寺が微笑み言った。

「由木さんですよ」

由木郁恵は今朝、外来診療室に向かう途中、医師の西村と行き会った。

西村は由木に近づき、最新情報だよ——と小声で言った。

「森崎先生は教授を怒らせ過ぎた。下手をすると来週にも地方の系列病院に飛ばされる」

それは、森崎を誹《そし》るでもなく発せられた言葉だった。

由木自身も最近の医局に、森崎を取り巻く不穏な空気を感じていた。

森崎を案じてはいるものの、どうしていいか解らなかった。由木は、森崎が教授に睨まれ、捜査協力を続けられなくなる懸念を小野寺に伝えた。

小野寺は、訊いてくる——と、病室を飛び出す。加賀が後を追った。

心療内科医局で森崎の名を口にすると、部屋に異様な空気が流れた。小野寺は由木の言葉を瞬時に悟った。教授に呼ばれたと聞き、二人の刑事は教授室を目指した。

「まあ、そんなことがあって一芝居打った訳です。役に立てたなら良いんだが」

森崎が、首を竦《すく》める。

このまま森崎が権限を失えば、捜査だけではなく河原の治療にも支障をきたす。それに、あの珠木をうまく働かせる自信もない。小野寺は胸を撫で下ろす。

「どこの組織も一緒だな」

加賀が忌々し気に吐き捨てた。

河原四郎が移ったことで、小野寺は頻回に病院へ出かける。いきおい堀江が一人で手掛かりを追うことも多くなった。

本件の捜査について、一時は他の部署からの増員もあったが、今では小野寺と堀江の他に数人が、入れ替わりで動いているに過ぎない。内容が特殊なため、自分から積極的に加わろうという者もいない。これは、この捜査が刑事部長の心証を損ねていることも遠因となっていた。

堀江は、この事件を改めて見直そうと思った。気が引けるが、珠木の研究所を訪ねることにする。連絡すると、思いの外あっさりと了解が得られた。

珠木の研究室では、数名の研究員が黙々と作業を続けている。堀江には何一つ理解できなかった。

堀江は研究室奥の部屋に通された。壁に沿ってテーブルがコの字に設置され、不可解な容器やビンが並んでいる。部屋の隅には透明の箱が積まれ、異様な臭気と、唸るような機械音、カタカタという小さな音が絶えず聞こえている。

この部屋の主、珠木浩一郎にふさわしい環境に感じられた。

「で、何――」

マグカップのコーヒーを堀江に手渡し、珠木が訊く。

「はっ。事件について捜査を続けているのですが。その、方向というか、犯人像のようなものをお聞きできればと――」

珠木はあまり興味なさそうに、コーヒーを掻き混ぜている。

堀江がショルダーバッグからノートを取り出す。

「まず、犯人は、聖陵大学に過去のクールー脳の標本があることを知っていた。さらに標本を盗み出すことが可能であり、異常型プリオン蛋白を培養できるだけの知識と技術を持っている。これが、犯人の条件だと思います。——先生、聞いてますか?」

「ああ、聞いてる聞いてる——」

珠木は、ハムスターのケースを抱え、ストローの先でコーヒーを舐めさせ、その反応を見て笑っている。堀江は仕方なく話を続ける。

「そして、大学関係で、培養が可能と思われる知識を持つ者——これは医学部に限らず学部をまたいで可能ということで、もの凄い数になるそうです。一応、大学の総務課事務局には、慶静苑の職員と出入りの業者、六十名近いリストを渡し、学生や卒業生、大学職員と照会してもらっています。しかしプリオンの操作というのは、そんなに簡単なんでしょうか。——先生。——先生」

「聞いてるよ。——もちろん学術的に正しくデータを取るなら難しい。機器もたくさん必要だからさ。でも、取り敢えず感染を可能とするだけであれば、まあ、焼いた肉から感染するくらいだからね。俺が試しにネズミから作ったプリオンのサンプルがあるよ。見る?」

珠木が動き回るハムスターを目で追いながら言った。

「もちろん見ます」

堀江は目を輝かせる。珠木は机の奥をストローで指した。

堀江は、無造作に立ててある二種類のボトルを手に取る。まじまじと見詰める。

「それで、三百人は認知症にできる。飲んでもいいよ」

珠木は、森崎に言ったことを堀江にも言う。

堀江は呆れたように首を振り、ボトルを元に戻す。諦めて話を続ける。

「犯人は慶静苑か、もしくは死亡した竹内を始め、入居者三人と所長に、そして認知症高齢者を撥《は》ねた運転手にも、遺恨《いこん》を持っていると思っています。捜査当初、警察では慶静苑の神山所長を疑っていました。共同経営者の竹内貴代に手を焼いていたようでしたから。ところが神山も亡くなってしまって――」

珠木の手が止まる。初めて堀江に顔を向けた。

「死んだのか。所長に発症の疑いがあるという話は聞いていた。もし原因が同じであれば、いずれはと思っていたが。所長からは何の情報も得られなかったのか」

「発症の疑いという段階から自宅に籠《こも》ってしまって。自分が最初に自宅に行った時には、酷く怯えていて、何にも知らんと――。次に行った時にはもう、よく解らない状態でした。それが、昨夜、死亡の連絡がありまして――」

堀江が残念そうに、そして申し訳なさそうに言った。

「そうか。河原氏も時間との戦いになりそうだな」

「そうなんです。ですから、河原さんを治療しながら、意識をはっきりさせる方法を考えていただきたく――」

珠木の大袈裟な溜息が漏れ、鋭利な視線が堀江に突き刺さる。

「俺はそれを、もう十年以上考え続けてんだよ」

それが認知症患者全員が切望する難しい課題であることは、堀江も知っている。安易に言ったつもりもない。堀江は黙るしかない。珠木がふっと表情を緩めた。

「君は思ったことを言っただけだ。俺もだ。気にするこたぁない。とにかく、俺も森崎も全力を尽くすから心配するな。しかし、それでも河原さんを救うことは難しいんだよ」

堀江の顔に緊張が走り、全身の筋肉に力が入る。

珠木は、部屋の中を見回す。

「この部屋をよく見ておけ。ネズミの飼育ケースが大量にある。しかもプリオンを集めようとしたら、ネズミを殺して脳を取り、加工しなければならない。この部屋は臭いだろ。もしプリオンを培養するなら、大量のネズミを飼育するスペースと、この臭いを許容できる環境が必要なんだよ」

堀江は、許容できる環境——と繰り返した。

＊

河原の症状悪化に伴う捜査の行き詰まりから、小野寺は慶静苑への立ち入りも視野に入れ、捜査の立て直しを考えていた。

進捗報告のため小野寺は本部長の峰政を訪れる。加賀も同席すると言ったが、不要なトラブルを避けるため、小野寺はこれを固辞した。

小野寺の前には峰政が、その隣には刑事部長の唐沢が手ぐすねを引いて待ち構えていた。唐沢はこの状況を、見当外れの捜査を繰り返す小野寺の責任であることを、峰政の前で明白にしたかった。

小野寺は、事件の持つ特殊性に加え、捜査の進捗を報告する。そして元警察職員、河原四郎の協力を仰ぎ、慶静苑内部から調査を開始したところ、河原にも同様の症状が見られ、これは同一の病原体による可能性が高いと結んだ。

黙って聞いていた峰政の目が大きく見開かれた。確かめるように小野寺の顔を窺う。

小野寺が小さく頷いた。

峰政は天を仰ぎ、目を閉じるとそのまま頭を深く垂れた。

唐沢は峰政の姿から、小野寺の失態を確信した。

「だ、誰がそんな、人権を無視した捜査をしろと言った。それも我々に相談もなく実行するとは何事だっ」

「施設関係者に犯人がいると確信されたため、これ以上の犠牲者を出さないための措置でした。私の判断の誤りであります。しかし、原因を解明し、何としても犯人を検挙しなければならんのです」

小野寺は、机に両手をつき力説した。自身の責任は解っている。ただ河原四郎の協力を無駄にしたくなかった。

唐沢の頬の筋肉が吊り上がる。

「それで、その正体も解らないプリオンとかいう病原体に、あの河原さんを生贄《いけにえ》に差し出したという訳か」

なっ――、想像を超えた暴言に小野寺は絶句した。驚きと怒りに頭の中が真白になる。

唐沢は興奮していた。かつて署長の眼前で小野寺に心中を看破されたことへの恨みを晴らす。捜査の不祥事を小野寺の責任とすることに何の迷いもなかった。何故なら、すべて小野寺の独断で進行した捜査だからだ。

「唐沢君、もういい。後は私が処理しよう。君は席をはずしてくれ」

顔を上げ、眉間に深く皺を寄せた峰政が言った。

唐沢は、自分が何を言われているか解らない。

「しかし、これは刑事部長として、責任の所在を――」

「席をはずしてくれと言ったんだ。それと、この件は他言無用だ。部屋を出たら一切口にしないように。いいな」

唐沢は何故自分が退出を命じられるのか、さっぱり解らなかった。峰政は目も合わさず、反論が許されない空気だけを発散している。

唐沢は不満を飲み込み席を立った。

扉が閉まる音を聞き、峰政から大きく溜息が漏れる。

「唐沢も河原さんには世話になったはずなんだが、酷いことを言う――。奴は知らなかったようだが、俺は河原さんの潜入捜査については知っていたんだ」

小野寺は訳が分からない。峰政の顔を凝視する。

「小野寺君、俺も河原さんに育てられたんだよ。駆け出しの頃にはよく怒鳴られた。実はなあ、施設に入る少し前に、河原さんから連絡を貰った。まあ、その時はこんな捜査のことは知らなかったんだ。たまには飲みたいから時間を作れということだ。俺は、珍しいこともあるもんだと思った。俺も河原さんとは会いたかったから、喜んで出掛けた。そうしたら今回の話だ。もちろん止めた。民間人を巻き込む訳にはいかないからな。小野寺にも相当渋られたと言っていたよ。河原さんは笑いながら、まぁ良いじゃないか、年寄りが好きでやることだ――と言った。ただ、考えているよりも危険なのかも知れない、とも言っていたがね。それでも強行するというのは、この事件が相当凶悪だと感じていたんだな。

河原さんが俺に言うんだ。――君は今では本部長だ。だから私は談判に来た。これは私の勝手な判断だ。もし捜査で自分に何が起こっても、それは自分の責任だ――ってな。念を押していったよ。そういえば、あの加賀も一枚嚙んでいるらしいじゃないか。河原さんを止められなかったことは、君も俺も、加賀も――同罪だ」

峰政が宙を見る。小野寺の握った拳が白くなる。この歳になっても、まだ河原さんの掌の上だった。それは、情けないようであり、何故だか嬉しくも感じた。

「河原さんが残りの人生を掛けて挑んだ事件だ。是非、解決してくれ。それが君や俺の使命だ」

床を見たまま深く頷いた。今の小野寺にとって峰政の言葉は河原の言葉だった。ここでまた、小野寺は河原に救われることとなった。

河原四郎に対する薬物投与について、森崎は精神科、神経内科の医師からも情報を収集した。ただ、河原への投薬は通常の認知症治療とは異なる。

一時的にでも認知機能を回復させ、慶静苑の情報を聞き出し、さらに、解読が叶わなかったメモ内容を知るためだ。

はたしてこれが医療行為といえるのか。森崎は、胸中に抱えた疑念を強引に無視する。プリオン媒介を阻止することが河原の意志であると思うからだ。

珠木からの突然の連絡で、森崎は喫茶室へ呼び出された。珠木もここの医局は居心地が悪いらしい。

「河原氏、ここへ入院したらしいな」

森崎が、まあ問題も山積みだ——と、頭を掻く。

「いい判断だ。俺的には、全貌が明らかになるまで、慶静苑を閉鎖した方が良いと思っているくらいだ。で、河原氏には姑息的にではあっても、治療はするのか」

森崎は、捜査上で求められる河原の認知機能改善の必要性について、歯切れ悪く説明した。

珠木は腕を背もたれに回し、斜に構えている。しょうがないね——と言う。

「で、薬は何を使うんだ」

「ドネペジルを中心に使うつもりだ。プリオン病の適用はないが、認知機能だけでも改善したい」

「アリセプトか。治療薬は他にもあるだろ」

「使い慣れているからね。データが多いし副作用もある程度予測できる。そこに作用機序が違うメマンチンを乗せようと思っている」

「グルタミン酸仮説か。まったくアルツハイマー型の治療だな」

苦笑する珠木にも、情報取得を目的とする以上、適切な対応に感じられた。

「適応外で、しかも常用量を超えなければならない場合も考えられる。倫理委員会へ話を通しておく必要がある。これは臨床試験とは違うから、警察からの要請を書面で取り、恵美さんの同意書を付けて提出する。ネックはうちの棚橋教授でね。そこは小野寺さんに相談してみようと思う。実はあの人、結構頼りになるんだ。この間、俺が教授室に呼び出されて――」

森崎は、教授室での小野寺と加賀の武勇を披露する。あのオッサンたちもやるねぇ――と、珠木は大喜びだ。

「あとは、河原さんの状態を調べて、キナクリンを投与しようと思う」

「なるほどね。フルコースだね。ＣＪＤの進行の早さを考えると仕方ないだろうな。あとは、いつから始められるかだな」

「実は、投薬に関してはもう始めているんだ。時間がもったいないからな。ドネペジルもメマンチンも、低用量から始めなければならないから、まだ薬効用量に達していない。その間に許諾を取る」

珠木が、そういえば——と膝《ひざ》を叩いた。

「堀江がうちの研究所に来たぞ。用件はプリオン媒介の犯人像といった世間話と、河原氏の治療に対する要望だ。何とかしろと——。それと、慶静苑の神山が死んだってな。最後に堀江が自宅に行った時には、もうかなり解らなくなっていたそうだ。堀江は、神山は犯人について何か知っていたんじゃないかと言っていた。

症状が現れた時の怯え方が尋常じゃなかったらしい。周りの人間は、認知症高齢者をたくさん見ているだけにショックも大きいのだろう、と取った。しかし堀江は、病院にも行かず自宅から一歩も外に出なくなったのは、納得がいかないと言うんだ。これも解らない理屈じゃない。だから堀江は、自分が神山から早い段階で何か聞き出せていたら、河原氏をこんな目に合わせずに済んだと、すごく後悔していた」

「神山さんが亡くなったのは聞いた。そうか、堀江さんも——。河原さんの発症では、皆がそれぞれに責任を感じている。堀江さんも真面目だから辛いだろう。そういう俺も入居に加担しているから責任は重い」

珠木は森崎の言葉には答えずに少し笑った。

「俺は、元気な河原氏を知らないんだ。今思えば、会っておきたかったよ。おそらく立派な爺さんだったんだろ」

「ああ、素晴らしい人だよ。それに、小野寺さんを本当に可愛がっていたんだと思う。俺は見ていて羨ましかった。俺にはあんなに心酔できる師匠はいないからな」

珠木が、普通はいないさ――と言った。

＊

教授の棚橋へは、警察本部長峰政の名による要請書類が届けられた。そこには河原四郎の娘、恵美の同意書も添付されている。

森崎は、認知症治療薬のドネペジル塩酸塩とメマンチン塩酸塩を投与する。低用量で開始された投薬も、七日目には常用量に達していた。

河原への負担を考えれば、無理な増量は望めないが、認知症症状の急激な進行に鑑み、一時的にドネペジル用量を二三mgまで上げることも考えていた。これは海外用量だ。

さらに、クロイツフェルト・ヤコブ病の症状に薬効が得られたとの情報が散見されることから、本来はマラリア治療薬であるキナクリンを一日三〇〇mgで併用する。

河原の病室では恵美と、そして珠木が、寝ている河原の顔を見ていた。

珠木は表向き休職しているため、ここのところ頻繁に病院に現れる。

病室のドアがノックされる。森崎だ。

「お加減はどうですか」

小さく言って、森崎がベッドに近づく。

「お薬の効果でしょうか、随分と話ができる時があります。ただ、気分が安定しないようで、身体や記憶が自由にならないことに苛立っているようです。たまに、まだ自分が警察官だと思っているみたい」

寝顔から目を離さずに、寂しそうに笑う。

恵美は、時折父親の口角に溜る涎《よだれ》を、ガーゼを押し付けるように拭う。そして顔や手を撫でる。

「すみません、ちょっと家に電話してきますのでお願いします」

部屋を出る恵美を見送り、森崎が小声で言う。

「河原さんを慶静苑に移そうと思う。今の投与量をいつまでも続けるのは危険なんだ。脳にも心臓にも肝臓にも。認知症のような疾患では、環境や音、匂いなどの刺激が切っ掛けとなり、出来事を思い出したりすることも多い。あまり先になると、それさえ期待できなくなる。それは河原さんの意志に反することだ」

「そうだな。解った。俺も行くよ。何といっても休職の身は自由だからな」

恵美が部屋に戻るのを待ち、森崎がそれを告げる。恵美の顔に驚きと不安が現れる。

「そうですか。またこちらに――病院には戻って来られますか」

「もちろんです。おそらく二、三日以内にはこちらに戻れます」

「お願いします。やはり――あそこは、父が発症した場所なので」

気丈な恵美が見せる表情が、森崎の胸を締め付ける。

森崎は珠木を伴い一度、医局に戻る。小野寺に連絡を入れるが不在だった。電話を取った堀江に伝える。

「河原さんの状態が安定している様子なので、一度慶静苑に移そうと思います。場所の移動が刺激となり何か思い出すかも知れません。午前中の方が、意識が鮮明だと思います。明朝、慶静苑に来てください」

「小野寺にも伝え、我々も現地に向かいます」

堀江の緊張が、受話器を通して伝わってきた。

電話を置いた森崎は、段取りについて珠木と打ち合わせる。

「森崎、河原氏を移すときには、誰が行くんだ」

珠木にしては珍しく不安を露わにする。

「俺とお前と、それに看護師を一人連れて行こうと思う。変化があっても、お前では役に立たなそうだからな」

「そりゃ良かった。是非そうしてくれ」

珠木の表情が緩む。期待されても困る。

「あまり大勢で押し掛けても、入居者を不安がらせるだけだ。最低限の人数で行こう。こちらから三人、それと小野寺さんと堀江さんだ。これだけでも五人だ」

「嘱託医にも連絡しといた方がいい。老人達の信望も厚いはずだ。何かあった時には頼りになると思う。それで、娘にも来てもらうのか」

「事件が絡んでいる以上、恵美さんが見ていない方がいい。もし事件の真相に近づいた時に動揺されても困るし、ショックも大きいと思う。後で俺から話してみる」

河原の搬送については、慶静苑にも伝えておかなければならない。さらに、棚橋の耳にも入れておく必要がある。

段取りを確認した珠木は、そろそろ帰るよ——と、腰を上げた。

森崎は、この期に珠木を棚橋に紹介しようするが、珠木は、まっぴら御免だ——と言い残しエレベーターに向かった。気が重いのは森崎も同じだ。


森崎は看護師、由木郁恵を呼び止める。

「明朝、河原さんを慶静苑まで搬送する。一緒に来てもらいたい。教授には話を通してあるけど、念のため師長にも言っておいた方が良いな」

予定にない外出に戸惑いながらも、由木は看護師長に報告する。既に棚橋から連絡が入っていたが、業務のローテーションに支障を来たすと、師長は大いに憤慨《ふんがい》していた。

由木は、罹患前の河原四郎を知っている。穏やかで素敵な壮年との好印象を持っていた。そして、次に由木の前に現れた河原は、もはや会話もままならない状態であった。

認知症の進行と聞き愕然とした。由木はこんな急激な進行は見たことがなかった。

森崎は、由木の動揺を見かね、河原の発症について説明した。

秘匿《ひとく》情報や未確認の部分も多く、まったく不親切な説明だが、由木は納得しそれ以上は訊かなかった。

搬送の準備を始めた由木は、要点のみを森崎に質問し手際良く荷物をまとめる。

「念のためＡＥＤも用意しよう。あとこれを──」

森崎は救急の同僚に用意してもらった各種薬剤と、蘇生《そせい》を視野に入れたキットを由木に手渡す。

病棟に向かう。河原四郎とプレートの付いたドアをノックする。

珠木がベッド脇で河原と話していた。それを恵美が見ている。

今となっては、殆《ほと》んど話の嚙み合わない河原に合わせ、にこやかに対応する珠木の姿に、自分よりも臨床に向いているのではないか──と森崎は不思議な気持ちになる。

由木がぴょこんと頭を下げる。珠木はいつものように、やや無愛想に挨拶を返した。

「河原さん、これから一緒に慶静苑に行っていただきます。ご面倒ですけど宜しくお願いします」

森崎は中腰になり河原の正面から言葉を掛ける。河原が顔を上げ少し怯えた目で森崎の目を見た。河原の表情からは、明らかに意識の改善が窺《うかが》える。薬の効果だ。治癒に向かった奏功ではないのが辛い。

玄関前では高齢者搬送用のワゴン車が、後部ドアを開けて待機していた。

車は、恵美が見送る玄関エントランスを後にする。

河原は興味深げに外の景色を目で追っていた。

程なく車は慶静苑の玄関に横付けされた。後部リフトから河原と車椅子を降ろす。

河原の到着に気付いた小野寺と堀江が出迎える。

慶静苑職員に対しては、頻発するクロイツフェルト・ヤコブ病の発症について、警察の簡単な聞き取り調査が行われるとだけ伝えてあった。

小野寺が森崎に目礼する。

「ご苦労様です。河原さんの様子は如何ですか」

「小野寺――」

河原の小さな声だった。

「河原さん、私が解るんですかっ」

小野寺の声が大きくなる。河原は覚束《おぼつか》ない動作で頷く。

森崎と珠木は顔を見合わせる。由木も目を丸くしている。

認知症患者を診ていると、その症状は日によって大きく差があることを経験する。時には、これが同じ患者なのかと疑う程の変化を見せる。

森崎にはこの河原の変化が、薬効によるものなのか、移動や場所の変化による刺激なのかは解らない。しかし、今の河原の言葉は久しぶりに聞く明瞭な口調であった。

玄関を入ると、受付カウンターから沢野梓が駆け寄ってきた。

沢野は河原に声を掛け、ちょっと驚いた様子で、森崎に小声で言った。

「随分しっかりしたお顔で、お話もできていて驚きました。治療で良くなったんですか」

森崎は、はあ――と曖昧に答える。

沢野が二階の居室まで先導し、居室のドアを解錠した。元から付いていた鍵ではなく、急遽《きゅうきょ》取り付けられた鍵だ。沢野がスライドドアを開ける。

河原がいない間、放置されていた部屋は空気が淀み、饐《す》えた臭いがした。

沢野は室内灯を点け、エアコンと加湿器のスイッチを入れる。カーテンを開けると日差しが室内を照らす。沢野は窓を少しだけ開けた。

小野寺と由木が河原をベッドに移す。ベッドの背を上げ、頭の後ろに枕を押し込む。

体温、血圧を測る由木を、小野寺が不安げに見ている。

堀江の顔を見つけ、沢野が面白そうに笑った。

「この間は有り難うございました。お陰さまで永井君、すっかり大人しくなって。皆、助かってます」

「はっ。大変失礼しました。彼はあのまま仕事を辞めるかと心配しておりました」

「ま、それも仕方ないわ。じゃあ、何かあったら呼んでくださいね」

沢野が部屋を出て行った。河原に水を含ませている由木の目が笑っていた。

居室前の廊下では、小野寺が森崎の説明を聞く。

「質問は、基本的に河原さんが答えやすいようにお願いします。考えさせるものではなく、はい、いいえ、や二択で答えられる質問の仕方が良いと思います。そして同じ質問を違う聞き方で訊いて、答えの信憑性を計ってください。意識がはっきりしていたら、もう少し難しいことを訊いても良いかも知れません。ただ、その答えを全面的に信頼するのも危険です。参考として聞いてください」

小野寺は緊張した面持ちで頷いた。小野寺が静かにベッドに歩み寄る。

「河原さん、私が解りますか。小野寺です」

河原は不安そうに顔を向け、僅かに微笑んだように見えた。動作の緩慢さと対照的に、手や足の震えが目立つ。居室での河原には到着時の明瞭さがない。

小野寺は河原の手をとり両手で包み込む。今まで、河原の手に触れたことはあっただろうか、森崎の表情が曇る。意識レベルが下がったように感じられた。由木に小声で尋ねる。由木は、小野寺は思いを巡らすが記憶にない。無意識に手に力が籠《こも》る。

今朝はもっと話せていました――と珠木を見る。壁に寄り掛かる珠木が、肩をすくめた。

「河原さんがこの部屋に居たことは覚えていますか」

小野寺がゆっくり訊く。

恵美――。河原の口から娘の名前が呟かれる。

「恵美ちゃんは、病院で待っています。大丈夫ですよ」

河原は、心配なのか安心したのか解らない複雑な表情で目を泳がせた。

小野寺が、加賀から預かった河原のメモ帳を取り出す。

「これは河原さんのメモ帳です」

河原はぼんやりと半眼でメモ帳を見た。訝《いぶか》しげな表情が徐々に変化していく。目に生気が宿り焦点を結ぶ。

それは――。河原の、かすれた声が響く。震える手をメモ帳に伸ばした。

小野寺はメモ帳を河原の手に持たせるが、震える指先では思うように開けない。小野寺は、半身を起こしている河原と並ぶようにベッドの端に座った。

一緒にメモ帳を捲《めく》る。後半のページで手が止まる。文字とも落書きともつかない、判読の叶わないページだ。

自分が書いたであろう不可解な線の集合を、河原は絶望的な目で見ている。

「書いたのは覚えていますか――」

小野寺が訊くが、凝視する河原に反応はない。

「何が書かれていますか――」

河原を責めているようで辛くなる。小野寺は続ける。

「犯人が解ったんですか――」

犯人という言葉に、河原が小さく反応した。

「これは犯人の手掛かりですね――」

河原が曖昧に頷く。

「それは男でしたか――」

頷く。

「女性ですか――」

首を横に少しだけ振った。

「何をしたか解りますか――」

何も言わない。

「知っている人ですか――」

小さく頷いた。森崎の顔にも緊張が見える。

小野寺が続ける。

「ここの職員ですか――」

黙って首を捻《ひね》る。困った顔で小野寺を見た。よく解らんのだ――と河原が言った。

小野寺の瞬きが多くなる。涙が溜っていた。

「その人が何をしたか解りますか――」

もう一度訊いてみる。河原の目が、由木の持っているペットボトルに動く。

「水ですか――」

頷く。

「飲んだんですか――」

「私は飲まないよ」

河原の口元が少しだけ笑った。

「ペットボトルですか――」

怪訝な顔だ。ペットボトルが解らないようだ。

「水――これですか――」

小野寺が乱暴にペットボトルを摑み、河原に見せる。

頷いた。

小野寺がペットボトルを見詰める。河原さんは飲んでいないとすると、何だ——小野寺は見当が付かない。珠木が小野寺の手元を凝視している。

「その人は、これを持っているんですね——」

頷く。

「先生、何か解りますか」

小野寺が森崎と珠木を見る。森崎は首を僅かに傾げる。珠木は腕を組み、恐ろしい形相でペットボトルを睨んでいる。

「入れた——」

河原が震える声で言った。

「え、何ですか——水を入れたんですか——」

河原が小さく頷く。緊張が走る。

「入れた——」

河原四郎の震える左手がゆっくりと持ち上がる。指先が震えながら、壁際を指し示した。

モーターの静かな唸りとともに、白い霧が室内の空気に溶けていく。

10　劇　症——Fulminant

「くそっ、やられたっ。加湿器だっ」

珠木が吐き捨てるように叫ぶ。

森崎が加湿器のスイッチを切り、コンセントからプラグを引き抜く。

白い霧の吐出が弱まり程なく機械が停止した。

森崎は加湿器のボトルを注意深く外す。目の高さに挙げ、光にかざし少し揺すってみる。ボトルの底から霧のように白い影が立ち昇った。珠木の研究所で見た、異常型プリオン蛋白のボトルが思い出される。

珠木と森崎は蒼白となった顔を見合わせる。

森崎はボトルを珠木に手渡すと、部屋を離れた。受付カウンター奥の事務所に急ぐ。

水の入ったボトルを睨み、珠木が言う。

「飛沫核《ひまつかく》感染だったとはなっ——」

珠木は悔しさのあまり酷い顔をしている。小野寺は依然、事態の把握《はあく》がままならない。

「加湿器の水に混入していたということか」

「そうだよ。空気中に散布されていた。ウイルスの感染みたいにね――。ある意味、最も効果的な媒介方法かも知れない。肺や気道粘膜、口腔内から消化管、そして眼からも侵入する。耳からもだ。しかも長時間にわたり連続で晒《さら》される」

珠木はボトルを作動していない加湿器に静かに戻す。

セットされたボトルからはゴボゴボという音とともに、大きな空気の塊が水の中を駆けあがる。水に白い霧が舞う。珠木にはそれが生きているように思えた。

その白い霧を吸い込むことは、将来にわたる認知症発症の危険性を示唆《しさ》する。

珠木は無意識に息を止めていた。

加湿器を不思議そうに見ていた堀江が珠木に質問する。

「しかし加湿器にはフィルターが付いているのでは――」

「加湿器のフィルターなんかプリオンにとっては、まったく意味がないんだ」

堀江の言葉に苛立ち、珠木が大声で遮《さえぎ》る。

珠木は、河原を抱きかかえている小野寺に、すぐにガス対応のマスクとゴーグルの手配を依頼する。小野寺は河原の元を離れ、携帯で連絡をとった。

森崎は、驚いて見ている受付の職員に指示を出す。

「すぐに館内の加湿器を全部止めるように指示してください。中の水は捨てないように」

間もなく館内放送で全館に加湿器を止める旨の放送が響き渡った。

天井越しに職員の走る足音が聞こえる。

部屋に戻った森崎を珠木が待ち構えている。

「発症者から見ても限られた部屋の加湿器だけだと思う。後は、汚染がどこまで拡大しているかだ」

沢野梓が紅潮した顔を部屋のドアから突き入れる。

「どうしたんですか。皆が動揺しています。いったい何があったんですか」

森崎は沢野の腕を摑み部屋の中に引き入れる。

「竹内さんや杉田さん、神山所長の認知症発症の原因になっている物質、それが媒介された痕跡が見つかったんです」

沢野はその場に崩れ落ちそうになり、かろうじて森崎に支えられる。

「それではやはり、この施設に原因があったということですか――」

「今のところまだ、詳しいことは解っていませんが、その可能性が高いと思います」

「では、私たちも認知症を発症するということでしょうか――」

沢野の目が恐怖に染まる。横で聞いていた珠木が二人の間に割って入る。

「それすらも今は解らない。とにかく建物全館を閉鎖して、入居者と職員を避難させましょう。そして館内の状態を確認した後でないと対処方法が決められない。あなたの協力が必要なんだよ」

「それで私はどうしたら――」

「警察の小野寺刑事が応援を要請しました。そのうちに到着すると思いますが、それまでに入居者がパニックを起こさないように、まず職員の方に話を通していただきたいんです」

「有毒ガスが漏れている訳ではないから、焦《あせ》らなくても全然大丈夫です。落ち着いて行動してください。特に高齢者は転びやすいからね――でしょ」

珠木が笑顔で付け加えた。

「入居者には何と説明しましょう」

「消防の点検があるから、少しだけ外に出なければならない、とでも言いましょうか――」

入居者を不安がらせないための珠木の配慮だ。

「解りました、皆に身支度をさせます」

沢野は部屋を出ていった。

緊張した由木に森崎が言う。

「由木さん、河原さんを病院に戻してくれ。今すぐに。それで、病院に着いたら恵美さんに連絡を取って病院に戻ったことを伝えてくれ」

その指示は、由木をプリオン曝露の危険から遠ざけるための措置でもある。

「先生は――」

「うん、僕はまだやることがあるから残る。くれぐれも河原さんを頼んだよ」

森崎は河原の手を取り深々と頭を下げる、有り難うございました――という森崎の言葉に、河原四郎は不思議そうな表情を浮かべた。

由木は河原を車椅子に移し、外へ向かう。森崎が機材をまとめて後を追った。

森崎は電話で搬送車を呼び戻し、河原を由木に託す。後ろから森崎を呼ぶ声が聞こえた。

「遅くなってすみませんね。あれ河原さん。今来たところですかね――」

嘱託医の国本だった。この状況に不似合いな長閑《のどか》さだ。

「国本先生、ちょうど良かった」

森崎は認知症発症の原因と、慶静苑の状況について簡単に伝えた。

国本が信じられないという表情で、何てことを――と呟いた。

「施設の皆さんを避難させなければなりませんので、外に出てきた入居者の面倒を見ていただけませんか。先生でしたら皆安心だと思います」

森崎は、国本にその場を任せることにする。館内に入れるのは望ましくない。

玄関前では珠木と堀江が、ホールの椅子とテーブルを外に持ち出していた。

「お前も手伝えよ」

袖で額の汗を拭きながら珠木が言った。後でな――とだけ答え、森崎は館内に戻る。少々暑くても雨でなくて良かったと思う。


ホールで沢野を捕まえる。

「入居者も職員も、別の場所に移動した方が良いでしょう。取り急ぎ、玄関前に椅子を運びましたから、そちらに――」

エレベーターから介護士に付き添われた入居者が下りてくる。外へ出るよう沢野に指示され、それぞれが車椅子や、覚束ない足取りで外に向かう。

由木は、ようやく到着した車に河原を移す。走り出した車を珠木が見送っていた。

入居者の体調を確認する国本の、難儀《なんぎ》を掛けますねぇ――と言う声が聞こえる。

堀江が、寝たきりの老女を抱き上げ、エレベーターから降りてきた。さらに堀江は男性入居者を運び出す。抱えられた男性入居者は、憮然《ぶぜん》とした表情で目を伏せていた。

玄関前のエントランスは車椅子と高齢者で一杯になった。

小野寺が森崎に言う。

「そろそろ捜査員が到着するはずです。しかしこの状態を何とかしないと――」

「小野寺氏。バスをチャーターしよう。皆、高齢者だから痛々しくて見ていられない。それに、搬送するにしても足は必要でしょ」

珠木が、不貞腐《ふてくさ》れ顔で言った。自分が手配します――堀江が進言する。

入居者は植え込みのブロックに座り、また、車椅子でうな垂れている。大声で騒いでいる高齢者もいた。

森崎は、事実上の施設責任者である主任介護士の沢野梓を探す。

「可能な人は、親族に連絡してできるだけ家に連れ帰ってもらいましょう。とにかく、入居者の当面の受け入れ先を見つけてください。公共の施設、公民館や学校でも良いと思います。疾患のある方は、僕が病院に掛け合ってみます」

沢野は、隣に立つ佐藤香歩を見る。

「香歩ちゃん、ご家族に連絡するから手伝って」

「名簿は中ですから。ちょっと行って取ってきます」

佐藤は、危険性を知らない。

「いや、私が取ってきましょう。その名簿はどこにありますか」

小野寺だ。佐藤に言われた通り、赤い表紙のファイル二冊を抱えて戻る。さらに受付から、電話の子機二台を持って戻ってきた。

「玄関の近くでなら、この電話が使えるでしょう。あと、どなたの物かは解りませんがね、事務所に置いてあった携帯電話を持ってきました」

小野寺はズボンのポケットから携帯電話を三台取り出す。その一つを佐藤が手に取った。

珠木が玄関のガラスドアから館内を覗く。ガラスに映る顔には悔しさが滲《にじ》み出している。犯人に出し抜かれたようで我慢ならなかった。しかも、自ら異常型プリオンの培養、抽出まで試しておきながら、この失態は許されるものではなかった。

電源が切られた自動ドアの隙間に指をこじ入れる。

「珠木先生、マスクの到着を待ってからの方が――」

後ろに堀江が立っていた。

「――そうだな」

我に返る。珠木はエントランスに戻る。まだバスは来ていない。介護士が入居者に水を含ませている。

珠木は地面に座り、建物の外壁に寄り掛かった。焼けたアスファルトの熱が尻を伝い上がって来る。

珠木はこの予想を超えた状況を眺め、考える。

高齢者にとって脱水や乾燥は禁忌《きんき》だ。その予防措置を逆手に取るとは、卑劣極まりない犯罪だ。しかし、この焦燥はそれだけか。違う。思い至らなかった自分への怒りだ。心を支配するのは、負けたという実感だ。

犯人はどんな奴だ――河原は、居室の加湿器に水を入れることができる、男だと言った。しかし、運転手の高木はどうだ。自宅か職場に加湿器があったのか。職場に発症者は出ていない。自宅か。トラックか。トラックには加湿器はないだろう。高木の生活習慣に即した別の方法か。もしくはまったくの偶然により感染したか。――いや、それはない。慶静苑の入居者と関わりがある以上、偶然である訳がない。いずれにしても、運転手の件は加賀に訊くしかなさそうだ。

ディーゼルエンジンの排気音が、珠木の思考を中断する。入居者保護のためのバスと、警察のワンボックスが前後して到着した。

堀江と沢野は、バスに入居者と職員を収容する。バスはその後しばらく、迎えに来るという入居者家族を待つ。

警察車両からは、有毒ガス対策用の装備が運び出された。

小野寺と森崎が話す。リーダーらしい捜査員が後ろで話を聞いていた。

「館内にある加湿器を全台回収し、検体を取りましょう。それから、廊下や居室の床、壁からもサンプルを取り、館内にどの程度、プリオンが拡散しているかを知る必要があります。そこから先は、警察の科学捜査の専門部署にお任せした方が良いでしょうね」

警察から到着した備品には、マスクやゴーグル、感染防止用の防護服もあった。

ゴーグルが一体となったマスクを手に取る。珠木はマスクを見て苦笑する。ここに来てこんなマスクを付けようとは夢にも思わなかった。それは森崎も同じだ。

建物の玄関前には既《すで》に、立ち入り禁止の黄色いテープが張られている。新たに到着した若い警官が両手を広げて二人の行く手を阻む。警察関係者以外は立ち入り禁止だと言う。

「邪魔すんな。引っ込んでろっ――」

珠木が怒鳴り、押し退ける。警察官は咄嗟《とっさ》に珠木の腕を掴む。

騒ぎを聞き駆けつけた小野寺に、珠木が喰い付く。

「こいつを何とかしてくれよ、小野寺氏――」

小野寺は怒声とともに、森崎と珠木の指示に従うように厳しく言い付けた。警察官は顔を強張らせ、失礼しました――と敬礼した。

珠木は踵《きびす》を返して玄関に急ぐ。途中、馬鹿野郎が――と忌々《いまいま》し気に呟《つぶや》く。

小野寺もマスクを付け森崎と珠木を追う。

「事情の解らないヤツが大人数で入ると、サンプルが滅茶苦茶になる」

珠木の言葉に、堀江は捜査員を二人だけ連れて入ることにする。

電源が切られた玄関ドアをこじ開ける。ドアの隙間から冷気が流れ出る。館内は快適な室温に保たれていた。土足のまま奥に進む。

椅子とテーブルが持ち出されたホールは殊の外広く、床には［施設のご案内］と書かれた印刷物や様々な書類が散乱している。いつもと同じように環境音楽がゆったりとしたリズムを刻んでいた。

森崎の足取りは重い。床や壁、天井に付着しているかも知れない異常型プリオンの飛散に注意を払う。今更少しくらい策を講じても変わりないと解っているが、何もしないよりはましだと思う。

珠木が森崎の肩を叩き、前に出る。

「何をビビってやがる、何のための装備だよ」

珠木の声が低く籠《こも》って聞こえる。マスクの中で珠木が歪《ゆが》んだ笑いを見せる。

「吸い込まなくても、巻き上げて衣服に付いたら後で厄介だろ」

珠木はゴーグル越しに森崎に人差し指を立てる。

「そう考えると花粉対策と似てるな。花粉よりも格段に小さい上にアレルギーを起こさない分、プリオンはタチが悪いって訳だ」

私が先に行きましょう——と小野寺が前に進み出た。

まず、あまり人が入っていないという所長室に向かう。

「所長室には加湿器はないそうです。今までも使っていないらしい」

森崎が言う。加湿器を止めるよう指示した際に、受付の職員から聞いていた。

では、何故――堀江が呟く。

堀江は以前入った所長室を思い出す。しかし、加湿器があったかは覚えていない。ゴルフバッグだけが妙に記憶に残っていた。

まぁ見てみよう――と小野寺が、ドアノブに手を伸ばす。小さな音をたてて開く。

主がいなくなり久しい部屋には、変わらずに落ち着いた調度が設えてある。

しかし、堀江が前回来た時とは印象が違っていた。生命の息遣いが感じられない。廃屋のようだ。

机の天板は、うっすらと埃《ほこり》に覆われている。森崎が指でなぞってみると指の跡が残る。白い埃が指に付着した。

森崎はゆっくりと天井を仰ぎ、エアコンの吹き出し口を見上げる。

僅《かす》かな音と共に快適な空気が静かに送り出されている。ルーバーに絡まった埃が風に煽《あお》られ踊っている。

「エアコンだ。神山さんはここにいる間、プリオンを吸い続けたんだ」

声とともに森崎のゴーグルが白く曇る。

「すぐに空調を止めてください。エアコンの吹き出し口に細工されている可能性があります」

森崎が言う。すぐに小野寺が指示を出す。捜査員はよく解らないままに部屋から出ていく。程なくして空調の作動音が消えた。突然の静寂が訪れる。掛け時計が刻む音だけが聞こえる。

森崎が天井を指差し、まだ信じられない顔の小野寺に言う。

「ダクトを開けて確認しましょう。ゴーグルとマスクの装着を確認してください」

神山の机に足を掛けた堀江の袖を、珠木が引っ張る。

「堀江君、俺が見てみるよ」

珠木がよじ登る。天板に両手の跡がくっきりと残った。机の上の脚立は堀江と森崎の手によりがっちりと押さえられている。

珠木の手が天井を捉える。送風口のパネルを静かに外す。

ゆっくりと顔を突っ込み懐中電灯で照らす。珠木の動作に連動し、白い粉塵《ふんじん》が舞い落ちる。

脚立を降りた珠木は大きく息を吸う。マスクを付けていても、息を止めていた。

「白いブロックが置いてあった。もう随分崩れていた。配管内壁は真っ白だ。おそらく液化したプリオンをスポンジ状のものに浸み込ませて乾燥させたんだろう。それが空調の乾燥した風に吹かれて、少しずつ舞っていたんだ。下手に触るとバラバラに崩れそうだ」

声が震えていた。小野寺が息を飲む。


「どうやって回収する」

座り込んだ珠木に、森崎が訊く。

捜査員の一人が進み出る。

「掃除機のようなもので吸い込んだら如何でしょうか」

「阿呆かっ。そんなことしたら空中に散布しているようなもんだ。吸い込んだプリオンがそのまま掃除機のケツから撒き散らされるぞ」

珠木が一蹴する。小野寺は余計な口を挟むなと捜査員を睨みつける。

「珠木、既にこれだけ飛散した後だ。完全に回収はできない。取り敢えずそのブロックを回収し密閉することを考えよう」

「ああ、俺もそう思う。濡らしたタオルで包み、飛散を防ぐ。そのまま拭き取りながらビニール袋に入れるか――」

珠木は、水を入れたバケツとタオル状の布、そして厚手のビニール袋か密閉可能な容器をと、捜査員に取りに行かせた。

「珠木先生、後はこちらで処理しましょう」

小野寺が珠木に声を掛ける。

「いや、これは俺がやる。その後、全館の捜索は任せますよ」

森崎が、用意されたバケツにタオルを浸す。水分がある程度保持されている状態で、脚立に乗る珠木に渡した。珠木は上体を伸ばし、ダクト内の病原体の塊《かたまり》を掻き集める。堀江が構えたビニール袋に、タオルに包まれた病原体を納めた。

「やっぱり、摑んだらバラバラに崩れた」

珠木は、水を絞ったタオルをよこせと言った。ダクト内の水分と、内側を拭き取り同じビニール袋に入れた。

森崎が病原体の入った袋を見ると、布地の隙間に砕けた白い塊、そして底には白濁した水が溜まり残渣《ざんさ》が舞っていた。

珠木が、机からサインペンを取り、ビニール袋に『所長室・エアコン』と書きなぐった。さらにポケットから小さな実験用サンプル容器を取り出した。ビニール袋からブロックのかけらを移し蓋を閉める。そこにも同じように記入し、ポケットに戻した。

「このビニール袋は縛って、さらに密閉できる容器に入れよう」

珠木は重くなったビニール袋を堀江に手渡す。

「これだけじゃない、この部屋の埃にもプリオンが含まれているはずだ。とてもじゃないが、全てを回収することはできない」

堀江は隅に立てられたゴルフバッグに目を移す。積もる埃《ほこり》が病原体だったとは、到底予想できることではなかった。

「ここからは、こちらで調べましょう。やはりこれは、警察の仕事に思える。何かあれば、その都度、先生方の指示を貰うということで、どうでしょう――」

小野寺がマスク越しに言う。

珠木も、全館を森崎と二人で調べられるとは思っていない。

他の捜査員も加わるため、いったん外に出て館内の処理について検討する。

高齢者を乗せたバスは既にいない。外の警察官の話では、入居者は一時的に近隣の施設に移るということだ。

数名の捜査員は珠木たちが館内から持ち出した椅子に座っていた。

外に出た森崎たちはすぐに衣服を脱ぎ、外の水道で頭を洗う。頭髪にも異常プリオン蛋白の残留《ざんりゅう》が予想される。警察の備品である紺色の作業着風の衣服に着替える。二人とも、何とも似あわない。

「誰がどこから見ても、お前が医者だとは気付かないぞ」

珠木は森崎の格好を見て爆笑しているが、珠木も相当なものだ。

森崎は小野寺と堀江を呼ぶ。

「捜査員には、まだ踏み込まないように指示しておいてください。まず、全室の加湿器を確認して、中の水もすべて回収願います。加湿器ごとビニール袋に入れ密閉してください。そして、どこの部屋にあったものか解るように、部屋の番号を書き込んでください。さっき珠木が書いた感じです。その前に、さっきの——おい、出せよ——」

森崎が手を出すと、珠木がポケットからサンプル採取用の透明容器を取り出す。

「この容器にタンクの水を、サンプルとして少し取ってください。そこにも部屋番号を忘れずに——」

珠木は、サンプル容器をテーブルに並べた。三五本持っていた。一本にはすでに所長室のサンプルが入っている。

「それから、空調や送気ダクトも、全室確認した方が良いでしょう。とにかく不明なものには触らないように徹底してください」

森崎は、捜査員が正しく処理できるか不安になってくる。

それは小野寺も感じていた。

「これから、館内に入ろうと思うのですが、注意点や、処理の仕方について、説明してもらえませんか」

「さっき、堀江君に言ってあるよ。彼の指示に従えばいい」

珠木がタオルで頭を拭きながら、面倒くさそうに言った。

森崎が小声で小野寺に訊く。

「皆さんには、プリオンの性質は説明してあるのですか」

「急場の寄せ集めの警官なもので――」

森崎が、参ったな――と呟く。

小野寺が声を掛けると、防護服を着た捜査員が、森崎を囲む。

珠木は、最初こそ面白そうに見ていたが、すぐにバカらしくなった。

珠木が堀江の腕を摑み引き寄せる。

「堀江君、今まで見てきて、プリオンのヤバさは解っていると思う。訳の解らない捜査員が集団で掛かると、撒き散らして大変なことになるから、君が指揮を取って処理して欲しい。それとプリオンらしき物が見つかった時は、俺を呼べ。こう言っちゃあ何だが、警察官には使えないヤツが多過ぎる」

堀江は姿勢を正し、敬礼した。

珠木は、ポケットから出したサンプル容器を全て堀江に託す。堀江は丁寧にバッグに納め、行って来ます――と笑った。

森崎は、捜査員が危険性を十分に理解しているとは思えない。回収後の処理については小野寺に指示する。

「布団などプリオンが付着しているものは、調査後に焼却してください。異常型プリオンの性質上、通常の消毒や滅菌では無害化できません。焼却が基本となります。しかし建物の焼却は不可能でしょう。壁紙や天井のクロスを剝ぎ取って全て焼却すれば良いのかも知れませんが――安全を考えれば、危険性のある備品は撤去して、あとは次亜塩素酸やソディウムで全壁面、床、天井の処理が必要だと思います」

「まったく厄介な病原体だ。何としても、真相を突き止めなければならんな」

小野寺は侵入の準備をしている捜査員に合流した。マスクの装着を確認し先頭を行く。堀江が続いて玄関に消えていった。

いつの間にか、森崎の横で珠木が玄関を睨みつけていた。

「堀江がサンプルを採ってきたら、ラボに持ち帰り調べる。もし動物を使っていればその種類と培養の方法が解るはずだ。その精度で設備の規模も予想できるだろう」

慶静苑の捜査により、河原発症の原因は、死亡した入居者や神山と同様であることが裏付けられた。これは、河原の認知症が完治はおろか、存命すらも期待できないということだ。

森崎は、時折由木が見せる不安の表情に胸が痛む。

河原に付き添わせ、短時間とはいえ慶静苑でプリオンに曝露してしまった以上、既に由木も無関係とはいえない。森崎は、早いうちに事件の全貌を話そうと思う。

＊

診療時間終了後、森崎は入院病棟に河原を訪ねる。

廊下の長椅子に、ズボンのポケットに手を突っ込み、だらしなく座る珠木がいた。

珠木は目だけを森崎に向けた。娘と孫が来てるぞ——と言った。

森崎がドアを細く開ける。嗚咽《おえつ》が聞こえる。すぐ前でナース服の背中が揺れていた。由木郁恵だった。様子を見に来たのだろう。ハンカチで口を押さえている。由木は森崎に気付き、赤い目で会釈し、森崎の脇をすり抜けて出て行った。

恵美は、中学一年になる息子の良太《りょうた》を連れてきていた。良太の祖父である河原四郎の半生を、そして今回の捜査協力について誇らしげに、父の枕もとで息子に語り聞かせている。良太は鼻水を啜《すす》り、華奢《きゃしゃ》な肩を震わせて何度も何度も頷いている。

河原は何も言わないが、解っている部分もあるようだ。時折微笑んでいるように見える。

恵美は、アンタもおじいちゃんみたいに頑張りなさい——と笑顔で息子の頭をくしゃくしゃと揺すった。

病室を出た森崎を、様々な感情が一緒くたになり包み込む。河原と恵美、そして少年の姿が頭から離れない。

長椅子の珠木が立ち上がり森崎と並び、歩く。森崎に会うついでに河原の様子を見に来たと言った。

珠木は、慶静苑から採取されたプリオンは、やはりクールー脳由来のもので、それが原因で発症したらしい――と言った。らしい、とはどういうことだ――と、森崎が問い質《ただ》す。

珠木が言うには、同じ異常型のプリオンであっても、それがクロイツフェルト・ヤコブ病を発症させるだけの病原性を保持しているかどうかは、動物に感染させ、結果を見ないと確定はできないということだ。

珠木に、一階ロビーで待つように言い、森崎は医局で帰り支度を済ませる。依然、居心地の宜しくない医局を後にした。

ロビーでは珠木が所在無げに、うろうろと歩き回っていた。

どうする――と訊く森崎に、珠木は飲みながら話すと言った。飲んでばかりだと思うが、言わなかった。辛いことが多すぎる。

二人は、値は張るが個室のある店に落ち着いた。

「慶静苑のサンプルからプリオン蛋白を調べてみた。俺達が考えていたよりも遥かに純度の低いものだった。残渣や他の蛋白質、核酸の混入した大雑把なものだ。これは研究所レベルの仕事じゃない。個人だ。ゴールデンハムスターを使ったものだと思う。どこのペットショップでも手に入るヤツだ」

珠木が言った。森崎が手酌で酒を注ぐ。

「——ということは、必ずしも研究に携わっていた人間とは限らないという訳か」

「もしくは稚拙な器材しか用意できなかったか、えらく急いでいたというところだ」

「それでも、何の知識もないヤツが思い付くことじゃあない。しかもクールー脳の標本を知っていて、手に入れられるんだからな」

森崎の携帯が振動する。加賀からだった。

「小野寺から、先生に連絡するように言われましてね——」

加賀も、昨日に慶静苑で起きたプリオン捜索の顚末は聞いているはずである。

慶静苑の媒介方法から、トラックについても空調が疑わしいことは、小野寺とも話した。

「高木のトラックについて運送会社に電話を掛けたんだが、業務を終了していて連絡がつかない。明日にでも現地に行ってみるつもりです」

加賀のぶっきらぼうな濁声が言った。

「もしトラックを確認できたら、空調関係を調べてください。もし白い付着物があれば、そのトラックを使わないように。そして、その場合サンプルが欲しいんです。できれば堀江さんを連れて行ってください。彼はよく解っていますから」

加賀は解ったと言い、結果はまた連絡すると電話が切られた。

聞いていた珠木が言う。

「媒介については、おおよその見当は着いてきたな。しかし犯人の方は、どうなんだ。警察は、目星はついてるのか」

「現状では、河原さんの情報から、慶静苑に出入りする男らしいというだけだ。小野寺さんは、もしかしたら、河原さんが思い出すかも知れないと望みを持っている。もし、河原さんの意識がはっきりしている時があれば、すぐに連絡するように、恵美さんに頼んであるそうだよ。それから大学関係者。これはクールー脳の線からだ。堀江さんが今回の事件に関係した人間のリストを元に、聖陵大学に問い合わせているらしい。それとトラックに撥ねられた認知症患者の息子。まだ、居所は解っていない。でも、警察が本気になればすぐに見つかるんじゃないか。あとは慶静苑で死んだ、竹内の娘夫婦が施設の権利関係で疑われているらしい」

「ふーん、まだ時間の問題という訳ではなさそうだな」

珠木が詰まらなそうに言う。これだけ情報が揃えば、すぐに解りそうなもんだと思う。早く犯人を捕らえなければ、次の犠牲者が出ないとも限らない。もし広域に伝播されたら、何か月後か、あるいは何年後かにはＣＪＤが爆発的に発症することになる。

珠木の頭の中にも、河原の病室での恵美と、孫の姿が強烈に焼き付いている。

11　病原——Pathogen

堀江が聖陵大学事務局の窓口で、総務課の担当職員を呼ぶ。

事件の関係者と姓名が一致する者について、聖陵大学に照会を依頼している。

窓口前でしばらく待たされ、小太りの中年担当職員が息を切らせてやってきた。堀江が渡したリストと、水色のファイルを抱えている。

担当職員は、総務課の小部屋で照会が如何に難儀だったかを、ひとしきり力説した。

「それでですね。まず、大学の職員には該当する者はいないようです。——ところがですね、いたんです。卒業生に。医学部に珠木浩一郎と森崎直人の二人、農学部に椎名哲生《しいなてつお》という、その三人の名前がありましてね——」

満悦顔で堀江に言う。

珠木と森崎の名前は、検証の信頼性を確認するために、ダミーとして入れてあった。しかし、椎名哲生という名前は意外だった。慶静苑に廃棄物の回収に来る業者の一人だ。堀江の感情が昂《たかぶ》る。

それを悟られまいと、表情を変えずに確認を続ける。

「一昨年の、研究棟の標本室改修に入った業者は解りましたか」

小太りの職員は、嬉しそうに堀江に笑顔を向ける。

「それはもう。請求書が残っているんですぐに」

机上に出された書類には、電気や内装の業者とともに、産業廃棄物処理業者として椎名の所属する会社名が記されていた。

堀江は、名前を挙げられた卒業生と業者の情報を持ち、早々に大学を引き揚げる。堀江は胸のうちで、決まりだ――と呟いた。


「椎名哲生って言ったら、あの産廃業者じゃないか」

小野寺が書類を見て、声を上げる。

「しかも、大学の標本保管庫を改修した際の、産廃業者も産土廃材株式会社。椎名の会社でした。早速、引っ張りますか」

堀江の言葉に、小野寺はソファに腰を落として考える。

「その前に、その産土廃材という会社を調べよう。状況は解るんだが、動機が思いつかん。その、交通事故で死んだ慶静苑入居者の息子らしきヤツはいなかったか」

「はぁ、笠井姓の者はいませんでした」

「ふむ――。とにかく、その産廃業者を調べる。それから椎名だ。その時までに、椎名と交通事故で死んだ笠井との関係が解ればいいんだが」

堀江は腰を上げる。早速、自分の机でＰＣに向かう。

小野寺は受話器を取る。

研究室に小野寺から連絡が来るのは珍しいことだ。珠木は意外な電話に身構える。河原の容態が急変したかと考えた。

「ちょっと教えていただきたいんだが。――農学部の学生には、プリオンを培養することはできますかね」

珠木は、舌打ちとともに安堵する。

「農学部は、植物や微生物、家畜まで結構幅広く勉強するから、専攻科にもよるけど、可能だと思いますよ。大体、狂牛病は牛の病気だから、獣医や畜産の次くらいには詳しいでしょうね。で、どうしたんすか――」

「まだ解らんのだが、慶静苑の関係者に聖陵大学の出身者がいましてね。それが農学部だった。しかも標本保管庫の改修作業にも参加していたらしい」

「それは、滅茶苦茶怪《あや》しいでしょ――」

「それで、とにかく本人に事情を聴いてみようと。電話したのも、その確認のようなもんでしてね。あ、先生、結果は伝えるので、口外しないでください」

すぐにでも森崎に言いたい珠木だが、取り敢えず我慢することにした。

椎名哲生が警察署に呼ばれた。その表情からは困惑と静かな憤りが見える。

堀江の調べによると、産土廃材の経営者は椎名哲生の父親である。哲生も今はトラックに乗っているが、いずれは会社を継ぐということだ。

朝早くに自宅に堀江が現れ、椎名は同行を求められた。もちろん任意での同行だが、家族は激しく動揺した。母親は泣き崩れ、堀江に縋《すが》り、何かの間違いです――と繰り返すばかりだった。

「椎名さんは、聖陵大学の農学部に在籍していた。標本保管室の改修にあたっては産廃業者として、撤去作業をした。――これは間違いないですね」

小野寺が、穏やかに確認する。刑事たちはそこに現れる表情を窺《うかが》う。

「はい。でもそれが何か」

椎名は怪訝《けげん》な顔で答える。

「プリオン――というものは知っていますか」

「ええ、スクレイピーの病原体です。大学で勉強しました」

刑事は内心で困惑した。スクレイピー、聞いた気がするが覚えていない。しかし小野寺は動じることなく、確認するように言う。

「それは、どういう病気でしょうか」

「ヒツジの脳疾患で、運動障害を起こして死ぬプリオン病のはずですが――」

「聖陵大学の標本室に、人間の――クールー脳の標本があったことは知ってますね」

椎名は、刑事の口からクールーなどという言葉が出るとは思わなかった。

「廃棄標本の引き取りに行った時に見ました。かなり古くて、痛んでいたので、大学の担当者に捨てたものか訊いたら、歴史的な証拠品だから捨てない、と――」

椎名は不思議な顔をした。

「それでは、現場に居合わせた者は、皆知っていると――」

「はい。バイトの中に、やけに詳しい学生がいて、えらく興奮して騒いでましたから。僕もその時初めて、クールーというのを知ったんです」

アルバイトの学生を介して、クールー脳標本の存在が広く知られていたとしたら、中にはプリオンの悪用を考える輩がいないとも限らない。しかも、堀江の話では、その保管は酷くいい加減なものだという。

「椎名さんは、慶静苑を回ってますね」

「慶静苑さんだけではなく、二十施設くらい行ってます」

「それはそれは。椎名さんの目から見て、慶静苑はどうですか。他の施設と比べて――」

首を傾げ黙っていた。小野寺も黙っている。椎名はようやく口を開く。

「――あそこは、あまり良い施設ではないと思います」

「ほう。それはどうして」

「頑張っている介護士もいるんですが、その、とにかく管理がいい加減です。食事も適当そうだし。ゴミを集めていると、表から見えないことも解るんで――」

「最近、認知症で亡くなった方もいますね」

「あれは異常です。他の施設であんなに短期間で何人も亡くなるのは、見たことがありませんから」

小野寺は、慶静苑の内情や入居者同士の関係について多くを訊き出した。

死亡した入居者もよく知っていたが、それは他の関係者の印象と大差なかった。

小野寺が続ける。

「佐川さんは、どんな方でしたか」

「佐川さんには――これは、病気のせいなんですが、泥棒と間違えられて、杖で殴られたことがあります。一緒にいた作業員は流血しました」

「その社員の方、今は――」

「今も一緒に回ってます。林という、社員じゃなくてバイトですけど」

「三年くらい前に慶静苑にいた、笠井さんという女性は知っていますか」

「夜中に徘徊して亡くなられた方ですか」

小野寺が、そうです――と椎名を見る。

「知ってはいるんですけど、あまり永くいなかったので詳しくは。認知症でしたがとても静かな方で。その、いつも気の強い人に脅《おび》えていたというか。傍《はた》で見ていても気の毒だったのを覚えています」

「笠井さんの息子さんには会いましたか」

「いいえ、一度も。僕らも毎日行く訳ではないし、回収に行くのは夕方なので。確かいつも午前中に来ていたようで――」

小野寺は、椎名哲生は犯人ではないと思った。大方の条件に当て嵌《は》まっていても、この男からは、犯罪者の纏《まと》う空気が感じられなかった。

この事件には明確な意志が――怨嗟《えんさ》といってもいい、そういった負の感情が根幹をなしている。犯人は決して愉快犯などではない。小野寺はそう感じる。

これ以上質問を重ねることは、事件の内容を含め、警察の捜査対象を明らかにすることでもある。小野寺は、突然の非礼を詫び、堀江に玄関まで送らせた。

椎名は警察の玄関を離れ、すぐに携帯電話を耳に当てた。家族へ連絡しているのだろう。

椎名が犯人であることを望む訳ではない。しかし堀江は、真実がまた掌から擦《す》り抜けて行く喪失感を覚えた。

小野寺はソファで腕を組み天井を見上げていた。堀江が前に立つ。

「どうしますか。椎名が言っていた、標本室の改修に駆り出されたアルバイトの学生、一人ずつ洗いますか。特にそのクールーの標本に興味を持っていたという奴を――」

堀江の頭に、クールー脳の四角いガラス瓶が浮かぶ。その重さや感触が存在感を持って思い出される。

「それしかないか。産廃業者に訊けば、アルバイト学生の情報はあるだろ。悪いが、若い奴でも連れて行って調べてみてくれるか。俺は、ちょっと交通事故で死んだ笠井の方を調べてみたい」

小野寺は、書類の入った段ボール箱を漁《あさ》る。プリオンの捜索以来、閉鎖されている慶静苑の書類は警察で預かっていた。

入所申込書のファイルから、死亡した笠井八重子の頁を捲《めく》る。申込者の欄には、［笠井卓也］と息子の名前が書かれていた。緊急連絡先の欄には、息子と実姉の名前がある。小野寺は姉である美智子の自宅を訪ねてみることにする。笠井八重子の息子の居場所も解るかも知れない。その頁のコピーを取り、ポケットに捻じ込んだ。

小野寺は、住所を頼りに目的の一戸建てに辿り着く。鉄の門扉は塗装が剝がれ、赤い錆が目立つ。ブロック塀も長年の風雨に晒され、黒い染みで覆われている。

呼び鈴は、ボタンがカクカクと動くだけだ。仕方なく小野寺は門扉を開け、玄関に歩み寄る。小野寺がドアを叩くよりも早く、唐突にドアが開かれた。妙齢の女が、ひゃぁ――と声を上げる。

「や、申し訳ない。この家の方ですか」

目を丸くする女に、小野寺は苦笑する。女は大きく膨らんだトートバッグを肩から提げている。女は鍵を握った手を顔の前で左右に振った。

「私はヘルパーで、これから帰るところです」

ヘルパーだという女は、小野寺の全身を眺める。

「ああ、すみませんね。私は警察の者で、こちらの美智子さんに会いに来ました」

小野寺は警察手帳を開いてヘルパーに確認させる。ヘルパーは残念そうに言う。

「今ちょうど、寝たところなんですよ」

小野寺が腕時計を見る。まだ四時前だ。

「お加減が悪いんですかね」

「認知症なんですよ。デイサービスから帰って来て、疲れたようで。本当は昼間に寝ちゃうと夜に寝られないから、起きてた方が良いんですけどね」

小野寺は、認知症という病名にまさかと思う。もしも、ここまでプリオン媒介が及んでいたとしたら——。

「それは最近発症されたんですかね」

「いえいえ。もう随分長いこと、四、五年になるんじゃないかしら。アルツハイマー病でね。私は、こちらはまだ半年くらいですけど」

「では、毎日あなたが介護を——」

「ええ、大体は。昼間はデイサービスに行っていて、夕方に息子さんがお仕事から帰って来て面倒を見ています。感心な息子さんでね」

「ちょっと家の中を見せてもらう訳にはいきませんかね」

ヘルパーは逡巡《しゅんじゅん》する。小野寺の警察手帳を思い出し、時間がないので少しだけならと、玄関ドアを開けた。

玄関を入りヘルパーに続く。廊下が軋《きし》む。食物や消毒薬が混ざった暮らしの臭いがする。へルパーが右の引き戸を静かに開ける。小野寺に、ここですよ――と促す。小野寺は少しだけ開かれた隙間から部屋を見回す。

カーテンを引かれた薄暗い部屋は、畳の上にカーペットが敷かれている。笠井八重子の姉は、病院で見るようなパイプのベッドで眠っていた。小さないびきが聞こえる。

箪笥《たんす》の上の写真立てには、笑顔で息子と並ぶ美智子の姿がある。

小野寺は身体を引き、音を立てないように引き戸を閉めた。

「ご主人は――」

「随分前に離婚したとか。ただ、ご本人からはあまり話は聞けませんから、詳しいことは解りませんけど」

ヘルパーは時計を確認し、そろそろ次に行かないと――と言った。

小野寺は急な訪問に応じてくれたヘルパーに礼を言った。


刑事部の応接セットで、堀江が書類を広げている。小野寺に気付き、お帰りなさい――と立ちあがった。小野寺が向かいに腰を下ろす。

「また、認知症だったよ」

小野寺の言葉に、えっ――と堀江の顔が緊張で強張る。

「いやいや。プリオンとは関係ないようだ。笠井の姉はアルツハイマー型認知症らしい。本人は寝てたんだが、ちょうど居合わせたヘルパーに話を聞いてきた。もう四、五年前から患っているというから、話は聞けんかも知れんなぁ。現在は、息子が仕事しながら面倒を見ているらしい。まったく頭が下がる。——で、お前さんの方は何か収穫はあったか」

「標本室改修のバイトは全部で六人でした。全員聖陵大学の学生で、内二人が女でした。それが二日間、同じメンバーで働いています。クールーの標本で騒いでいたのは、当時四年の医学部の学生でした。一年前から九州の総合病院で勤務しています。仕事も忙しく、実家も宮崎なのでそれ以来九州から出ていないようです。他の学生も——文学部の女子学生に至っては、質問の意図が解らないようで、現在の仕事を尋ねると、マルキューのアパレルショップでスタイリスト——と、接続詞以外はカタカナという始末で、今度はこちらが何を言っているか解らないという状態でして、とてもとても——。取り敢えず、全員の所在は摑めましたので、何か問題があれば連絡は取れます」

堀江は困り果て、本気とも冗談ともつかない報告をした。

ご苦労だった——と笑う小野寺に、堀江が続ける。

「産廃業者からの作業員は四人でした。椎名哲生と林《はやし》慎二《しんじ》、あと二人はかなり高齢で、既に仕事を辞めています」

「どうだ、調子はぁ——」

大きな濁声とともに、ふいに加賀が現れる。小野寺の隣に無遠慮に尻を落とす。

「施設では、なかなか大変だったらしいじゃねえか。——おい堀江、トラックの件、おめえが来ないから難儀したぜ。森崎の先生から堀江を連れて行くようにって、念を押されてたんだ。なのに大学に行くとかで来やがらねえからよ」

加賀は、小野寺と堀江にひとしきり文句を言った。

トラックの調査には、プリオン採取の要点を伝え、加賀とその部下に対応を頼んだ。

加賀は、ポケットから小瓶《びん》を取り出し、ほらよっ——と、堀江の前に置いた。

「やっぱり、ありましたか——」

「解らねえ。フィルターにこびり付いてたんだ。ただ、空気や水分中のカルシウム分かも知れねえな」

堀江は小瓶を手にとり、中の白い欠片《かけら》を凝視する。急に不安に駆られた。

「加賀さん。ちゃんとマスクはしましたか。手も洗いましたか」

「ガキじゃあるまいし。——ちゃんとマスクはしましたよっ——毒ガス用の凄いのをな。まったく、見っともないったらないぜ。運送屋の社員みんなで笑いながら見てやがるしよ」

加賀の悪態に堀江は、すみません——と口元が緩む。

「で、そっちはどうなんだ。目星は付いたか」

「今も、情報を吟味してたんだが、なかなか。ま、牛の如き歩みってヤツだ」

小野寺は、進捗の要点を加賀に説明する。

「事故で死んだ笠井八重子の姉を訪ねたんだが、これも認知症で——」

なにっ——と加賀が腰を浮かし色めきたった。

「いや、だから違うんだ——」

関係者の誰もが認知症という単語に、過敏に反応する。

「産土廃材の椎名が言うのに、林慎二も認知症の母親を抱えているらしいです。だから、時間の自由がきくように、アルバイトなんだと――」

堀江の言葉に、小野寺の顔が不可解な表情に変わる。

「笠井八重子の姉、美智子の姓は、林だ」

「そりゃお前、同一人物ってことじゃねえのか」

加賀が大きな目をさらに剝き、泡を飛ばす。

「その可能性はあるな。――すぐに戸籍係に連絡して、笠井八重子と林美智子の謄本を取れ」

堀江が弾《はじ》かれた勢いで立ち上がった。

加賀が小野寺を見る。

「もし、同一人物なら、どうなる――」

「笠井八重子の甥である、慎二がどうして産土廃材にいるのか。笠井が入居していたから慎二がバイトで入れたのか、あるいは仕事で慶静苑に行っていたから、叔母の笠井八重子を入居させたのか。とにかく経時的な前後関係が解らんと何とも言えん。笠井の息子、卓也の居所も林慎二が知っているかも知れん。いとこ同士だ。もしかしたら、二人は組んでいるのか――。しかし、何で今まで気が付かなかったか」

小野寺は自分の迂闊《うかつ》さを悔いた。折り畳んでポケットに入れた慶静苑の入所申込書を開く。緊急時連絡先の二番目に、林美智子の名前が書かれている。日付からは既に認知症を発症していた時期なのだが、取り敢えずで書いたのだろう。それとも、美智子の症状はそれ程進んでいないのかも知れない。

眠っている美智子の部屋で見た、箪笥の上の写真を思い浮かべる。あれが息子、林慎二か。

堀江が大股で戻って来た。息遣いが荒い。立ったままで報告する。

「林美智子に息子はいません。いや、いたんですが子供の時分に亡くなっている。死んだ息子の名前は――慎二です」

小野寺は衝撃を受ける。事実を隠していた闇が霧散《むさん》する。反射的に口を衝《つ》く。

「林慎二は、笠井卓也なんだ――」

「野郎。だから、運転免許を更新しねえんだな。叔母の家に転がり込むなら、何の手続きも保証人も要らねぇ。住所をそのまま使って、苗字も林にしときゃあ、郵便物も林慎二宛で卓也に届く。それに職場にもバイトで入っていりゃ、保険でも年金でも会社側は解らない」

加賀の予想に堀江が大きく相槌を打つ。

小野寺の上体がテーブルの上に迫り出す。

「認知症の美智子は、甥の卓也を自分の息子と思っていたか。たとえ、美智子がこれは息子じゃないと言ったって誰も信じないだろう。身を隠すには持って来いだ」

三人の刑事が黙り込む。それぞれの脳内を、考えられる可能性が渦巻く。

「林慎二の身柄を押さえますか。今なら、家に戻っていると――」

「いや、明日だ。林慎二が仕事へ行った後、林美智子がデイサービスに行っている間に、林の家を調べる。ヘルパーには連絡先を聞いているから、訪問時間を確認して一緒に家に入る。それと加賀、悪いが笠井卓也の運転免許、更新前のヤツでいい。写真を手配してくれ」

「おお。すぐに用意しよう」

加賀は乱暴に立ち上がりドアに向かった。

「いとこの名を騙《かた》っているというだけで騒ぐ訳にもいかない。しかし、もし奴が犯人なら何か見つかるはずだ」

小野寺が昂りを圧し殺して言う。

堀江は、プリオンを培養するなら、スペースや臭いを許容できる環境が必要だ——という珠木の言葉を思い出した。


堀江は昨夜から林の家を見張り、出勤する林慎二を確認した。加賀から預かった笠井卓也の写真は五年余り前のものだ。少々印象が違っている。

職場である産土廃材にも刑事を配置している。とにかく今日一日、目を離さないというのが小野寺の意向だ。

ヘルパーは時間通りに現れた。小野寺に会釈するが、後ろに控えている堀江と加賀に不審な視線を送る。加賀は話の流れから同行すると言った。笠井八重子の交通事故も絡んだ事件であるため、無関係という訳でもない。

玄関の鍵をヘルパーが開ける。小野寺は一階の美智子の部屋を確認した。箪笥の上の写真は笠井卓也だった。ヘルパーを半ば強制的に美智子の寝室に押し込め、出ないように指示した。

一階の居間と台所、トイレ、風呂場を確認する。いずれもかなり古い造りだ。

ヘルパーは息子の部屋は二階だと言った。ヘルパー本人は二階に上がったことはないと言う。

狭い階段を上がる。加賀が乗ると踏板がきしっと鳴った。

刑事たちは手袋を嵌《は》め、マスクをする。

廊下の右の襖《ふすま》を開ける。慎二の部屋だ。六畳の部屋では大半のスペースをベッドが占める。そして小さいテレビとパソコン、洋服箪笥という、ごく普通の男の部屋に見えた。

堀江が屑入れの中から、半透明の手袋をつまみ出した。課長これは——という堀江の目に期待が、そして恐れが現れた。小野寺が頷く。

廊下を挟んだ反対側の引き戸には、それほど古くない南京鍵が掛けられている。堀江が鞄からドライバーを出す。小ねじを抜き、金具ごと鍵を外した。

引き戸をそろりと開ける。隙間から異様な臭気が流れ出した。小野寺が顔を顰《しか》める。手が内側の壁を探る。カチリとスイッチが鳴った。天井から吊るされた丸い蛍光灯が点滅し、部屋を照らし出す。

常軌《じょうき》を逸した空間が浮かび上がった。

小野寺の咽喉から、うう——という呻《うめ》きが漏れた。

六畳と四畳半の和室、仕切りの襖《ふすま》は取り払われている。足の踏み場がない。足元からゴキブリが走り、積まれたコンテナボックスの隙間に逃げ込む。足元が薄い靴下だけとは、酷く心許《こころもと》ない。

部屋の窓は全て黒いカーテンで覆われ、隅に積まれた夥《おびただ》しい数のプラスティックケースが堀江の目を引いた。珠木の研究所で見たケースに似ているが少し小さい。しかしその数は格段に多い。二台の冷蔵庫が低い唸りを上げている。台所にあるべきミキサーやフードプロセッサーが見える。

壁際に置かれたテーブルには、左右から照明スタンドが生えていた。樹脂製の白いまな板が置かれ、無数に付いた表面の傷に、黒い汚れが詰まっている。その両脇には道具が用意されていた。

床には液体の入ったペットボトルやガラス瓶が乱立し、アングルで組まれた棚には乳白色の衣装ケースが五つ置かれている。その二つは、中で小さな動物が動いていた。ケースには黒マジックペンで乱暴に日付が書かれている。残りのケースに動く気配は感じられない。

反対の壁際では、コンテナボックスにハムスターが飼われていた。こちらは一箱に二匹ずつ、隠れ家まで入っている。珠木が言っていた繁殖用だろう。六ケースある。

自作の不格好な機器が、混沌《こんとん》を醸《かも》し出す。獣の臭いと餌の臭い、生臭さと腐臭が混然となった醜悪な空気が充満していた。

小野寺の掠《かす》れた声が響く。

「おい、何も触るなよ。堀江、すぐに珠木に連絡して迎えに行ってくれ。——俺たちじゃ、手に負えん」

階段を掛け降りる堀江の足音を聞きながら、小野寺は異様な空間から目が離せないでいた。加賀も顔色を失い、呆けたように立ち竦《すく》んでいる。


「すげえな――」

部屋を見た珠木の第一声だ。

「珠木先生、すみませんな。こんな有様で我々にはさっぱり理解できんのです」

珠木は持参したラテックスのグローブを嵌《は》めて、部屋に足を踏み入れた。その足取りには刑事程の躊躇《ちゅうちょ》はない。

「明らかに、プリオンを培養していたんだね。ネズミを使って――。これは自作の遠心分離機だ。すげえや――」

やっぱり、ゴールデンハムスターだ――とケースを覗き言った。

珠木は、壁際のテーブルに近付き、左右から延びる照明のスイッチを入れた。かなり明るい。

珠木は置かれた道具を見ながら、独り言のように話し始める。

「そうか、この台にネズミを固定したんだ。それで、ホビー用のリーマーで頭頂に穴をあけて、この注射器で乳状化した脳を注射した訳だ。この方法じゃ発症する前に随分死んだな。酷《ひで》えな。押さえ付けて、このハサミで首を切ったな。――それでこのプライヤーで頭骨を割る。取った脳をネットで裏漉《うらご》しして血管や硬膜を除《よ》ける。で、そのフードプロセッサーで攪拌《かくはん》した後に、乳《にゅう》鉢《ばち》で乳状化し、フィルターで濾している。随分試行錯誤したんだろうな。自作の遠心分離機に掛け、上清《じょうせい》と沈殿《ちんでん》に分けた後、それぞれを別に濾過を繰り返したんだな。ふーん。あ、ホルマリンとアルコールがある。これは術野《じゅつや》消毒用のイソジンかな――」

珠木はテーブルから離れ、部屋のあちこちを見て回る。刑事たちが後をついて回る。

堀江は現場を写真に収め、時折手帳に書き込んでいる。加賀は、いつもの武骨さも勢いも鳴りを潜めている。

「しかし、空の飼育ケースが多いから、もう作業はしてないのかも知れないな。――ということは、もう目的を果たしたのか。ほら、こっちのケースなんか中で死にっぱなしだ」

加賀が、死んだハムスターを見て、酷えことをしやがる――と呟く。

「でも、魚だって生きたまま捌《さば》くでしょ。牛だって頭にハンマーを打ち込んで殺すんだ。人間は慣れれば、無感情に何でもできるんだ」

そう言って珠木は、無造作に冷蔵庫を開けた。

冷蔵庫には、白濁した乳剤入りのペットボトルが一本入っている。半透明のペットボトルもある。覗き込んだ小野寺の口から、これが――と声が漏れる。

「こっちの白い方が沈殿した方で、エアコンに仕掛けられていたヤツだね。透明度の高いのが上澄みで、加湿器用だな。――多分ね」

さらに冷凍庫には、首を無くした胴体だけのハムスターが、ビニール袋に押し込められている。一袋に二十匹以上は入っている。それが四袋、内容物を霜が覆い冷凍食品のようだ。何だか解らない残骸も冷凍されている。鼻先と目が見える。脳を取った後の大量の頭だった。

「脳を取られたネズミはこれだけじゃない。ここにあるのは処理しきれなくなった分だ。俺も経験から解る。死骸の処理はかなり大変なんだ。特にこんな住宅街ではね。だから、脳を取った後の死骸も、ネズミの餌にしたんだな。——ほら」

珠木はハムスターの飼われているケースの蓋を開けて、刑事たちに見せた。首のない干からびた毛皮だけが入っている。

珠木は、ケースを元の場所に戻し、刑事たちに言う。

「ペットボトルの中身は、調べないと解らないけど、ここにある機材や設備、この大量に飼われているハムスターと、この死骸だけでも十分証拠にはなるよ。犯人を逮捕した方が良いと思うよ。——俺はその鑑定のために呼ばれたんだろ」

小野寺は我に返り、林慎二を見張らせている捜査員に電話で指示する。

「とにかく、すぐに応援と車を送る。林慎二の身柄を押さえろ」

同時に堀江が、本部に応援を要請する。さらにここ、林美智子の自宅にも捜査員、鑑識班の早急な対応が必要であることを告げた。

「証拠品の押収だけでも、大変な騒ぎだ——」

小野寺が部屋を見まわす。絶望的な顔だ。

*

デイサービスに出掛けていた林美智子は、暫定的に他の施設で保護されることとなった。そして一階に待たせたヘルパーは、結局、いい加減な理由をつけて帰された。

小野寺と堀江は本部からの応援の到着を待ち、笠井卓也の逮捕に向かう。

加賀は警察署に戻った。交通課の加賀が現場にいるのは宜しくないとの判断だ。しかし加賀が、激しい嫌悪に見舞われていることは傍目《はため》にも明らかであった。その巨体と強面《こわもて》に繊細な一面を露呈した。

珠木は、小野寺の希望を受け入れずに、捜査員が押し寄せる前に現場を離れた。

珠木が西中央病院への道のりを歩く。事件が収束に近付いているにも拘らず、その足取りは重い。最低の気分だった。

森崎と話すために病院まで来てみたが、まだ診療時間だ。まして河原の顔を観ることは、耐えられない。どこかで暇をつぶそうと思うが、それを考えることすら、今の珠木には億劫だった。

近隣の公園のベンチで足を投げ出してぼんやりと空を見上げる。自動販売機で買ったペットボトルは、封を切らないまま隣に立てられている。

笠井の作業部屋が思い出される。ヤツは本気だった。それはあの部屋を見れば解る。母親を蔑《ないがし》ろにした奴らへの復讐なのか。認知症患者を取り巻く社会環境への反旗なのか。

笠井卓也の人間を知らない珠木には、判断のしようもなかった。

日が陰り、影が随分長く伸びていた。珠木は、寝てしまったか——と思うが、解らない。べンチから立ち上がると、背中と尻が痛かった。置いたままのペットボトルを手に取る。珠木にはその生温かくなったボトルが、妙に悍《おぞ》ましいものに感じられた。キャップを開け、中身を排水溝に捨てた。

歩きながら森崎の携帯に電話する。森崎にどう話したものか——思考が散漫でまったく纏《まと》まらない。珠木は散々蚊に刺された腕を掻きながら、病院に向かう。

小野寺が産土廃材に着いた時点で、笠井卓也は既に捜査員に拘束されていた。

唐突な刑事の出現は、職場を大いに混乱させた。その中で卓也は、騒ぐこともなく極めて無表情に縛《ばく》についた。一緒にいた椎名哲生には、相棒である林慎二に起きたことがまったく理解できない。ただ、自分が警察で訊かれた内容を反芻《はんすう》する。それでも考えが及ばずに狼狽するばかりだった。

椎名哲生をはじめ、産土廃材の職員が事件の輪郭を知るのは、三日後の朝となる。そして同時に、アルバイトの林慎二が、実は笠井卓也であったことは、大きな裏切りとして同僚の信頼を踏み躙《にじ》ることとなった。

笠井卓也は警察署に護送され、拘置された。その間、一言も発しなかった。

取調室で小野寺と向き合う。黙秘するという訳でもなく、ただ話しても仕方がないから話さない、というように見える。

「お前のお袋さんの事故については聞いている。実に気の毒だと思う。しかしこの一連の殺人については、全てを明らかにしなければならん。話したらどうだ。それがお袋さんの為でもある」

無表情の卓也が上目遣いに小野寺を窺い、唇の右側だけが歪んだ。

「刑事さん、認知症患者を介護したことはありますか」

「いや――」

「では、僕に話すことは何もない」

「お前が殺した人達にも、家族がいるんだ。そんな理屈が通るかっ――」

小野寺が恫喝《どうかつ》する。卓也の精神はどこか遥か彼方にあるかのようだ。まったく反応を示さなかった。検察に送致されるまでの間に、卓也から供述を取る。小野寺には、それが自身の責任であると感じる。

笠井卓也が捕らえられたことで、「林慎二」を知る多くの関係者に、聴き取り調査が行われた。いずれの証言においても、林慎二の評価は、決して低いものではなかった。一様に、犯行を予感させる言動は記憶にないという。

一方で、友人も作らず、付き合いが悪いとの証言もあった。しかし、これは認知症の母親を抱え、介護に当たる息子として好意的に受けとめられていた。

唯一、林慎二と行動を共にしていた椎名哲生が、気になったことがあると言った。

慶静苑の入居者に、林慎二が違う名前で呼ばれたことがあった。何と呼ばれたかは覚えていない。認知症高齢者と接していると、よく経験することだ。しかし、その時の林慎二には一瞬、激しい怒りの表情が現れたという。

森崎は、診療が終わると同時に病院から強引に連れ出された。笠井卓也の逮捕に至る経緯について、珠木の話を聞かされる羽目になった。

「ヤツは素人にしか許されない方法論でプリオンを作った。これは俺には越えられない一線だ。研究者は必ず、事象を体系的に組み立てる。無意識にデータを意識するんだ――」

珠木の悔しさが伝わる。

「ヤツの培《つく》るプリオンは最低だ。しかし最強なんだよ」

珠木は焼酎を呷《あお》る。すっかり悪酔いしている。

「森崎先生にも見せたかったよ。なかなか壮観だった。あんな世界は映画の中だけだと思ってた。いやぁ、勉強になった。加賀なんか、デカい形《なり》して顔面蒼白よ。眼なんかデカくしちゃってよ――」

止《と》め処《ど》なく続く話を、森崎は黙って聞いていた。珠木が言う［狂った部屋］は、珠木の精神に甚大な衝撃を与えたようだ。

現場にいなかった森崎には珠木の言う［狂気］は感じられない。しかし、この犯行が明らかになるにつれ、河原四郎罹患の事実が森崎の心を覆い尽す。

河原が潜入しなくても、いずれは解明されたのではないだろうか。

さらに、珠木の話では、もうプリオンは作られていないらしい。ならば、原因は解らなくとも被害の拡大はなく、犯行は終息したはずだ。河原四郎の慶静苑潜入の意味が希薄に感じられた。軽率な判断で河原を死地に追い遣ったように思えてならなかった。

森崎はテーブルに突っ伏している珠木を無理やり立たせ、タクシーで家まで送り届けた。珠木が正体を失っていたお陰で、話さずにいられたことが、森崎には有り難かった。

笠井卓也が拘束された翌日、森崎直人と珠木浩一郎は、小野寺を介し警察に呼ばれた。用意された会議室には、小野寺、加賀、堀江、そして上司らしい男が二人座っていた。一人は小野寺よりも若く見える。

堀江の案内で森崎と珠木が入室する。警察官たちが立ち上がった。年配の男が森崎たちに歩み寄り、深々と頭を下げ、森崎と珠木の手を力強く握った。

「本部長の峰政です。この度の先生方のご尽力に、心から感謝します」

森崎と珠木もそれぞれ名前を告げた。さぁ、こちらへ――と席を勧められた。

「こちらが刑事部部長の唐沢です――」

峰政が、仏頂《ぶっちょう》面《づら》の唐沢を紹介する。唐沢は無愛想に会釈した。峰政が続ける。

「先生方の活躍は、小野寺からよく聞いております。交通課の加賀からも。お陰で何とか犯人検挙まで漕ぎ着けました。笠井卓也は明日にも検察に身柄を移されます。先生方にお聞きしたいのは、押収した証拠品について、犯行にどのように関わったものなのか、その辺のご意見をいただきたい。そしてもう一つは、――こちらの方が重要なんだが」

峰政が、堀江に合図した。堀江がテーブルの上に紙を広げる。名簿のようだ。二百人以上いる。小野寺や堀江、森崎と珠木の名前もある。小野寺が後を続けた。

「これは、慶静苑や運送会社でプリオンに触れた可能性のある者のリストです。当然、我々や先生方も入っています。堀江が作ったんだが、入居者の家族や見舞客については、確認が取れたところまでしか入っておらんです。まず、これらの者にプリオン感染の可能性について知らせるか否か。慶静苑の職員の中には危険を感じている者もいるから、知らぬ振りもできん。実際の危険度についてお聞かせ願いたい」

森崎が口を開く。

「基本的にプリオン病の発症率や潜伏期間に関しては、曝露の条件と摂取量に依存するはずです。加湿器による散布だと、プリオン蛋白が空気中に保持される時間はそう長くないと思います。その部屋で常時プリオンを浴びていれば別ですが、たまに部屋に入る程度では、感染の可能性は低いと思います」

森崎を睨み、珠木が言う。

「慶静苑の発症の状況を見ていると、楽観視はできない。もちろん普通に考えれば、そんなに発症率の高い疾患ではない。それは森崎の言う通りです。しかし一度曝露してしまったら、発症予防も治療の手立ても持ち合わせない致死性の疾患だ。できるだけ知らせない方が得策だと思いますがね。——まぁ、俺としてはね。知れば生涯を怯えて暮らさなければならない」

刑事たちは、難しい顔で考え込む。唐沢の悲壮感だけが妙に嘘っぽい。

森崎がリストを指す。

「とにかく、このリストから、おおよその危険度を評価して、発症の危険の些少《さしょう》な方には知らせない。明らかに発症の危険を有する場合にのみ、本人か家族に知らせるといったところでしょうか」

小野寺が頷き、峰政に身体を向ける。

「実際には、厚生労働省や保険、労災の問題も絡んでいて、非常に厄介な問題ではあります」

「そうか。その辺も合わせて、専門部署にお伺いを立てなきゃならんな」

峰政は続いて、険しい目を森崎と珠木に向けた。

「先生方にお聞きします。この、小野寺、加賀、そして堀江について、発症の危険性はどの程度だとお考えですか。忌憚《きたん》のないところでお聞かせいただきたい」

刑事たちが身構える。非情な質問だ。森崎は息を飲む。

「加賀さんは定期的に河原さんの部屋に行っています。ですから、曝露していないということはないでしょう。ただ、常時曝露されていた河原さんとは、状況がまったく違うと思います。ただ、十年、二十年先になれば、解りません。また、堀江さんは若い分、将来——例えば三十年後の発症がないとは言い切れません。その辺は僕や珠木も一緒です。安易なことは言えませんが、毎日慶静苑で働いている職員が発症していないことを考えると、それ程の危険はないのかも知れません」

森崎が意見を求めるように珠木を見る。

「状況から考えれば、慶静苑の職員が全員発症してからでしょうね。彼らの方が数百倍、危険だ」

プリオンの伝播を断定され、さらにその不安定な展望について宣告された。刑事たちは複雑な表情を浮かべた。

プリオンに曝露された関係者の危険度評価については森崎が協力し、プリオン培養を含めた、病原体の解明には珠木が当たることとなった。

峰政は、刑事たちに今後の発症による被害予測と、関係省庁への対応を検討するように言いつけ席を立った。唐沢が急いで後を追う。

全員が立ち上がる中、珠木が進み出る。本部長——と声を上げる。

「捕まった笠井卓也。ヤツに会いたい。是非」

突然の申し出に、その場の動きが止まる。

「民間人にそんな勝手なことが許されるか」

唐沢が誹《そし》りを込めて言う。森崎は唐沢の声を初めて聴いた。

珠木は唐沢を無視する。本部長——と食い下がる。

珠木の眼を窺《うかが》い、峰政はゆっくりと堀江に身体を向けた。

「笠井は取調室か。では、先生を監視室へお連れしなさい。その代り先生、勝手な行動は慎《つつし》み、職員の指示に従ってください。いいですね」

峰政は珠木に念を押した。


堀江に先導されて歩く。何の表示もない扉を開ける。薄暗い室内で係の職員が振り返った。二台のモニター画面には、壁で仕切られた隣の部屋の様子が映っている。座っている男の周りを、刑事らしい男が腕を組んで歩き回っている。中で交わされる会話はヘッドセットを通して聞こえているらしい。

モニター越しに見る笠井卓也は、普通の小柄な男だった。

モニター脇の内線電話のランプが点滅する。モニター前の職員がヘッドセットを外し受話器を取った。二、三言応対し、堀江に、ちょっと頼んでいいですか——と訊いた。堀江の、解った——という言で立ち上がり、録画を示すランプを確認し部屋を出ていった。

珠木がヘッドセットに手を伸ばす。刑事の声だけが聞こえる。

「この部屋の声は、向こうには聞こえないの？」

森崎が小声で訊く。堀江は、普通の声なら——と言った。

珠木が堀江の袖を突ついた。

「ちょっと、ヤツと話してもいいかな」

森崎が、おい——と小声で言う。

「いや、しかし、先生が聴取とは——」

「聴取じゃないよ。研究者として訊いてみたいんだ」

堀江は、しかし——と、困惑を露《あらわ》にする。

「一般的に考えれば、ヤツは精神のイカレた化け物だろう。でも、実際はどうなのか知りたいんだ。明日には検察だろ。今しかない」

「お前が勝手なことをしたら、堀江さんだって困るだろ」

森崎の言葉に、堀江が大きく頷く。珠木は溜息を吐く。

「お前らはバカか——。本部長が、何で小野寺氏じゃなくて堀江君を寄こしたと思ってるんだよ。俺に押し切らせるためじゃないか。警察の体面を保ちつつな——。大丈夫だよ。滅多《めった》なことはしない。本部長との約束だ。慎むってな」

堀江も森崎も、勝手な理屈だと思う。しかし、検察に移されたら、もう機会はないだろう。堀江は取調室の刑事を呼び戻した。刑事は、森崎と珠木を無遠慮に睨《ね》め回す。

「本部長より、こちらにお連れしろとの命《めい》で、蛋白質侵襲制御研究室の珠木室長に、笠井を検分いただきます」

堀江は、間違ってはいないことを言った。

珠木は、ふむ、では——と、顎に手をやった。

堀江は、取調室に続くドアに手を掛け、小さく、気を付けてください——と言った。

ドアが閉じられた。珠木は机に無造作に近づき椅子に腰掛ける。

珠木が笠井卓也と向き合う。

卓也は一瞥《いちべつ》し、無表情に視線を逸《そ》らした。珠木はいつもの不貞腐れ顔だ。ただ他人が同じ席にいるように見える。重い時間が流れる。

珠木がぽつりと話し始める。

「俺は、刑事じゃない。だから、お前がどういう罪に問われようと、あまり興味はないんだ。お前のしたことは、最悪の犯罪だ。プリオンに僅《わず》かでも曝露した人間は、呪いを掛けられたのと一緒だ。死ぬまでＣＪＤの発症に脅《おび》えなければならないからな。

俺は蛋白質を研究してきた。十何年も朝から晩まで。毎日だ。お前の、プリオン培養の現場を見た。どれも素人とは思えない手際だった。苦労も解ったよ。ふふっ――お前、死骸の処理に困って猫に食わせただろ。カラスにもな。隣家の屋根の上から、カラスが何羽もお前の部屋を見ていたよ。お前がネズミを食わしてた野良猫な、姿を見せなくなっただろ。あの猫、発症したぞ。保健所を調べて解った。四歳の娘を襲った。嚙みついたんだ。――そんな顔しなくても大丈夫だよ。大した傷じゃないし、発症はしないはずだ。多分な。

聞くところによると、お前はプリオンなんて無縁の世界で生きてきたはずだ。俺はそこに興味があるだけなんだ。お前は俺と同じ属性の人間らしいからな。

お前の作業手順もすぐに解った。いちいち理に適《かな》った方法だ。データを取るためではない、量産と伝播だけを目的とした実戦的な、実に効率の良い方法だった。しかもクールーのプリオンを使うなんて、感動もんだ。あの大昔の干からびた標本を種に使うとは恐れ入る。

今回のことで、俺も、お前の使った聖陵大のクールー標本から、研究所の設備を使わずに、異常型プリオンを培養してみた。個人レベルでできることを前提として、培養の可能性と限界を知るためだ。俺にとっては、まだ姿も解らないお前との勝負だった。――まぁ、俺の負けだ。悔しいがね。

警察のヤツらには言えないが、楽しかったよ。しかし、感染予防策は超プロレベルで対応した。俺はハムスター八十匹しか使っていない。お前は五百匹以上使っただろ。

お前の部屋な、あれじゃ予防は無理だ。無防備過ぎる。いくらプリオンの感染性が低くても、常に曝露されていれば伝播は免《まぬが》れない。それは慶静苑のケースを見ても明らかだ。これから、お前にどんな判決が下されても、刑が執行されることはないだろう。俺には解るんだ。お前、プリオンに感染しているよ」

笠井卓也は、特に驚きもせず顔色も変えずに言った。

「あんたは、他の奴らみたいに、お袋の事故や、偽善的なことは言わないんだな」

「へっ――関係ないね。お前が母親の復讐に燃えて、包丁で刺したとか毒を盛ったなら俺は訊かない。興味もないし、俺にはどうでもいいことだ。俺はただ、どうして研究者でもないお前が、クールーなんて知っていて、しかも適切に培養し、媒介に至ったかを知りたいんだよ。目的は何だ。復讐だけか。培養した異常型プリオンの威力を試したかったのか。

話せ。――何故だ――」

怒りなのか、珠木の目は充血している。笠井は頬を引きつらせ、笑った。

「あんた、変わってるね。まぁ、もうどうでもいいか――」

笠井八重子の息子、卓也は顔を上げた。

「お袋が認知症に罹《かか》りすべてが変わった。どこに行っても迷惑がられる。認知症患者を取り巻く環境は酷いもんだ。皆、認知症という病名は知っていても、もの忘れ程度にしか思っていない。だからそれ以上の症状には拒絶反応を起こす。それはしょうがない。俺もそうだったから。でも、そのうちにお袋の症状が進み、外に出ると帰って来られなくなった。お袋の服には全て、名札を縫い付けた。住所と俺の電話番号を入れて。自分で取らないように、背中の手の届かない場所に縫い付ける。家の中も張り紙だらけだ。トイレとか、パンツとかな。笑っちゃうだろ。だけど、そのうちにとても一人で家に置いておける状態ではなくなった。ヘルパーを頼み、デイサービスに通わせ、時にはショートステイで預かってもらったりもした。しかし俺の仕事に対する影響は、無視できないレベルになった。夜にお袋が騒げば寝られない。昼に問題を起こせば呼ばれる。仕事は滞《とどこお》り、職場はあっさりクビだ。でもそれはいいんだ。会社に責任はないからな。しかし金がないことにはどうにもならない。何をするにもな。

役所の福祉課から、たまたま入居できる介護付老人ホームがあると言うから、一も二もなく飛び付いた。それが慶静苑だ。家を売って金を作り入居させたんだ。しかし、慶静苑は最低だ。誰もあの竹内というババアに頭が上がらないんだよ。所長もな。だから職員もすぐ辞める。

お袋を入居させたは良いが、あの竹内のババアに、酷い嫌がらせをされた。俺の前でもだ。目障りだから連れて帰れと言われたよ。佐川っていう爺さんにも相当泣かされた。俺は、介護士に何とかしてくれるように頼んだ、所長にも。でも、是正されなかった。こっちもお袋を置いてもらわないといけない弱みがあるから、我慢するしかない。しかし、お袋が俺の手を離れたおかげで、仕事ができるようになった。しかし、どこの会社も正社員は無理だ。夜勤のアルバイトだ。

そのうちにお袋が事故で死んだ。トラックの運転手は無罪だ。しかも迷惑したのは運転手だという認識だ。奴は大喜びさ。神様はちゃんと見てる——って言ってたよ。冗談じゃない。

周囲は、家族に見てもらわないと困るという空気だ。それができれば苦労はしない。慶静苑は、お咎めなしだ。逆に、お袋が逃げたお陰で迷惑を被ったってよ。お袋は死んだんだぜ。竹内の婆さんは清々してたよ。

そこで俺が知ったのは、認知症患者に対する世間の蔑視と苛《いじ》めだ。誰でも患う可能性があるのにだ。何とか奴らにも認知症を解らせてやりたいと思ったね。

思えばそれが原因だな。

俺は、金が無いからアパートを引き払い、お袋の姉の家に転がり込んだ。その伯母も呆けていた。かわいそうに俺を慎二と呼ぶ。息子は小学三年の時に病気で死んだんだ。理由は覚えていない。でも、伯母が俺を息子だと思って幸せなら良いじゃないか。そこから俺は慎二になった。ヘルパーも俺を息子だと思った。

伯母の面倒を見ながら、バイトとして産土廃材に入った。慶静苑に出入りしているのは知っていた。同情されるのも嫌だったから林慎二で働いたんだ。既に慶静苑で知っている職員はいなかった。俺を知っていたのは入居者二、三人だ。向こうは気付かないと思ってた。認知症の老人だからね。でも一度、卓也と呼ばれて焦《あせ》ったよ。

そんな時に、聖陵大学の標本廃棄の仕事があった。そこで見たのがクールー脳だ。まったくの偶然だ。バカなバイトの学生が騒いでいたが、大して解っちゃいない。

俺は、お袋が診断を受けてから、認知症について相当調べた。その中にクロイツフェルト・ヤコブ病があった。最初は狂牛病だと思っていた。ただ、プリオンが伝播するということは解った。クールーの話はよく覚えていた。興味深かったからな。人間だけで純粋培養された最強のプリオンだ。

クールーの標本は、すっかりホルマリンが抜けて乾燥していた。仕事が終わった後に、忘れ物をしたと言って現場に戻ったんだ。乾燥していたから扱い易かったよ。

あとは見ての通りさ。ハムスターで試した。思っていたよりも容易に発症した。培養も、精製も何でも調べられる。本でもネットでもね。遠心分離機なんて自作だ。大変だったのは、あんたが言った死骸の処理だ。ゴミに出して、カラスが漁《あさ》ったら大騒ぎだ。記録に残るから職場でも処理はできない。最初は庭に埋めたが、深く掘らないと犬や猫が掘り返す。すぐに埋める場所も無くなった。死骸を食わせてた猫も、発症したら脳を使おうと思ったんだ。量が稼げるからね。でも、そのうちに姿を消したんだ。——その子供には可哀そうなことをしたな。

あとは簡単だ。高木のトラックは、外気吸入口にプリオンの乳剤を流しておけば、ダクト内かフィルターで乾燥して飛散する。狙い通りだ。

慶静園では、食事で部屋を開けている時に加湿器に添加すればいい。薬と違うから毎日でなくとも、できる時だけやればいい。

佐川は——あの爺さんはレビーだな、攻撃的で困ったよ。一度見つかって杖で殴られたよ。頭を割られて四針縫った。その時に折れた杖が、階段に落ちてたヤツだよ。その話は知らない——？

あの時は、夜に裏から入ったんだ。そうしたら竹内の婆さんに見つかって、階段で降りようとしたら追いかけて来た。踏み外して勝手に落ちたんだ。俺は手を出していない。別に急いで死なすことはなかった、既にプリオンが効いてたからね。

佐川の爺さんはよく杖を折るから、折れた杖がコレクションみたいになってる。その中から俺を殴って折れたやつを持って来て置いた。今思えば、杖なんて残さなければ良かった。事件性が増しちゃうからな。でも、その時は佐川を容疑者に仕立てて、一泡吹かせたかったんだ。まったく、俺もどうかしてたよ。

杉田の婆さんには申し訳ないことをした。あの人は良い人だ。よく竹内の部屋に行って話を聞いてやってた。だから、そこでプリオンを浴びたんだな。

河原という爺さんもだ。あの人は、入った部屋が悪かった。加湿器のフィルターにプリオンが溜まるんだ。タンクにもね。だから、いつまでも効き続ける。

あの人は認知症じゃないし、普通の入居者とも違う。見舞い客も普通じゃないからな。認知症の振りをしていたから、慶静苑を調べていたんだろ。警察かな。あんたらの仲間かい。既に曝露してたし、危険だったからプリオンを追加することにした。一度、寝てると思って、部屋の加湿器に入れてたら、目が合っちゃって急いで出てきたことがあったな。もう随分症状が進んでからだけど。

所長の部屋には、加湿器が無いから空調だ。本当は、お袋の事故に関わった警察官や裁判官にも、認知症を経験して欲しかったんだ。だけど、さすがに無理だ。そういった世間に影響力を持つ奴が罹患《りかん》すれば、少しは、認知症に対する認識も変わるかと思うんだが、どうだろうな。どちらにしても、仕事は終わった。機材もネズミも全部処分するつもりだったんだ。さっき、あんたはプリオンの培養が楽しかったって言ったな。俺は全然楽しくなかった。苦しかったよ。俺にもそのうちに症状が出るはずだ。本当は、こんなこと、死ぬまで言うつもりはなかったんだ。症状が進んで自制を失えばしゃべるかも知れないけどね。――まぁ、あんたはいい仕事をしたってことだ」

小野寺は堀江に呼ばれ、取調室の一部始終をモニターで見ていた。誰一人、口を開く者はいなかった。

珠木が、取調室のドアを力なく叩いた。堀江がドアを開ける。憔悴《しょうすい》した珠木が戻った。

「珠木先生、お手柄でしたな――」

上気した小野寺の顔を、酷い形相の珠木が赤い目で睨みつけた。小野寺は驚いて道を開ける。

珠木の心境がどのように動いたのか、小野寺には解らなかった。

珠木はかつて感じたことのない、激しい嫌悪感に襲われた。何が気に入らないのかさえ自分では解らなかった。

森崎が珠木の肩を叩く。

「聞きたいことは聞けたのか――」

珠木は、ああ――とだけ応え、廊下に消えた。

森崎が解ったのは、本当に、珠木は供述を取りに行ったのではないということだ。


笠井卓也は身柄を検察に移された。結果として警察は、卓也の供述を取ることに成功した。ただ、その証拠となる取調室の録画画面には、不適切な発言を繰り返す民間人が登場することとなった。


異常型プリオン蛋白媒介による致死的認知症感染に対し、事態の収束を判断した警察本部から、西中央病院心療内科と、珠木の所属する研究所宛に感謝状が贈られた。

当初は森崎直人に贈られるとの連絡であったが、森崎は本部長の峰政に直訴し、心療内科宛にしたうえで、その連絡は教授の棚橋に行くように取り計らった。

一方、珠木は、持ち前の偏屈さで固く辞退を申し出た。しかし、研究所所長の取りなしにより、しぶしぶ納得した。もっともこれは今後の研究費獲得を視野に入れた、所長の政治的判断によるものでもある。

小野寺は、あの取調室の一件以来、珠木浩一郎とは顔を合わせていない。あの場で見た珠木の胸中は、考えても解るものではなかった。ただ、笠井卓也の供述を取ることができたことは、たとえ本意とは懸け離れていたとしても、それは珠木の功績《こうせき》であることは間違いない。

小野寺は森崎に、珠木があの場で何を考えていたのかを訊いた。森崎の答えは、昔から珠木の頭の中は解らない――であった。

そして、でも、そこがいいんです――と付け加えた。

後日、森崎は珠木の研究所を訪ねた。事件に巻き込んだ詫びと礼を、未だに言っていない。今更言うことでもないが、それきりと言うのも寂しかった。

何も変わらない白衣にサンダル履きの珠木がいた。

森崎は、笠井卓也と対峙した時の真意を問い質《ただ》した。珠木もよく解らないと言った。どうやら、様々な思いが頭の中で交錯し、収拾がつかなかったらしい。

しかし、珠木が何よりも気に入らなかったのは、笠井の犯行を支えた根幹が、くだらないトリックではなく、地道な研究に裏付けられた努力だったことだ。飽くまでも認知症の媒介という目的に拘《こだわ》ったところだ。その目的を達成するためには、自分の命さえ危険に晒した。

その愚直《ぐちょく》なまでの純粋さが羨《うらや》ましかったのではないか――と、珠木は言った。

珠木が、西中央病院に入院する河原四郎の容態を森崎に問う。森崎は目を伏せる。やはり進行は止められない――と言う。そして、娘である恵美の我が身を顧みない献身と、そして中学生の息子に、生きることを学ばせようとする母親の姿を語った。珠木は満足げに頷いた。

変わらない友人に接した森崎は、根の生えそうな腰を上げる。ちょっと待て――と珠木が奥の部屋に引っ込み、白衣を脱いで出てきた。そこまで送る——という。あり得ない気遣いだ。まるで良識ある大人のようじゃないか。

外は快晴だ。珠木は、実は昨日から外に出ていなかったんだ——と、伸びをした。

珠木が研究棟の脇道を入る。行き先を訊く森崎に、まぁいいじゃないか——と建物の裏に回った。作業服の職員がいた。森崎が前に見たことのある守衛だ。

ブロックで囲まれた焼却炉の隙間から、煙が漏れ出している。

森崎が見た珠木の顔は少し寂しそうだった。

ポケットから、プラボトルを取り出した。培養した異常型プリオン蛋白だ。

珠木は慈《いつく》しむように二本のボトルを撫で、静かに炎の中に放った。

12　命　脈——Life

河原四郎が捜査への協力により命を落として一年が経つ。墓碑は亡き妻の眠る湯河原にあった。眼下に海原を望む高台、というよりは山の中腹である。

空気の澄んだ青い空の下、森崎直人と珠木浩一郎が霊苑に続く石段を上る。森崎は花を、珠木は水桶と柄杓《ひしゃく》を提げている。車を降りてから一言も発していない。

河原が死んだことは二人にとって、とても辛い想い出である。しかし、その一瞬を共に生きられたことは掛け替えのない宝でもあった。

森崎が手の甲で額の汗を拭う。普段から森崎以上に歩かない珠木は、既に息が荒い。

水桶を提げた少年が二人を追い抜いていく。撥ねた水が少年の足を濡らす。白いシャツが木漏れ日の中を走る。若さは中年に差し掛かる男たちを簡単に置き去りにした。

風雨に晒され、歴史を物語る墓石が続く、その先に白いシャツが揺れる。

少年は墓石を磨いている母親の元で、息を切らせ笑っていた。

母親は窮屈そうに腰を伸ばし、笑顔を見せる。

森崎と珠木を眩しそうに観る。少年の耳元で囁く。

河原四郎の眠る墓の前から、恵美と良太が、両手を大きく振った――。

＊＊＊

異常型プリオン媒介により、入居者と所長を失った慶静苑は、事件の収束と共に閉鎖された。そして、巧妙な手段で捜査を欺《あざむ》いた笠井卓也は、二月後にクロイツフェルト・ヤコブ病――いや、クールーを発症し、その五一日後に死亡した。

症状の進んだ笠井卓也は狂気を忘れ、ただ母親を愛する息子に戻って行った。


小野寺護《まもる》と堀江健介は今日も事件を追う。

小野寺は、未来のある堀江を巻き込んだことを後悔しない日はない。これも刑事という職業を選択した宿命であると、自分に言い聞かせる。

小野寺にとっては、河原四郎が命を削り尽力した事実は、心臓を鷲掴まれるような痛みとともに、刑事としての人生を全うした尊敬すべき恩師として、誇らしく輝いている。

小野寺はその気概を、堀江のような若い世代に伝えていかなければならないと思う。それを考えると自分が発症するなど些細な問題だ。まったく無頓着でいられる。いつ発症しても慌てないように準備は怠《おこた》りない。

河原四郎がそうであったように。

加賀正信は、捜査四課へ異動した。プリオン媒介の事件に鑑《かんが》み、峰政による配慮だ。暴力系組織などは、あの笠井卓也の狂気に比べれば、思考構造は実に単純だ。異常型プリオンの曝露によりタガが外れた加賀は、時を待たずに関係組織から恐れられる存在となった。

珠木浩一郎は、無愛想な顔で研究に没頭する。元々の研究は、サブリーダーの後輩に任せ、プリオン病をはじめ、アルツハイマー型認知症の研究に没頭する。凝集蛋白質の選択的な分解と、脳内圧が及ぼすプリオン凝集への影響など、認知障害に関係する脳内蛋白質に特化した研究だ。今回の事件が切っ掛けとなり国からは特別予算が下りている。珠木の研究はもはや患者を救うためだけのものではない。救わなければならない患者の中には、森崎や自分までが含まれる。本気になった珠木は恐ろしく負けず嫌いなのである。

森崎直人は、自身の中に異常型プリオンが潜在する事実を受け止める。それは診療に対する意識に、大きな変革をもたらした。

今までも患者や家族の気持ち、そのある程度は理解しているつもりでいた。しかしそれは大きな思い上がりであったことを認めざるをえない。

もちろん、異常型プリオンが伝播している確率、そして発症の危険性はそれ程高いものではない。それでもこの切迫した気持ちを理解することは、健康な森崎にはおよそ不可能だった。

認知症は罹患した本人だけではなく、その家族をも巻き込む疾患だ。

笠井八重子の事故と、息子卓也が追い詰められ及んだ凶行は、その歪《ひずみ》に生まれた悲劇であると考えるのも、あながち的外れではないだろう。

認知症は病気だ。しかしそれを不幸にするのは環境であると、今の森崎には感じられた。

あとがき

研究所を卒業した私は、医薬を主としたメディア制作の仕事に就いた。仕事柄、帰宅は連日深夜だ。家族は既に寝ている。灯の消えた玄関の鍵を静かに開け、音を立てずに靴を脱ぐ。暗い玄関を上がると、踏み出した足の裏の感触が違った。冷水が靴下を伝い上がってくる。手探りで電灯を点けると廊下は水溜りだった。同居する祖母の粗相だ。

認知症を初めて意識したのは高校生の頃だ。まだ認知症という言葉は生まれていない。老人性痴呆、あるいは脳軟化と言われていた。

祖母の症状が、正しく診断されていたのかは解らない。しかし、今考えればそれ程酷い状態ではなかったと思う。それでもその言葉や振舞は高校生の理解を超え、十分に理不尽だった。恥ずかしながら祖母には随分と辛く当たった。

祖母の症状は改善することなく、次第に両親の仲は不穏になっていった。

長男である父親は、昭和一桁生まれのいわゆる昔の男だ。祖母の相手に疲れた母親の苦言に「嫁が、母親の面倒を見るのは当たり前だ」と言い放った。母親の家出騒ぎを何度か経験した。その後、父親の弟たちが交代で祖母を受け入れてくれたことで救われた。

母親を追い詰めたのは介護そのものではない。私を含めた周囲の無理解であったのだと、今は思う。

認知症は、今後さらに加速する高齢化に伴い、激増が予想される疾患だ。

本著はPrion（異常型プリオン蛋白）を病原体に、致死性の認知症と周辺環境に視点を置いた物語だ。こと疾患・治療に関して、医師ではない立場で語れることは少ない。反面、医師でないことで許される表現も多くあるだろう。これは物語を構築する上で都合の良いことだった。認知症の感染という架空の流れを、比較的自由に展開できたと思う。

作中に記される多くの場面において、過去に認知症の方や家族と交わした会話、また取材や学会講演、さらには雑談の中で得られた内容が根幹となっている。いずれも私の心に残る言葉ばかりだ。さらに書籍、文献、論文、関係ｗｅｂサイトなど多数を参考にさせていただいた。当然ながら学説とは異なる解釈、誇張表現が含まれているが、これについては全て私の責任である。

出版にあたり、医療関連資材の作成を通してご指導いただいたプロダクトマネージャー、専門医、看護師、介護福祉士の方々に深く御礼申し上げる。

また、書肆アルス山口亜希子氏には、子細にわたりご意見・ご指導をいただいた。拙著が読めるものとなっているならば、それは氏の忍耐の賜物であることを、心よりの感謝とともに付記する。

宇江田　一也

本書はフィクションです。作品に登場する人物・団体名は、実在するものとまったく関係ありません。（著者）

著者略歴（うえだ・かずや）

1960年5月15日　東京生まれ。

1981年桑沢デザイン研究所卒業。1982年より、メディカルイラストの祖である、故河原三郎氏に師事。1989年に独立、企画・デザイン制作事務所を設立。以降、メディカル分野を軸とした広告・宣材、イラスト、映像、また論文・学会発表用資料等の制作に携わる。

一般雑誌等に取材記事等を寄稿するが、小説の形態では初の出版となる。

プリオン　認知《にんち》症《しょう》 感《かん》染《せん》の刻《とき》

平成二十八年十一月二十六日　初版発行

著　者　宇江田《うえだ》一也《かずや》

発行者　山口亜希子

発行所　株式会社 書肆アルス
東京都中野区松が丘一-一二七-五-三〇一
〒一六五-〇〇二四
電話／〇三-六六五九-八八五二

印刷・製本　中央精版印刷株式会社

落丁・乱丁本は御面倒でも小社宛にお送りください。
送料小社負担でお取り換えいたします。

ISBN978 - 4 - 907078 -17-1 C0093